伊藤　鉄也　編

ハーバード
大学美術館蔵

『源氏物語』「須磨」

新典社

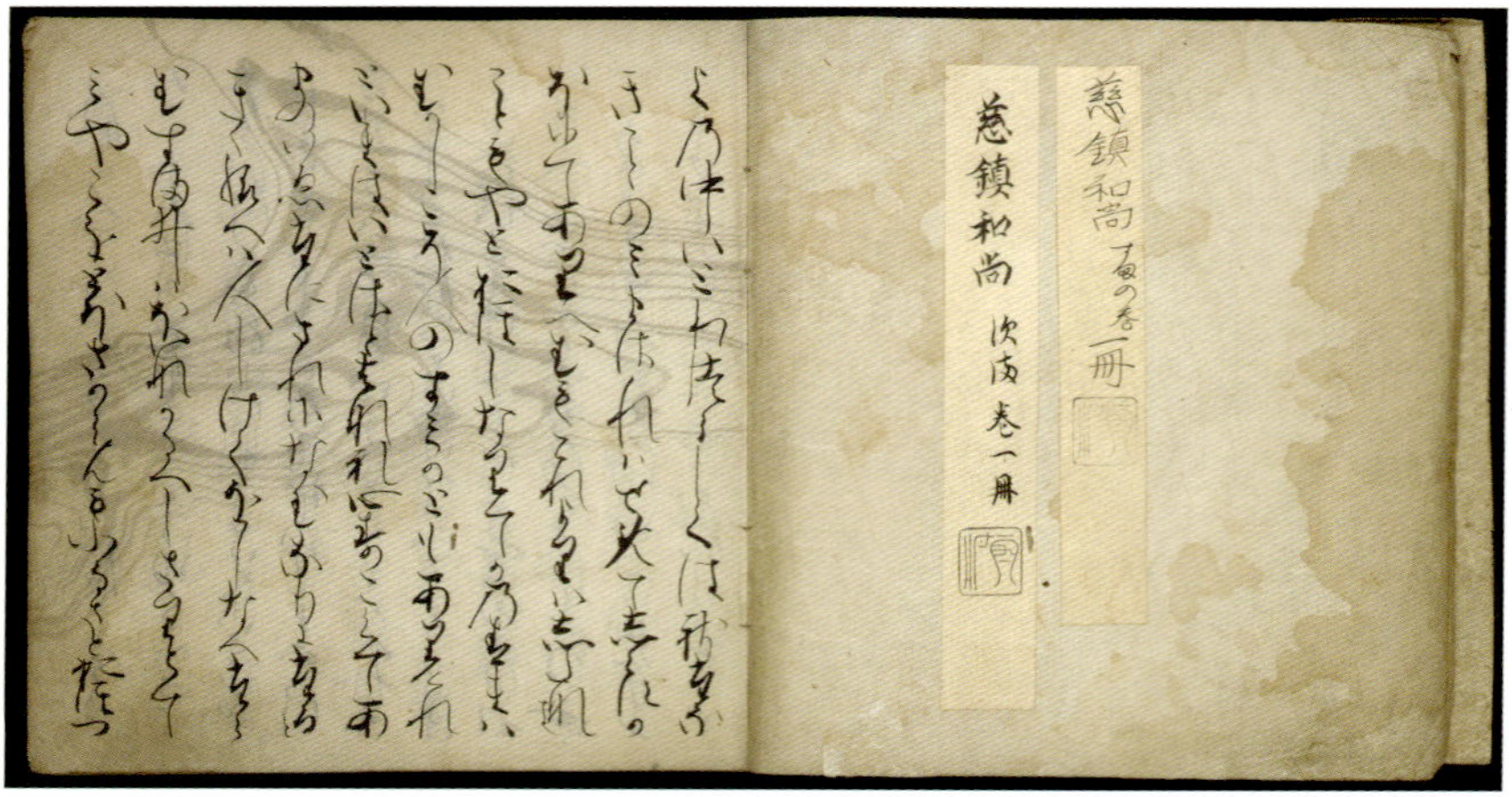

ハーバード大学美術館蔵『源氏物語』「須磨」

Genji Manuscript Suma, Chapter 12 of the Tale of Genji (Genji monogatari), Style of Monk Jien, (1155-1225). Kamakura period, mid 13th century. Two threadbound manuscript books; ink on decorated paper H. 16.6 × W. 16.2 × D. 1.4 cm (6 9/16 × 6 3/8 × 9/16 in.). Harvard Art Museums / Arthur M. Sackler Museum, Gift of Mrs. Donald F. Hyde in honor of Karl Kup, 1974.89.1. Photo: Imaging Department © President and Fellows of Harvard College.

目次

凡例 …………………… 5

影印・翻字

［0］小見出し（『源氏物語別本集成 続』の補訂版）【『源氏物語大成』／『源氏物語別本集成 続』：文節番号】
［1］源氏は都を離れて須磨に移り住む決意をし紫上との別れを悲しむ【三九五/568：120001】 …………… 17
［2］花散里や藤壺など多くの女性たちは源氏の離京を悲嘆する【三九六/574：120149】 …………… 20
［3］源氏は三月二十日頃に都を離れて須磨に赴く【三九六/576：120211】 …………… 22
［4］離京に先だち左大臣邸を訪れ左大臣や三位の中将などと昔を語る【三九七/578：120251】 …………… 23
［5］翌朝左大臣邸を退出し中納言君と別れ大宮と離別の歌を交わす【三九九/594：120615】 …………… 30
［6］二条院に帰り邸内が寂れるのを悲しみ紫上との別れをつらく思う【四〇一/604：120828】 …………… 35
［7］帥宮と三位中将が訪れ鏡に映る姿を見て源氏と紫上との歌の贈答【四〇三/616：121080】 …………… 42
［8］麗景殿女御や花散里との別れ【四〇四/620：121176】 …………… 44
［9］源氏は須磨行きの準備を整え紫上に領地の券などを託す【四〇五/628：121362】 …………… 49
［10］朧月夜に密かに遣わした文の返信を源氏は哀れに見る【四〇六/636：121520】 …………… 53
［11］藤壺を訪れ源氏は複雑な思いをこらえて春宮の世の安泰を願う【四〇七/640：121607】 …………… 55
［12］賀茂神社や桐壺院の山陵を拝した源氏は院の生前の姿を見る【四〇八/646：121754】 …………… 58
［13］王命婦を通じて春宮にも別れの文【四一〇/652：121933】 …………… 62
［14］源氏の恩顧をこうむった多くの人も世をはばかって訪れない【四一一/660：122101】 …………… 66
［15］源氏は朝まだ暗いうちに出立し紫上との別れを惜しむ【四一二/664：122176】 …………… 68
［16］難波を経て船に乗りその日のうちに須磨に着く【四一三/668：122278】 …………… 71
［17］源氏隠棲の地は行平の中納言がわび住まいをしていた近く【四一三/672：122369】 …………… 73
［18］長雨のころ源氏は京へ消息をし紫上は尽きない悲しみの日々【四一四/676：122469】 …………… 75
［19］藤壺、朧月夜、紫上からそれぞれの思いを込めた返信がある【四一六/686：122708】 …………… 81

凡　例

（1）本書は、米国ハーバード大学美術館にある『源氏物語』「須磨」（ハーバード・アーツ・ミュージアム蔵、ドナルド・ハイド夫人寄贈、鎌倉時代中期書写本、以下「ハーバード本」と略称）の影印と翻字本文を、容易に確認できるようにしたものである。

（2）各頁上段にハーバード本の毎半葉の影印を、下段にその翻字を対照できるように掲げた。

（3）翻字段には、行間の随所に小見出しを付すことで、当該箇所の物語内容を確認する手がかりとした。
小見出しは、『CD-ROM　古典大観　源氏物語』（伊井春樹編、角川書店、平成一一年）に収録された、伊井春樹版デジタルテキストを基とする。ただし、その後さらに『源氏物語別本集成　続　第三巻』（伊井春樹・伊藤鉄也・小林茂美編、平成一八年、おうふう）に補訂を経て収載され、それを今回見直して修訂している。

（4）小見出しには三種類の参照情報【『源氏物語大成』の頁／『源氏物語別本集成　続』の頁：文節番号】を追記した。ただし、次の例は『源氏物語別本集成　続』の底本である陽明文庫本とハーバード本の本文間に異同があるため、文節番号がずれている。

［4］離京に先だち左大臣邸を訪れ左大臣や三位の中将などと昔を語る【三九七/578：120251】
本文異同：陽明文庫本「きゝおかすなりにけり」
ハーバード本「きゝをかれすなりにけりおほゐとのにかねて」
注記：陽明文庫本には「おほゐとのにかねて」がないため、ハーバード本のこの語句は「120251」に含める。

（5）参照情報で【：文節番号】として明示した六桁の算用数字（120001等）は、『源氏物語別本集成　続』において当該巻の文節の位置を知るために、目安として当てた通し番号である。これは、『源氏物語別本集成　続』の底本として用いた陽明文庫本の本文を文節毎に区切った通し番号であり、本書でも継承している。ただし『源氏物語別本集成　続』では、枝番号を含めた一〇桁となっている。この番号は、『源氏物語』におけるすべての異本異文を、文節番号で取り扱える研究環境を提供することを視野に入れて策定したものである。さらには、情報文具を利用した研究にも対応できるように、データーベース化を意識したものとなっている。『源氏物語』におけることばの位相が、その文節番号という位置づけによって把握でき、また語句が存在する場所の特定のみならず、諸本との異同を相対化できることにも有効なものとなっている。この番号は、その後の見直しにより、版によって多少の変更がある。

なお、番号頭部の二桁の数字「12」は『源氏物語』の巻順であり、ここでは第一二巻「須磨」を示している。

(6) 物語本文を文節に切るにあたっては、諸本の異同の状態を考慮し、利用上の便宜を優先した場合がある。文脈と異文の状態を勘案しながら、本文を文節に切る作業においては柔軟に対応している。なお、『源氏物語別本集成』から『源氏物語別本集成 続』へ本文データを移行するにあたり、文節切りの見直しによる変更がある。そのため、通し番号としての文節番号が連続せずに飛ぶことがある。

(7) 本書の翻字本文では、文節単位の区切りを中黒点(・)で明示した。これは、物語本文の流れと語られている内容を理解しやすくする、視覚的な働きを持つ目印となる。また、諸本との本文異同を『源氏物語別本集成 続』で確認するにあたって、手助けとなるものである。この語句の切れ目は、『源氏物語別本集成 続』の底本である陽明文庫本を基にしている。そのため、ハーバード本が陽明文庫本と本文に異同がある場合には、本翻字では複数の文節が一塊となって中黒点(・)で挟まれていることがある。

(8) 「も」と「ん」については、当然「も」と読むべき「ん」であっても、表記された字形を優先して書かれているままの文字で翻字した。

(9) 書写されている文字が読み取れない箇所であっても、文字の一部と文章の流れから類推して読める場合には、(判読)と明示して読み取ったものがある。

(10) 書写様態などに関する付加情報(傍書、ミセケチ、ナゾリ、補入)は、本行本文の右側に小字で注記した。ただし、〈重ね書き・ナゾリ書き〉については、書写者が書きたかったであろう〈なぞった〉文字を推読して本行にあげ、下に書かれている文字をその右横に「*」印を付して併記した。重ね書きはミセケチと違い、既に書いたものを全く消してしまおうという意図があるため、翻字にあたってはこのような処置をとった。

なお、下の文字が推読できないものは、不明な文字として「△」で示した。

例　く《*△》れ

「くれ」（2ウ9行目）の場合、「く」はなぞられた下の文字が推読できないので、その右横に「*」印を付し、さらにその右横に「△」を併記した。

また、文字を書きながら間違えたことに気付き、一字を途中から中断して正しい文字をなぞった場合にも、下の書き止した文字を推読して明示したところがある。

例　け《*さ》

「け」（9ウ2行目）の下に書かれている文字は「さ（佐）」と思われる。

さらに、ナゾリと傍記が混在する場合は、行間に次のように明示した。

例　人も・まことに《***》《こらへ(判読)》《ことに(傍記)》・をし《(ママ・諸本をかし)》

右の例における「まことに」（7オ4行目）では、「こらへ（判読）」をなぞって「ことに」と書き、その右横にさらに「ことに（傍記）」としている。さらに、「をし」は諸本が「をかし」となっているので、脱字と思われる。明らかな誤字・脱字・衍字の箇所には、「（ママ・諸本をかし）」というように参考情報を追記した。

また、次のような複雑な例もある。

例　ま。《た》すて《し*△》

「ますて」（19ウ8行目）の場合、「ま」の右下に補入記号「○」を付して「た」を傍記し、さらに「す」の右下に何か文字を書いた後、その傍記を擦り消して削除してその上から「し」となぞっている。これで「またすして」と読ませようとするのである。

⑾　写本では書き足された文字も、翻字ではそのことが表示されない例もある。

例　すこし・とほけれと（40ウ5行目）

では、「と」は「ほ」と書いてから「と」を書き忘れたことに気付き、ただちに「し」と「ほ」の間になぞるようにして「と」を書き足したものである。

(12) 書写状態を明示するため、説明的な注記を傍記した場合がある。

例　五六人《(五ト六ノ間ニ墨デ中黒点アリ)》はかり

「五六人はかり」(42ウ2行目)では、「五ト六ノ間ニ墨デ中黒点アリ」と注記を右横に付した。

(13) 削除された文字については、「(削)」や「(墨削)」を傍記文字に付記した。

例　なりに△《*し(墨削)》けり

「なりに△けり」(15ウ10行目)は、「し」を墨で塗り潰すことで、この文字がなかったものとしている。

(14) ひらがなとしての表記であっても、明らかにそのひらがなの字母である漢字を強く意識して書いている場合には、その漢字を翻字として明示した。

例　る《類》　野《(ママ)》　良《(ママ)》

「類」(25オ6行目・傍記)、「野」(31オ3行目)、「良」(31ウ7行目)

その逆で、諸本がひらがなのところを、本書が漢字で書く場合もある。

例　「無」(2オ5行目)

は、諸本が「なき」とするところである。これが行末であることもあろうが、同じ丁の5行後では「無」をひらがなの「む」として書いている。また、「べし」という表記が九例、「可」が五例もある。このハーバード本には、意識的な字母意識が散見する。その親本が特異な写本だったのか、本書の書写者の美的な感性によるものなのか、今後の検討課題だといえる。

(15) 書きながら筆が走って書き間違った場合は、その場ですぐに書き直している。

例　あけ《*さ》にあさからす

「あけにあさからす」(9ウ2行目)は、「あさからす」と書こうとして「あさ」まで書いてから、「けに」を見落としたことにすぐに気付いたようだ。そこで、「あ」をミセケチにし、書きかけの「さ」を「け」にナゾリ書きし、「あさからす」と書き続けている。なお、陽明文庫本・御物本・阿里莫本などは「けに」がない。書写にあたっての親本には、この「けに」が傍記か補入であった可能性が考えられる。

(16) 金粉をまぶして型押しをしている丁は、以下の通りである。

4ウ・5オ（1丁見開き）、16ウ・17オ（1丁見開き）、28ウ・29オ（1丁見開き）、40ウ・41オ（1丁見開き）

(17) 写真に写っていない箇所は、次の二カ所の行末（ノドの部分）である。

「も」（36ウ）

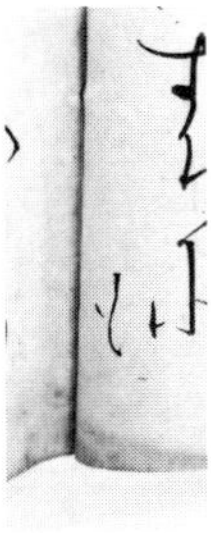

「と」（43ウ）

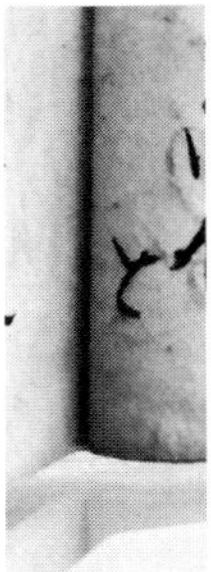

(18) 翻字の方針に関する詳細は、『源氏物語別本集成 続 第一巻』の凡例を参照願いたい。ただし、本書では原本を忠実に再現するように翻字したのに対して、『源氏物語別本集成 続』ではデータベース化のための処置が随所に施されていることに違いがある。

(19) 本文を翻字するにあたっては、編者の調査に同行した大内英範と神田久義が原本を直接確認し、阿部江美子が写真版でさらに全丁の確認と点検をした。

影印・翻字

すま

九

表紙

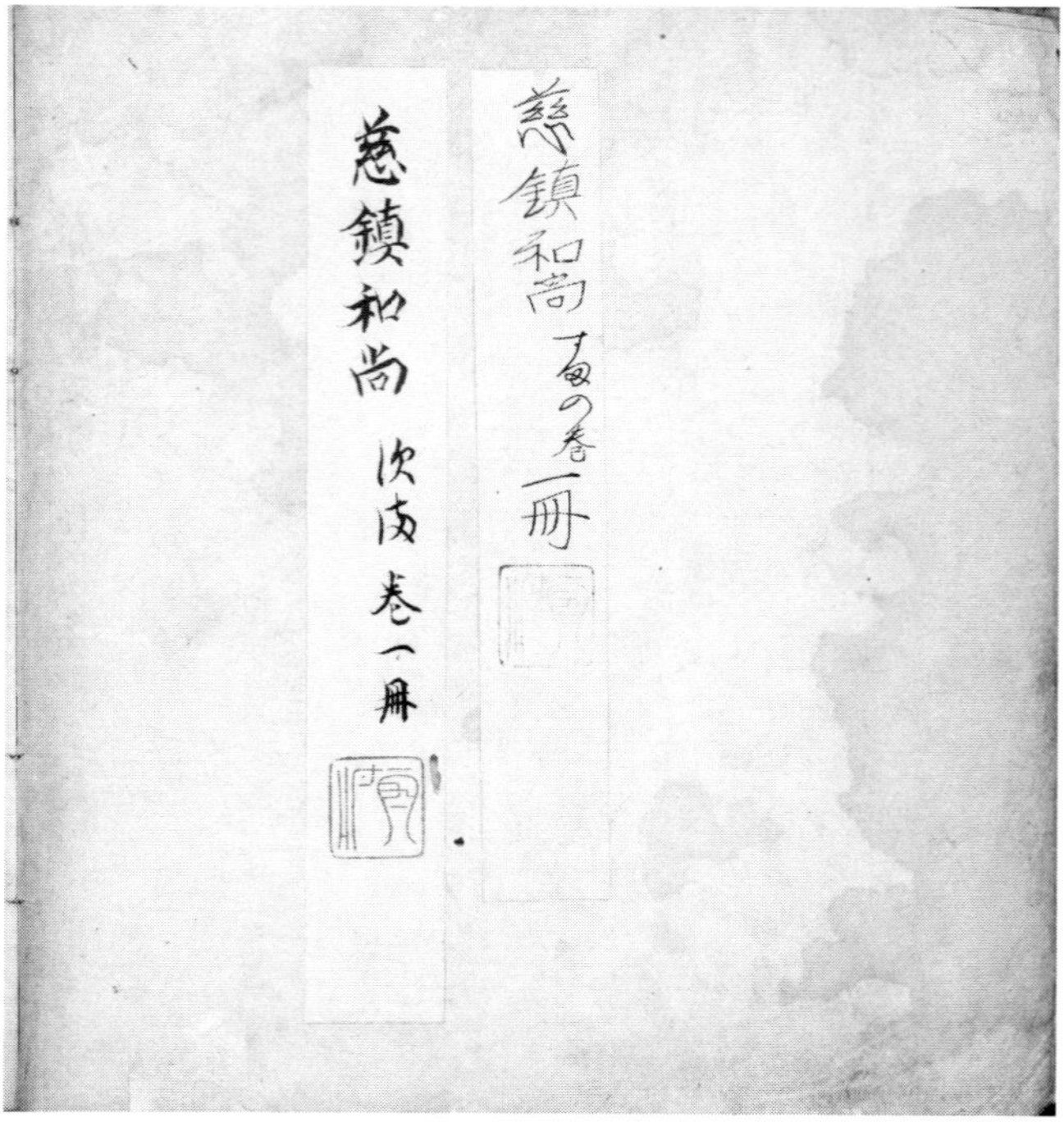

慈鎮和尚　すまの巻　一冊　村守

慈鎮和尚　すま巻一冊　村守

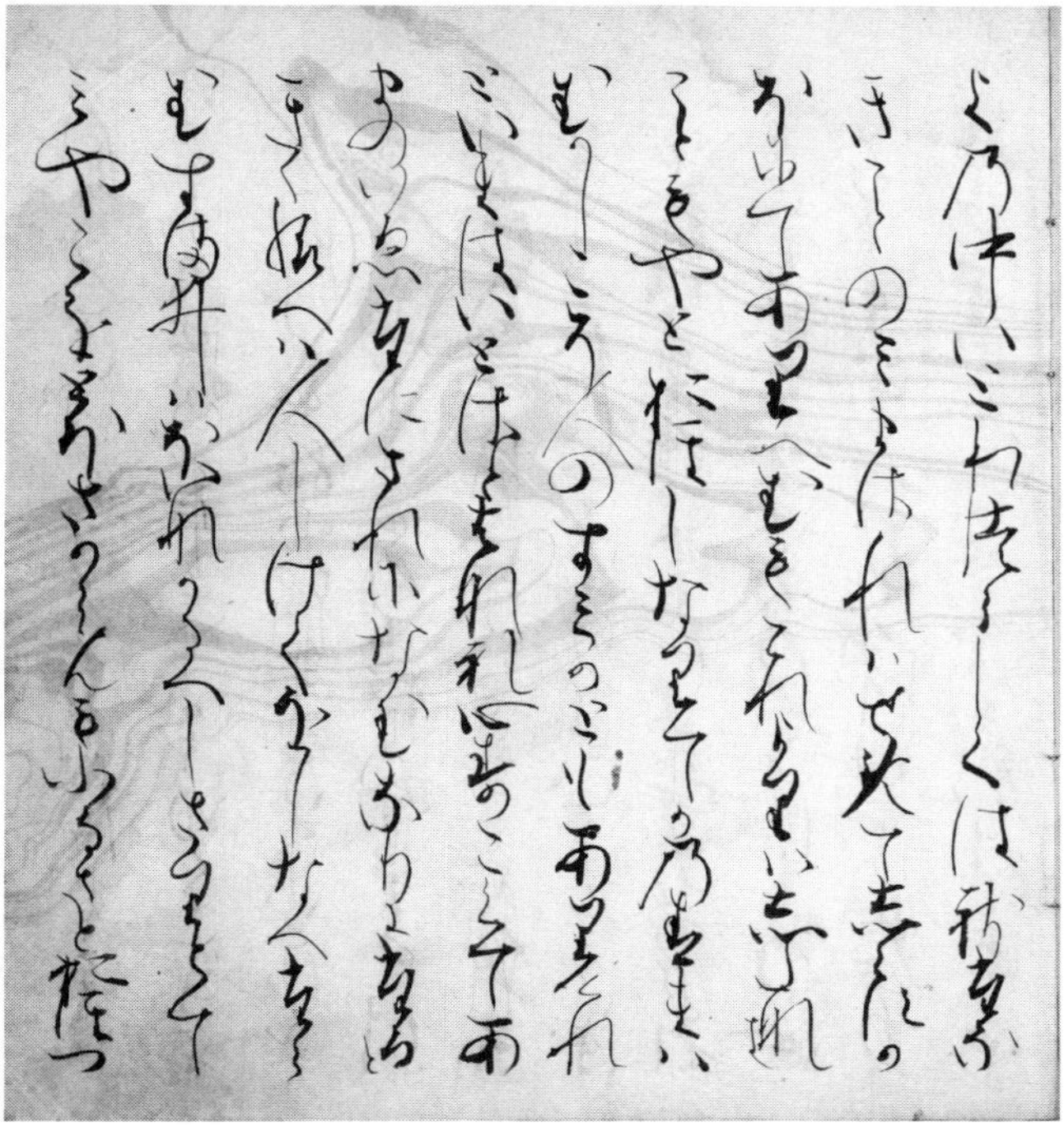

【1】源氏は都を離れて須磨に移り住む決意をし紫上との別れを悲しむ
【三九五/568:120001】

よの中・いと・わつらしくはしたな
き・ことのみ・まされは・せめて・しらすか
ほにて・ありへむも・これより・はしたなき・
こともやと・おほしなりて・かの・すまは・
むかしこそ・人の・すみかとも・ありけれ
と・いまは・いと・さとはなれ・心すこくて・あ
まの・いゑたに・まれになむなりにたる・
と
きゝ・給へは・人・しけく・をしなへたら
む・すまゐは・ほいなかるへし・さりとて・
みやこを・とほさからんも・ふるさと・おほつ

」1オ

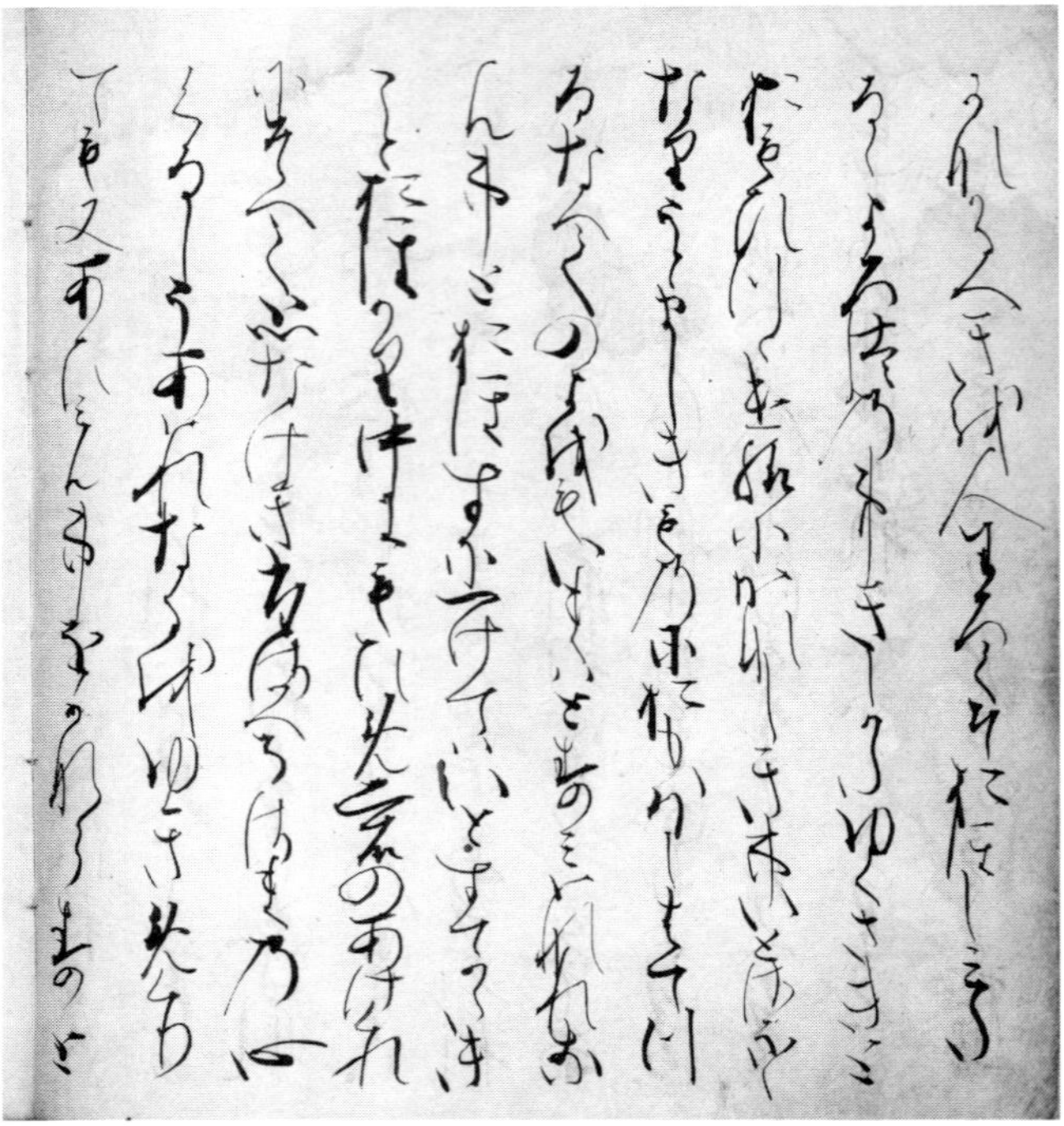

かなかるへきを・人わろくそ・おほしみた
るゝ・よろつの・事・きし・かた・ゆく・さきと・
おもひつゝけ給に・かなしき・事・いと・さまく
なり・うとましき・ものに*と(判読)・おもほしはてつ
るなへての・よをも・いまはと・すみはなれな
ん・事とおほすにつけては・いと・すてかたき・
こと・おほかり・中にも・ひめ君の・あけくれ
に・そへて・思なけき・たまへる・さまの・心
くるしう・あはれなるを・ゆきめくり
ても・又・あひみん・事を・かならすと・

」1ウ

おもはんにても・一二日の程・よそ〳〵に・
へたゝる・をり〳〵たに・おほつかなく・おほえ・
おむな君も・心ほそき・ものに・思給へる
を・いくとせ・その程と・かきりある・みちに
も・あらて・へたゝりゆかむにと・さため・無・
世に・やかて・わかるへき・かとてにてもやと・
いみしう・おもほえ給へは・もろともにや・し
のひてと・おほしよる・をり〳〵・あれと・さる・
心ほそき・うみ・つらに・なみ風より・ほかに・
たちましる・ひと・なからむ・かく・らう

」2オ

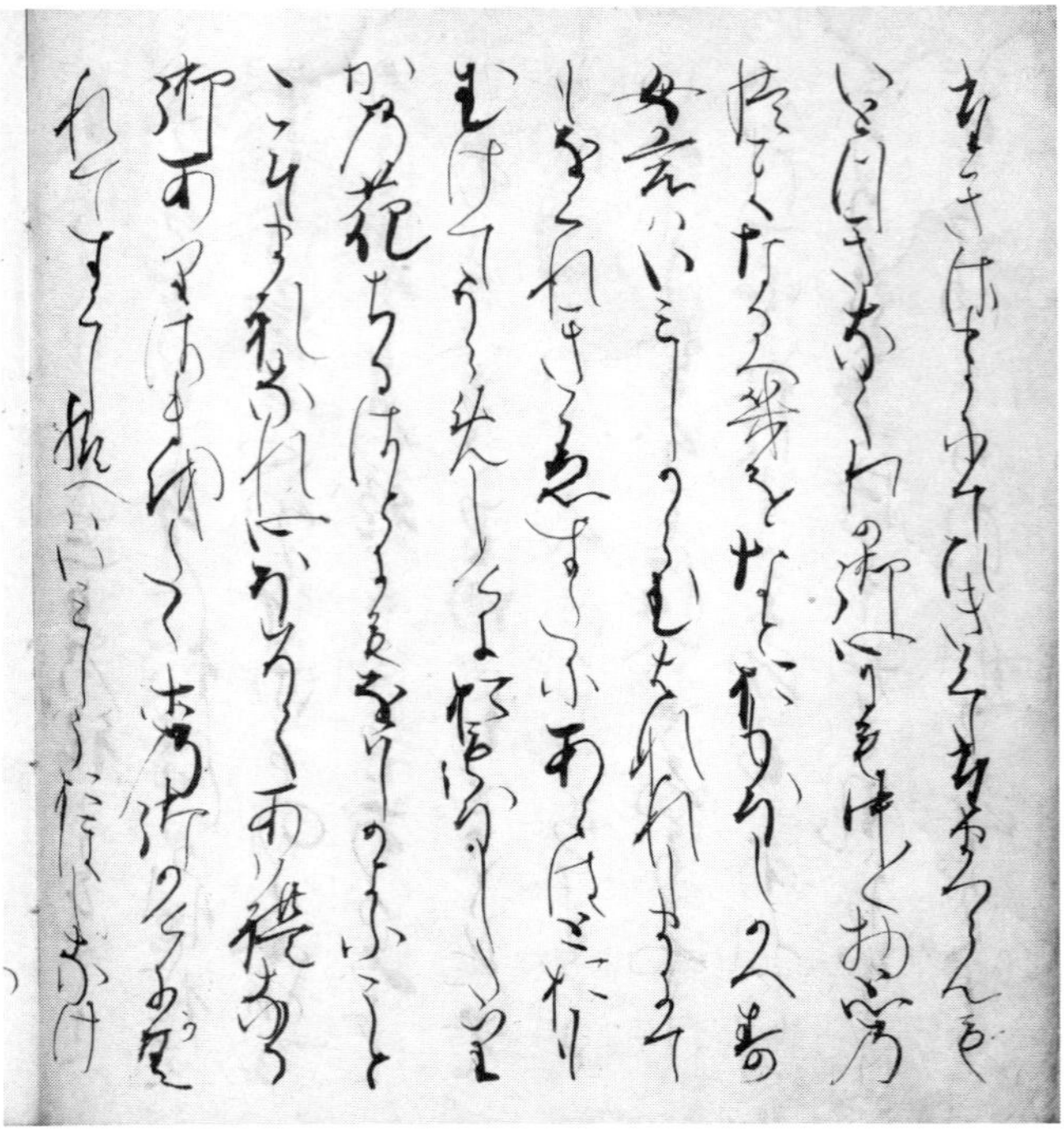

たき・さまにて・ひきくし・たまへらんも・
いと・つきなく・わか・御心にも・中〱・物思の・
つまなるへきをなと・おもほしかへす・
女君は・いみしからむ・はなれしまにて
も・をくれ・きこゑすたに・あらはとおも
むけて・うらめしけに・おもほしたり・
[2] 花散里や藤壺など多くの女性たちは源氏の離京を悲嘆する【三九六/574:120149】
かの・花ちるさとにも・をはしかよふ・こと
こそ・まれなれ・心ほそく・あはれなる・
御ありさまを・たゝ・この・御かけに・く《か》*△
れて・すくし・給へは・いみしう・おほしなけ

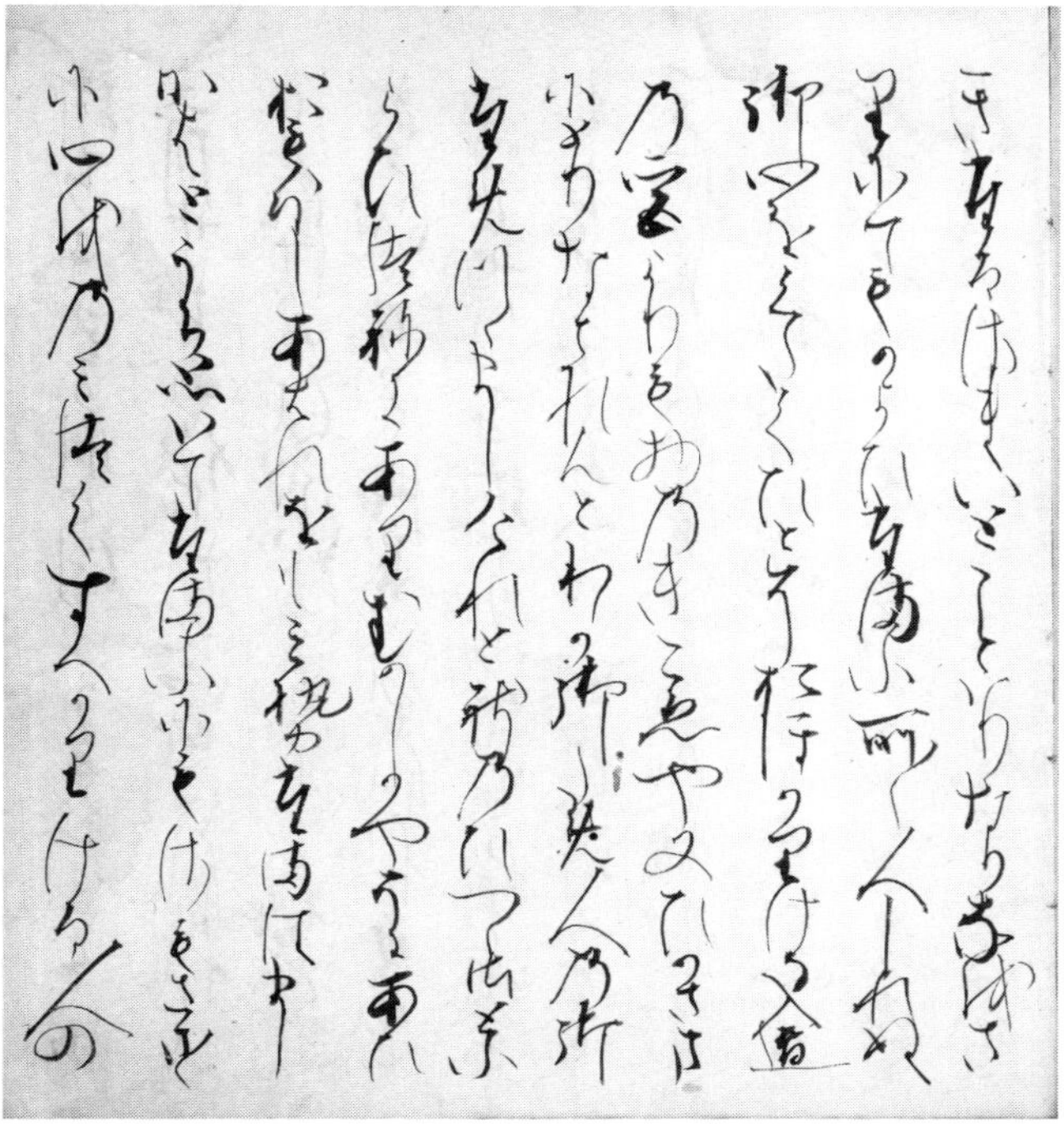

きたる・さま・いと・ことはりなり・なをさ
りにても・かよひ・たまふ・所〳〵・人しれぬ・
御心を・くたく・ひとそ・おほかりける・入道
の宮よりも・物の・きこゑや・又・ひかさま
に・とりなされんと・わか・御ため・人の・御
ため・つゝましけれと・しのひつゝ・御とふ
らひ・つねに・あり・むかし・かやうに・あひ
おもほし・あはれをも・みせ・たまはまし
かはと・うち思いて・たまふにも・さもさま〳〵
に・心をのみ・つくすへかりける・人の・

」3オ

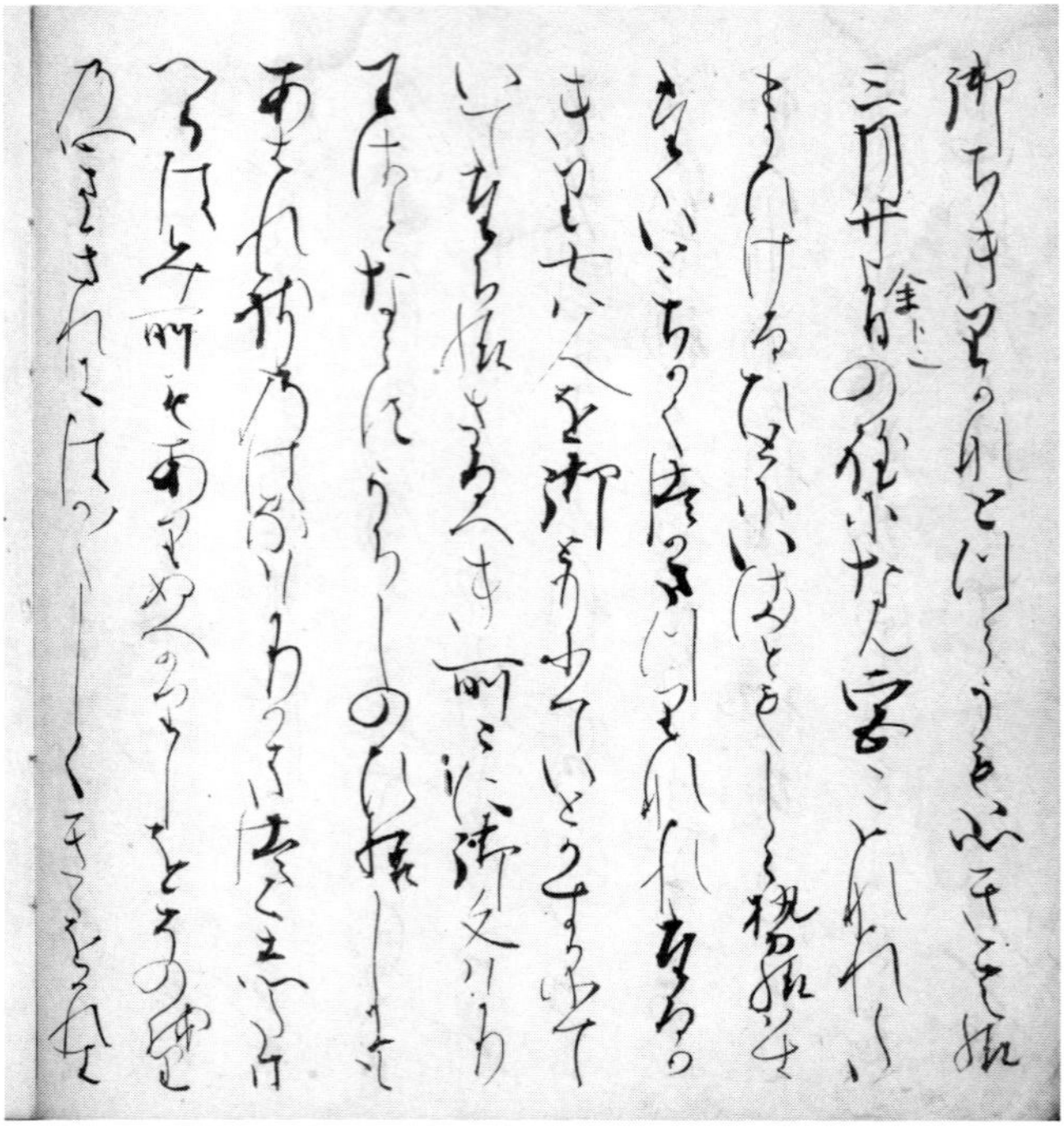

御ちきりかなと・つらうも・思・きこえ・給・

【3】源氏は三月二十日頃に都を離れて須磨に赴く【三九六/576：12021】

三月・廿よ《余ト也》日の・程になん・宮こ・はなれ・た
まひける・ひとに・いまとも・しらせ・給はす・
たゝ・いと・ちかく・つかまつりなれたるか
きり・七八人を・御ともにていとかすかにて・
いてたち・給・さるへき・所々に・御文はかり・
わさとならす・うちしのひ・給しにも・
あはれ・しのはるはかり・かきつくし・たま
へるは・み所も・ありぬへかりしを・その・をり
の・心・まきれに・はかくしく・きゝをかれす

」3ウ

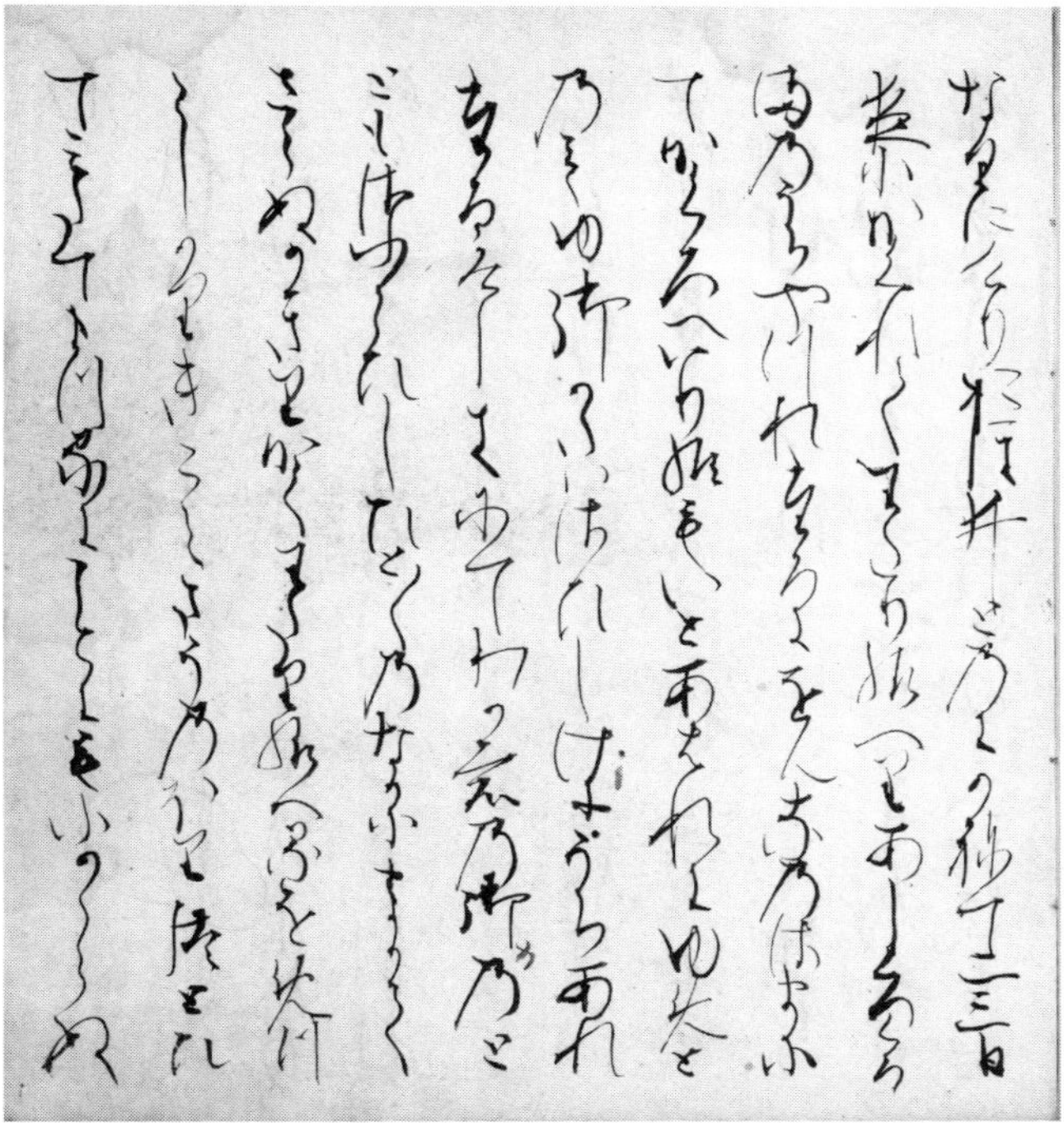

【4】 離京に先だち左大臣邸を訪れ左大臣や三位の中将などと昔を語る【三九七/578：120251】

なりにけり・おほゐとのにかねて・二三日・
夜に・かくれて・わたり・給へり・あしろくる
まの・うちやつれたるに・をんなの・さまに
て・かくろへ・いり・給も・いと・あはれに・ゆめと
のみ・ゝゆ・御かたは・さひしけに・うちあれ
たる・けしきにて・わか君の・御の《め》と
とも・さふらひしひとくの・なかに・まかて
さらぬ・かきり・かく・わたり・給へるを・めつ
らしかりきこえ・まうのほりつとひ
て・み・たてまつるに・ことにも・ふかゝらぬ・

」4オ

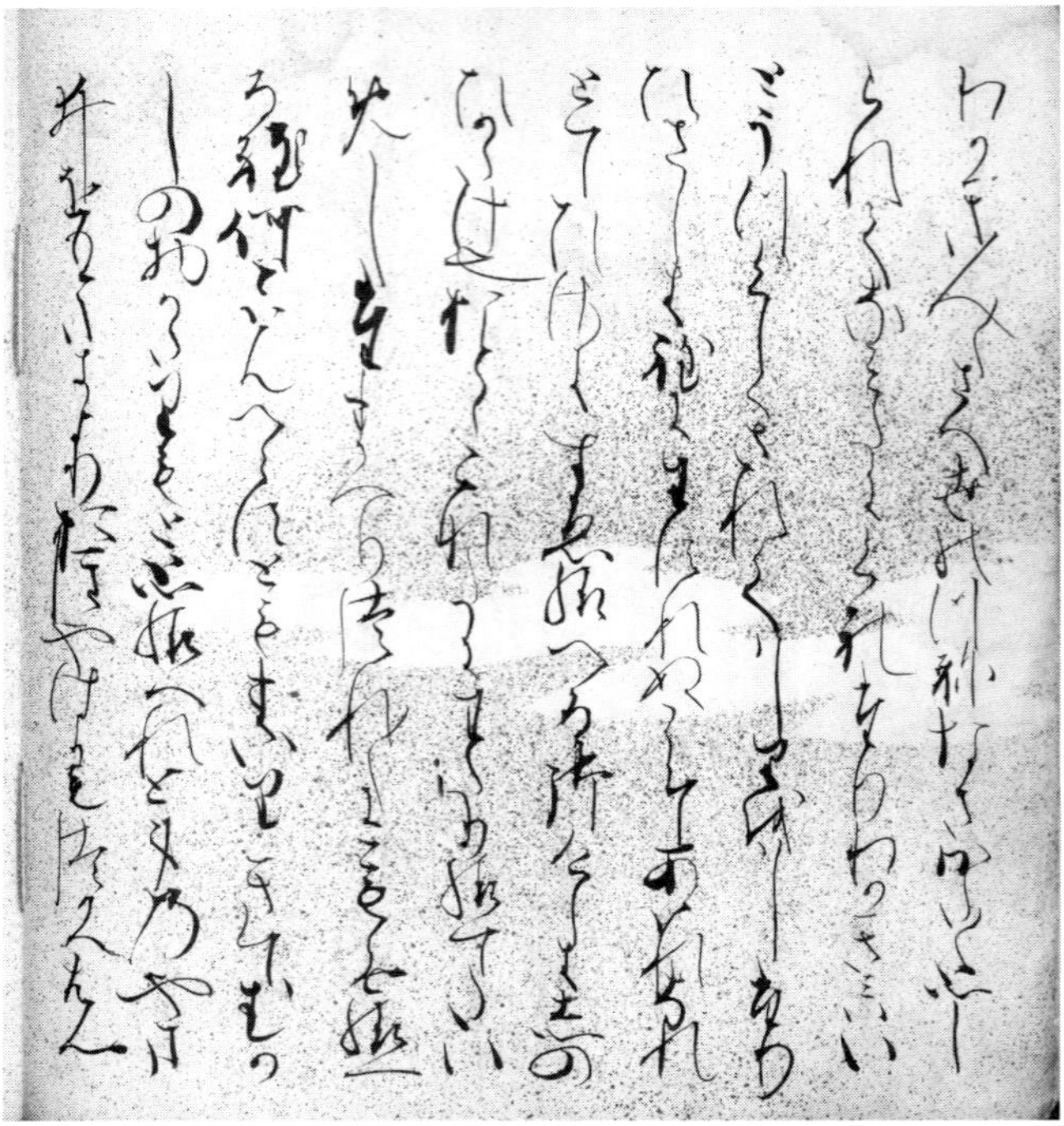

わかき・人〳〵さへ・世の・つねなさ・かた〳〵・思し
られて・なみたに・くれたり・わかきみは・い
と・うつくしく・されてはしりをはしたり・
ひさしき・程に・わすれぬこそ・あはれなれ
とて・ひさに・するゑ・給へる・御けしき・しの
ひかたけ也・おとゝ・こなたに・わたり・給て・たい
め・し・たまへり・つれ〳〵に・こもらせ・給へ
る・程・何と・はんへらすとも・まいりきて・むか
しの・物かたり・もと・思・給へれと・身の・やま
ゐ・をもきにより・おほやけにも・つかへ・はへ

」4ウ

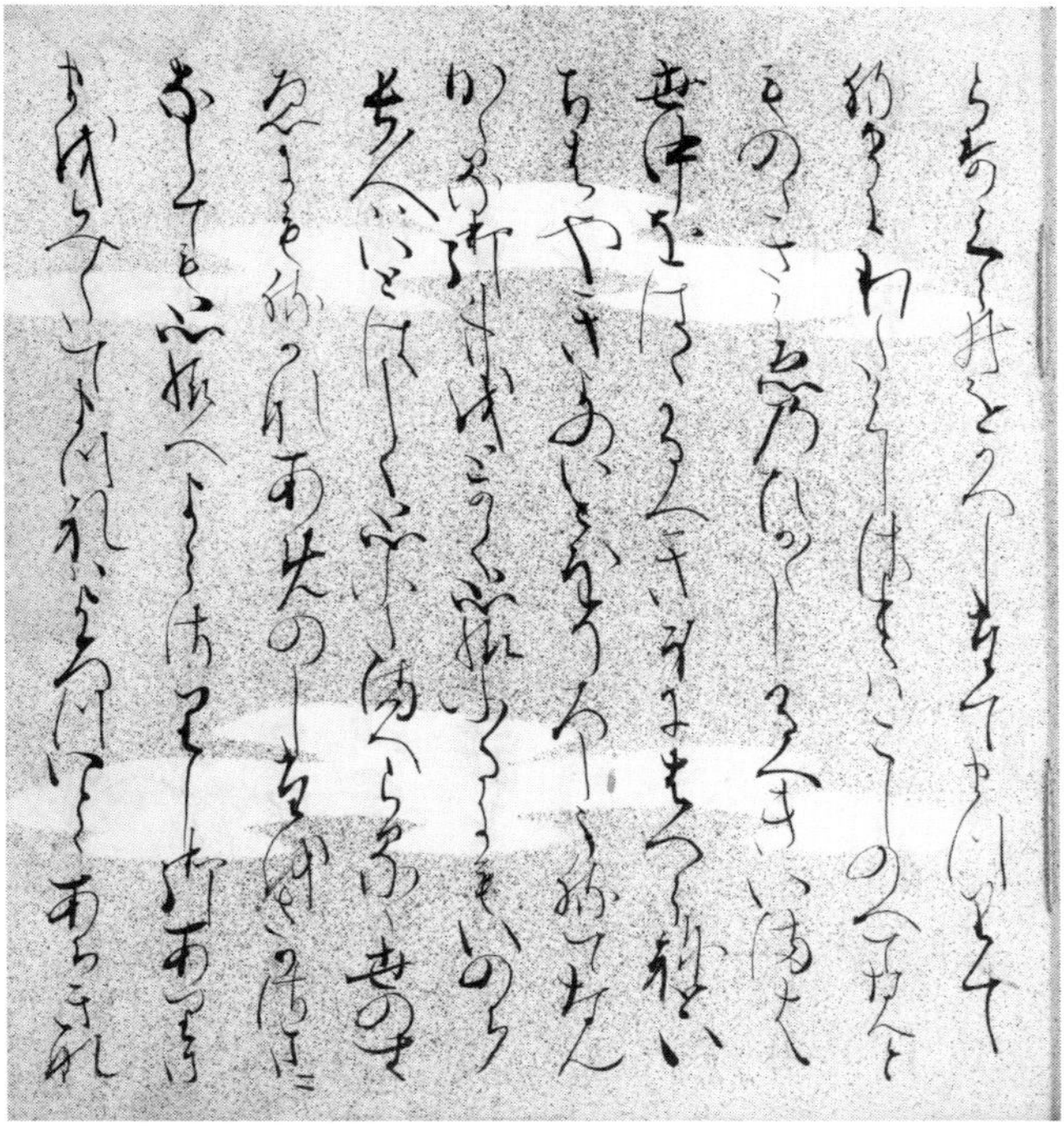

らす・くらゐを・かへし・たてまつりて・
侍るに《*し》・わたくしさまは・こし・のへてなんと・
ものゝ・きこゑの・ひかくしかるへき・いまは・
世中を・はゝかるへき・身に・はへらねと・い
ちはやき・よの・いと・をそろしう・侍てなん・
かゝる・御事を・とかく・思・給ふるにも・いのち・
長人は・いとはしく・思ふ・たまへらるゝ・世のす
ゑにも・侍かな・あめのしたを・さかさまに・
なしても・思・給へ・よらさりし・御ありさ
まを・み・たてまつれは・よろつ・いとゝ・あちきな

」5オ

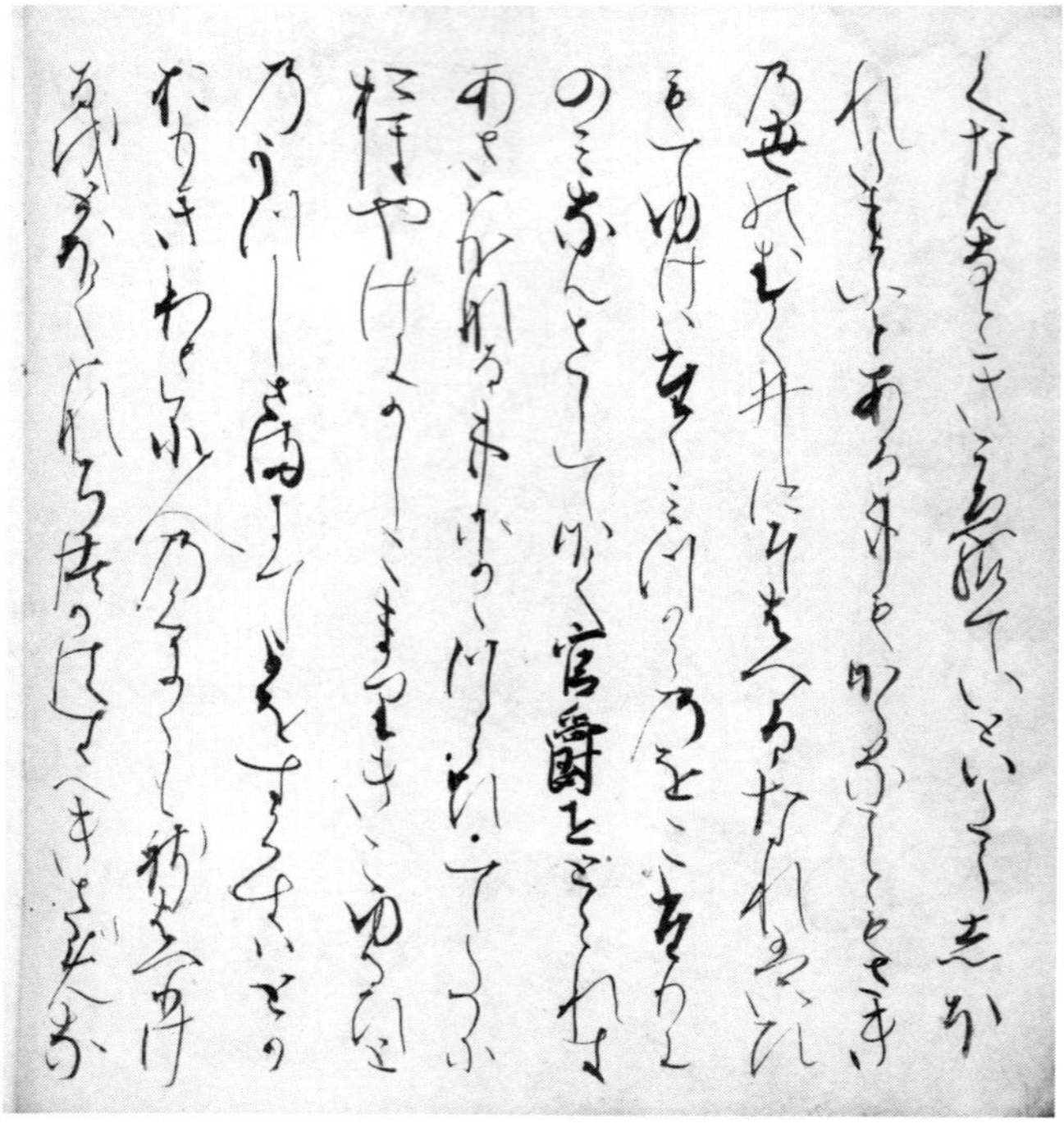

くなんなと・きこゑ・給て・いと・いたう・しほ
れ・たまふ・とある・事も・かゝる・ことも・さき
の・世の・むくゐにそ・はへるなれは・いひ
もてゆけは・たゝ・みつからの・をこたりに
のみなん・さして・かく・官爵を・とられす・
あさはかなる・事に・かゝつらひてたに・
おほやけに・かしこまり・きこゆる・ひと
の・うつしさまにて・よを・すくすは・とか・
おもき・わさに・人の・くにゝも・し・はへりけ
るを・とほく・はなち・つかはすへき・さめ《た》な

」5ウ

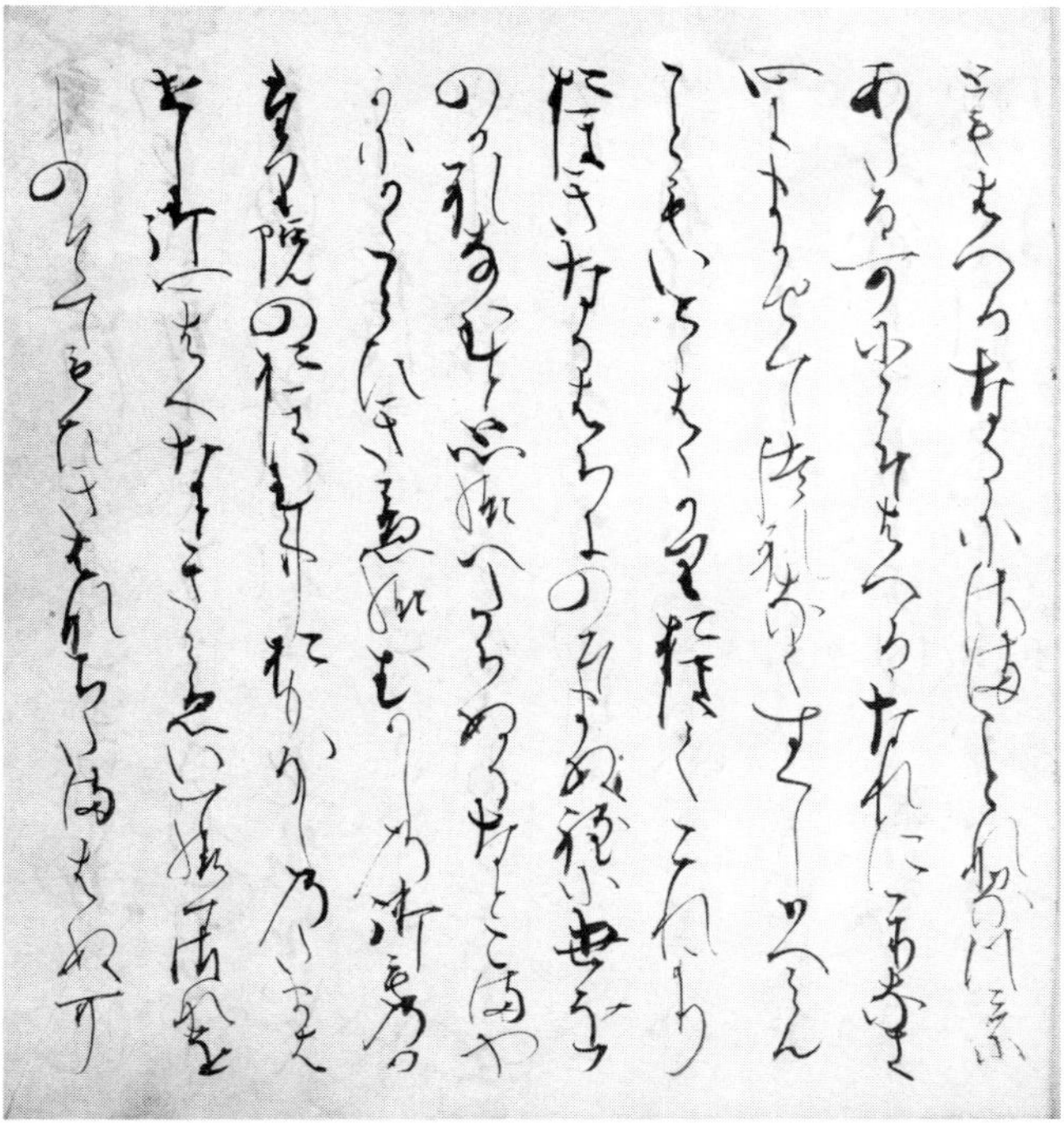

とも・はへるなるに・さま・ことなる・つみに・
あたる可にこそ・はへるなれ・にこり・なき・
心に・まかせて・つれなく・すくし・はへらん・
ことも・いとゝ・はゝかり・おほく・これより・
おほきなる・はちに・のそまぬ・程に・世を・
のかれなむと・思給へたちぬるなと・こまや
かに・かたらひ・きこゑ・給・むかしの・御ものか
たり・院の・おほむ事・おもほしのたまは
せし・御心はへなと・きこゑいて・給て・御なを
しの・そても・ひき・はなち・たまはぬ可・

」6オ

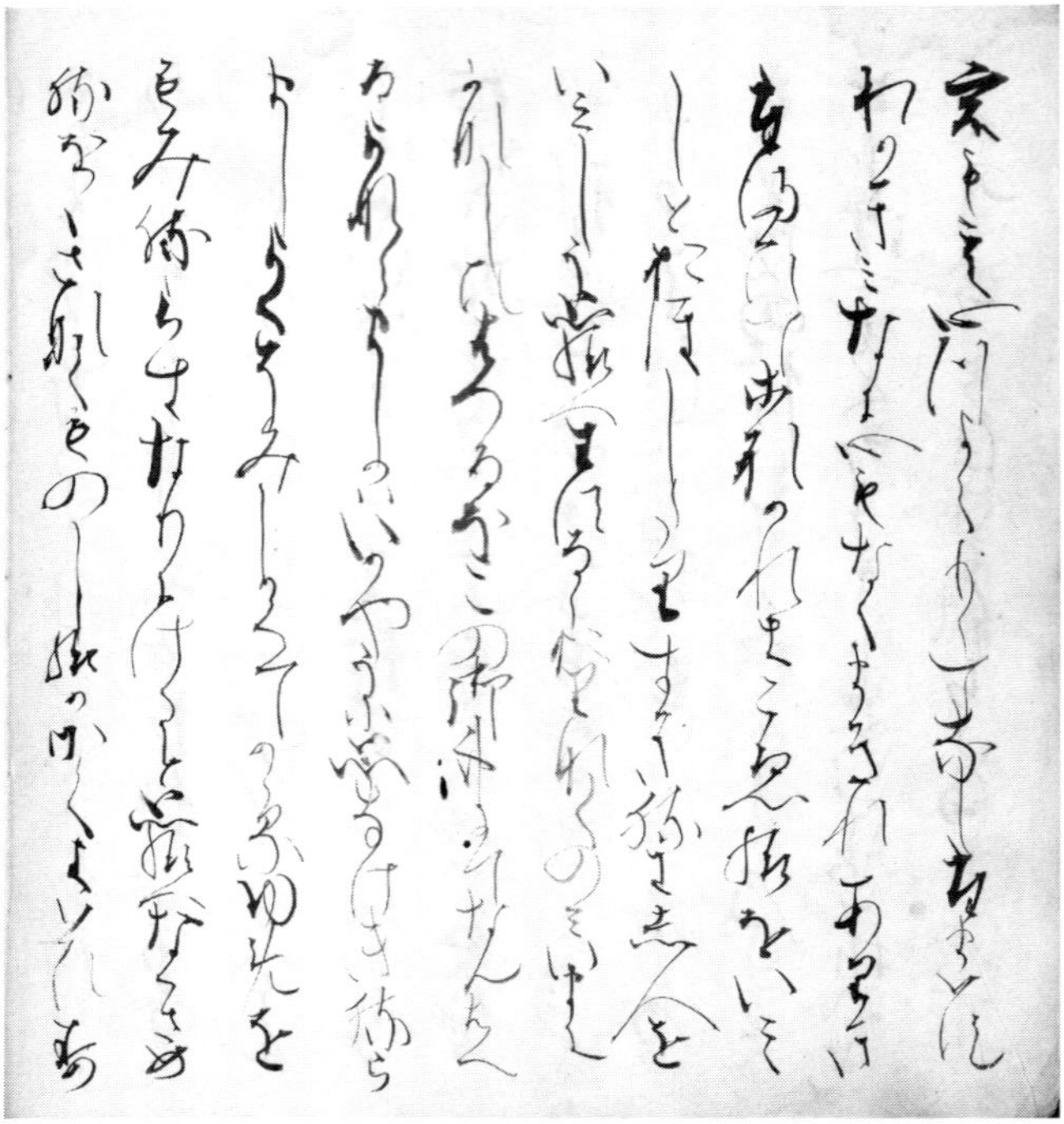

君も・え・心つよくも・ゝてなし・たまはす・
わかきみ・なに心も・なく・まきれありき・
たまひて・これ・かれ・きこゑ・給を・いみ
しと・おほしたり・すき・侍にし・人を・
いみしう・思・給へ・わするゝ・おり・なくのみ・いまに・
かなしひ・はへるを・この・御事にてなん・はへ
る・よならましかは・いかやうに・思・なけき・侍ら
まし・よくそ・みしかくて・かゝる・ゆめを
も・み侍らす・なりにけると・思・給へ・なくさめ・
侍を・ゝさなく・ものし・給か・かく・よはひ・す

」6ウ

きぬる・中に・とゝまり・給て・なつさひ・き
こゐ・たまはぬ・月日や・へたゝり・侍らんと・
よろつの・ことより・こゐて(ことに(傍記) こらへ(判読))・かなしく・侍る・
いにしへの・人も・まこと＊＊＊に・をし(ママ・諸本をかし)・あるに
てしも・かゝる・つみには・あたらす・侍りけ
り・なほさるへき・人のなにかしにてこ
そは人の・みかとにも・かゝる・たくひ・はへりけ
れと・いひいつる・ふし・ありてこそ・さることも・
侍りけれ・とさま・かうさまに・思・たまへ・よらん・
かたなん・なきと・おほくの・御物かたり・きこえ・

たまふ・三位中将も・まいりあひ・たまひて・
おほんみきなと・まいり・給に・夜・ふけぬれは・
とゝまり・給て・人く・御とのゐに・さふらはせ
たまひて・御ものかたりなと・せさせ・給・人
よりは・こよなく・しのひおもほしたりし・
中納言の君・いえはえに・かなしと・おもへる
さまを・ひとしれすみしり給て・あはれと・
おもほす・人く・しつまりぬる・程に・とりわ
き・かたらひ・たまふ・これにより・たちとまり・

〔5〕翌朝左大臣邸を退出し中納言君と別れ大宮と離別の歌を交わす【三九九／594:120615】

たまへるへし・あけぬれは・夜・ふかく・

」7ウ

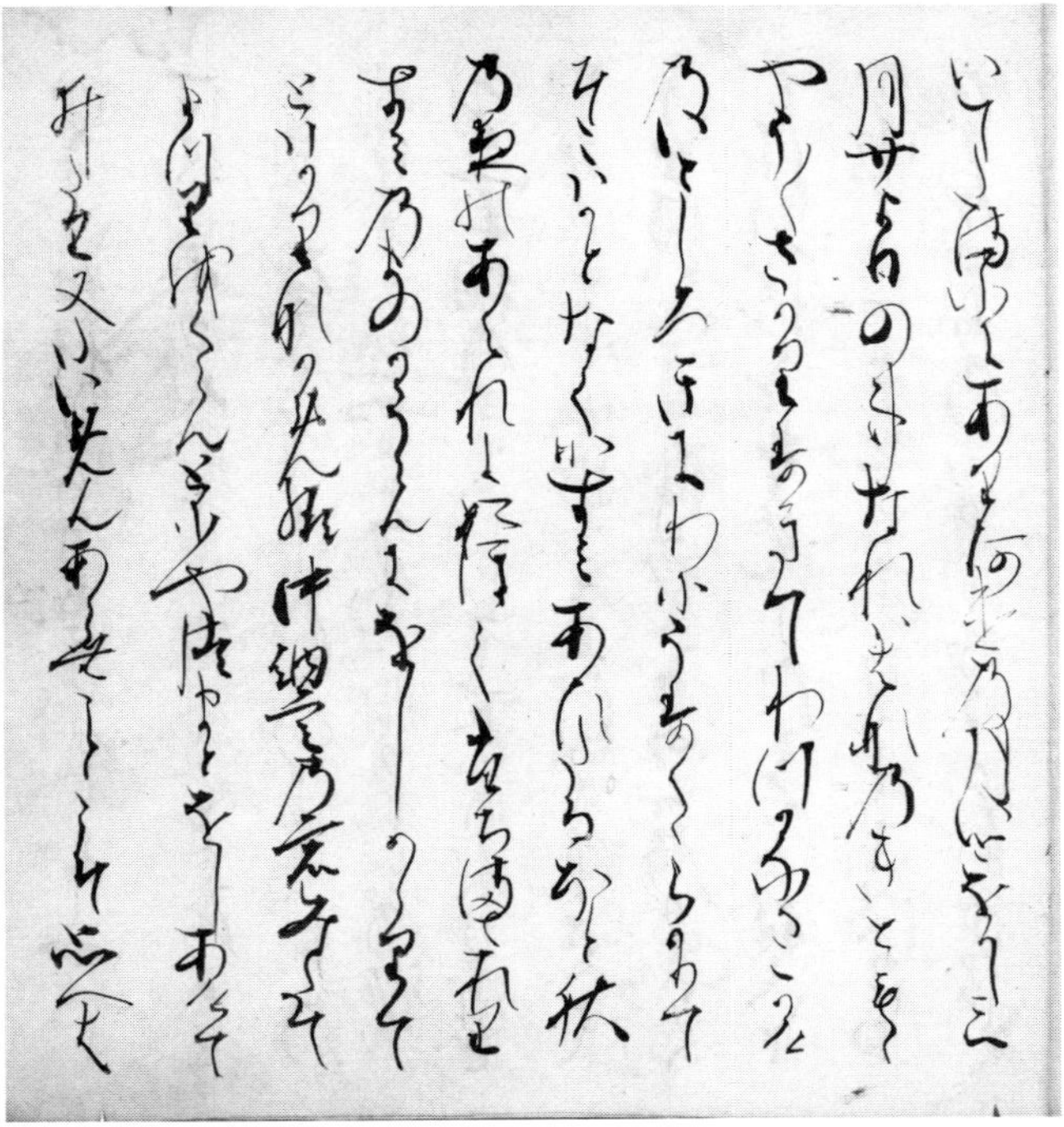

いて・たまふに・ありあけの・月いとをかし・三
月廿よ日の・事なれは・はなの・きともゝ・
やうくさかり・すきて・わつかなる・こかけ
の・いと・しろき・にわに・うすく・ゝらかりて・
そこはかとなく・かすみあひたる・ほと・秋
の夜の・あはれに・おほく・たちまされり・
すみの・まの・かうらんに・をしかゝりて・
とはかり・なかめ・給・中納言の君・み・たて
まつり・をくらんとにや・つまと・をしあけて・
ゐたり・又・たいめん・あらむ・ことこそ思へは・

」8オ

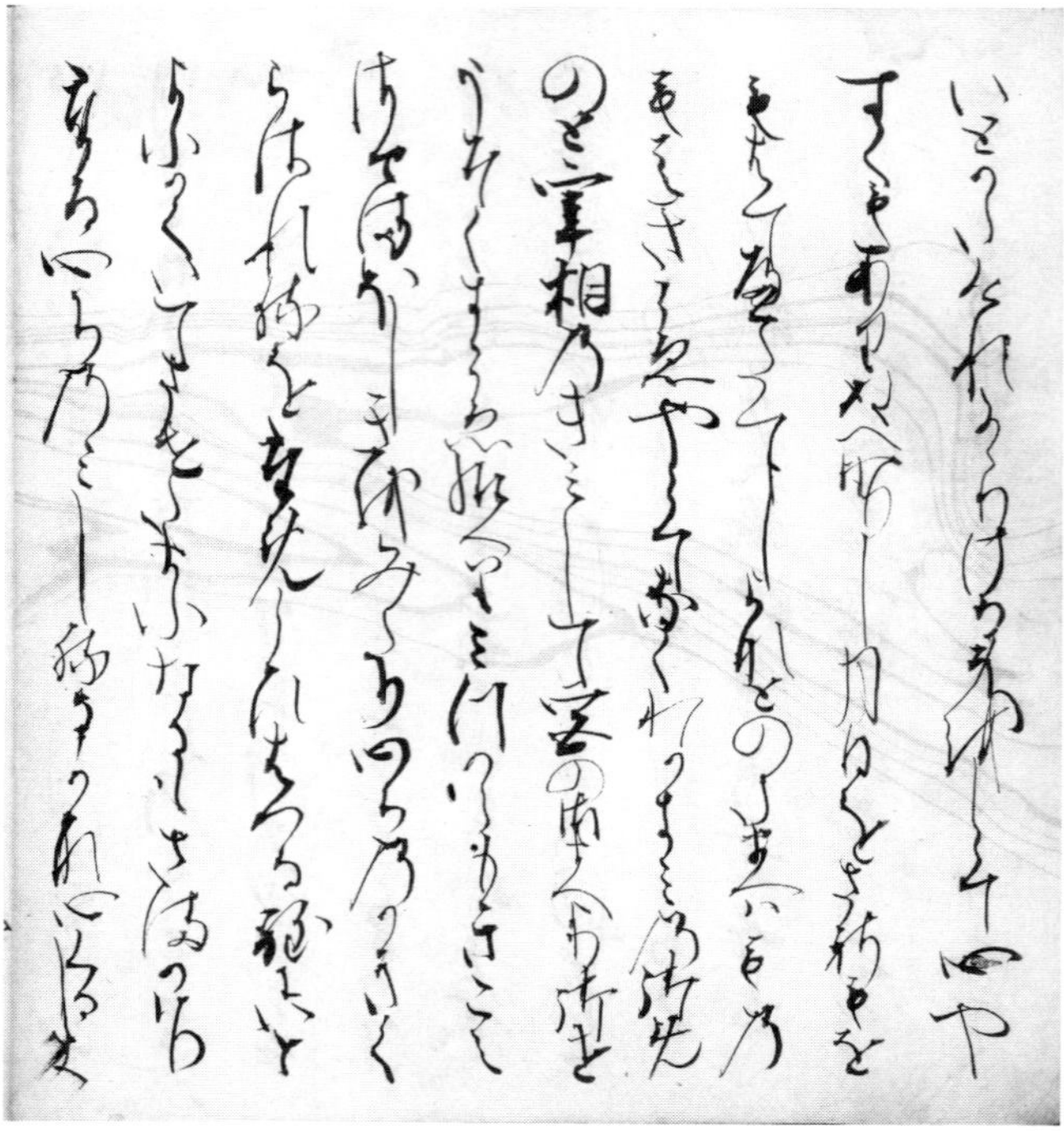

いとかたけれ・かゝりける・身を・しらて・心や
すくもありぬへかりし・月日を・さしも・を
もはて・へたてし《*し》よなと・のたまへは・もの
も・えきこゑやらて・なく・わかきみの・御め
のと・宰相のきみして・宮の・御まへより・御せ
うそく・きこゑ・給へり・みつからも・きこえ
させまほしきを・みたり心ちの・かきく
らされ・侍を・ためらひ・はへる・程に・いと・
よふかく・いてさせ・たまふなるも・さま・かはり
たる・心ちのみ・し・侍るかな・心くる・
しき

」8ウ

ひとの・いき。《た》なき・ほと・しはしも・やすら
はせ・給はてと・きこゑ・給へは・うちな
き・給て・
　とりへ山・もゑし・けふ。《り》も・まかふやと・
あまの・しほ・やく・うら・みにそ・ゆく・おほ
むかへりことも・なく・*△うちすし給て・あか月
の・わかれは・かくのみや・心つくしなる・思ひ
しり・給へる・人も・あらむかしと・のたま
へは・いつと・なく・わかれと・いふ・なこそ・うた
て・はへれ・中に・けさは・なを・たくひ・ある

」9オ

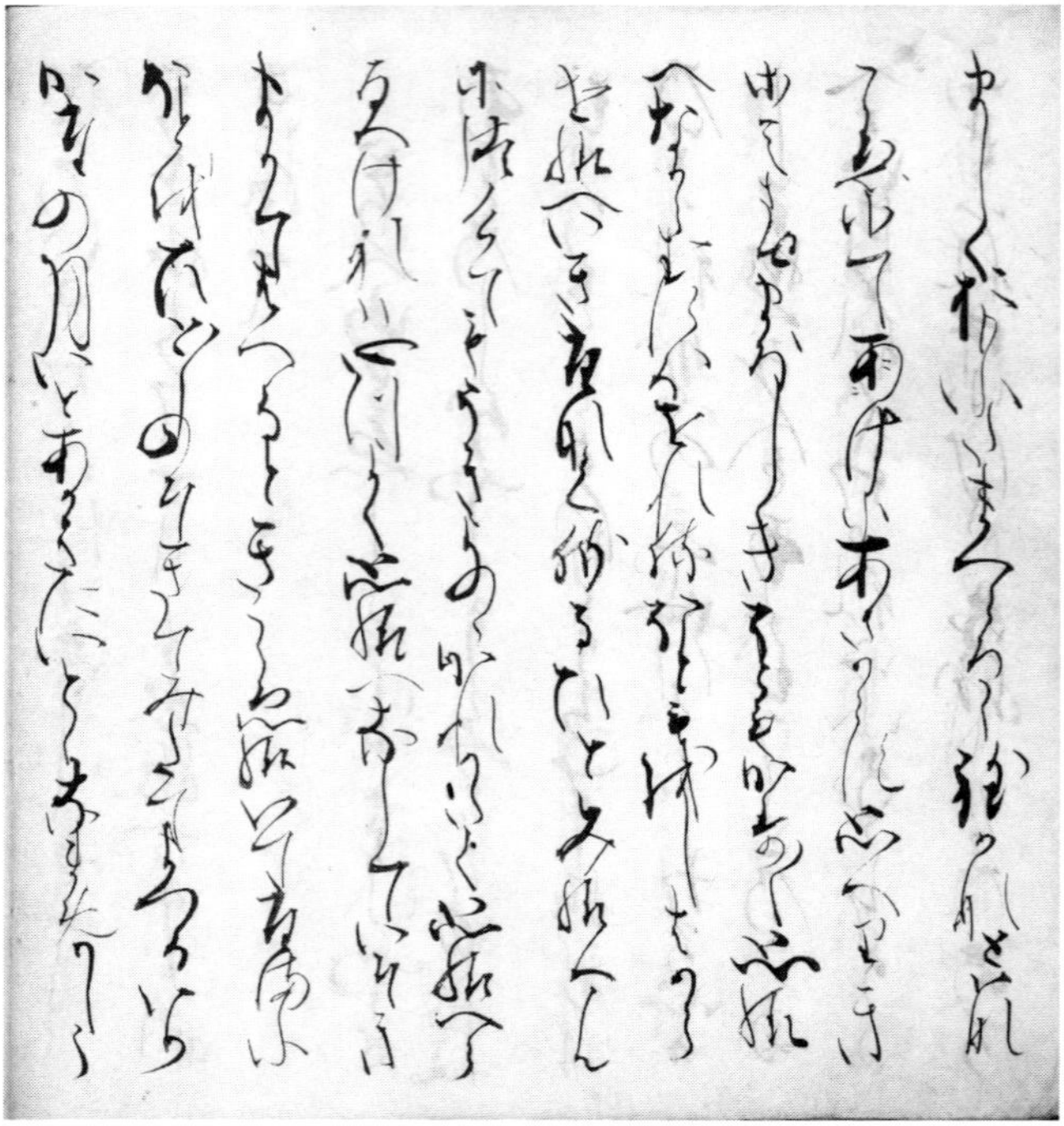

ましくおもふたまへらるゝ程かなと・はな
こゑにて・あ《ゝゝ》け《＊さ》にあさからす・思へりき
こえさせまほしき・こ《＊こ》とも・かすく・思・給
へなから・むすほをれ・侍・ほとも・をしはから
せ・給へ・いきたなく侍る・ひと・み・給へん
に・つけても・うき・よの・ゝかれかたく・思給へら
るへけれは・心つよく・思・給へ・なして・いそき・
まかて・はへると・きこゑ・給・いて・たまふ・
ほとを・ひとく・のそきて・み・たてまつる・いり
かたの・月・いと・あかきに・いとゝ・なまめかしう・

」9ウ

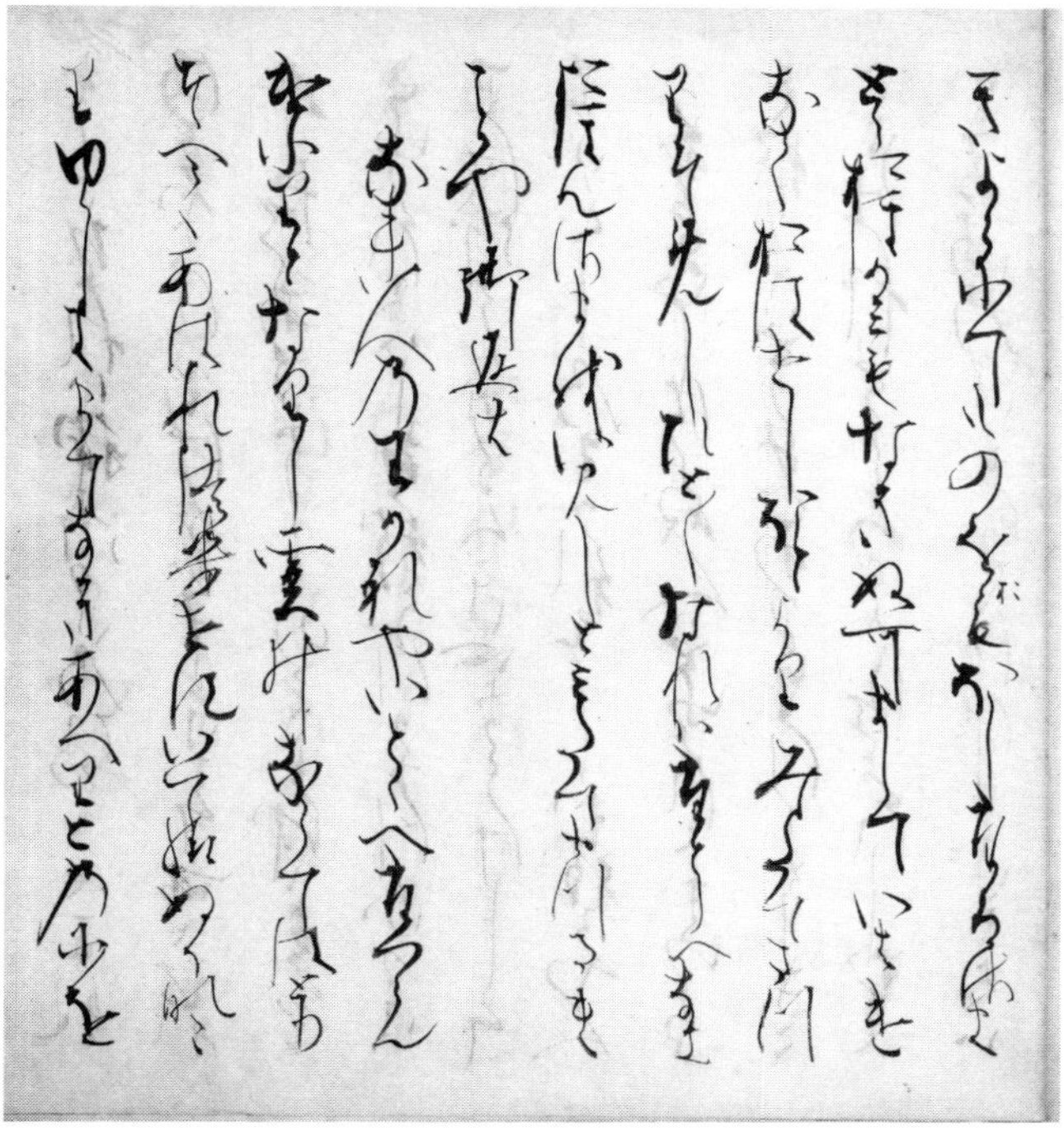

きよらにて・ものを・も《お》ほしたる・さま・
とら・おほかみも・なきぬ可・まして・いはけ
なく・おはせし・ほとより・み・たてまつ
り・そめし・ひとくなれは・たとしへなき・
おほんさまを・いみしと・みたてまつる・ま
ことや・御返は・
なき・人の・わかれや・いとゝ・へたつらん・
けふりと・なりし・雲井ならては・とり
そへて・あはれ・つきせす・いて・給ぬる・なこ
【6】二条院に帰り邸内が寂れるのを悲しみ紫上との別れをつらく思う【四〇/604:120828】
り・ゆゝしきまて・なきあへり・とのに・を
」10オ

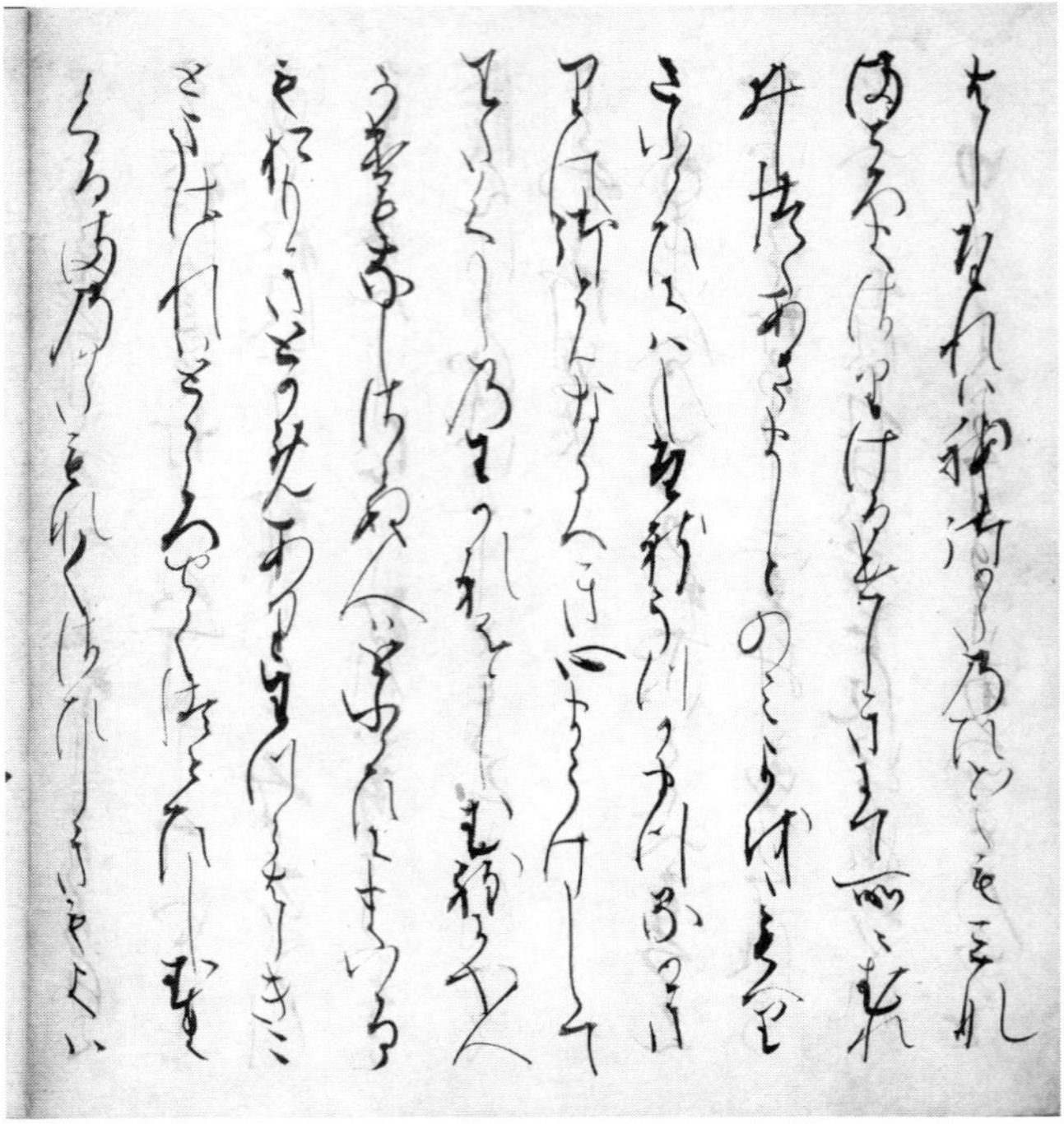

はしたれは・我・御かたの・ひと〳〵も・みな・
まとろまさりける・けしきにて・所々・むれ
ゐつゝ・あさましとのみ・よを・ゝもへり・
さふらひには・したしう・つかまつる・かき
りは・御とんなるへき・心まうけ・して・
わたくしの・わかれ・をしむ・程にや・人
かけも・なし・さらぬ・人は・とふらひに・まいる
も・おもき・とかめ・あり・わつらはしき・こ
と・まされは・ところせく・つとひし・むま・
くるまの・かたも・なく・さひしきも・よは・」10ウ

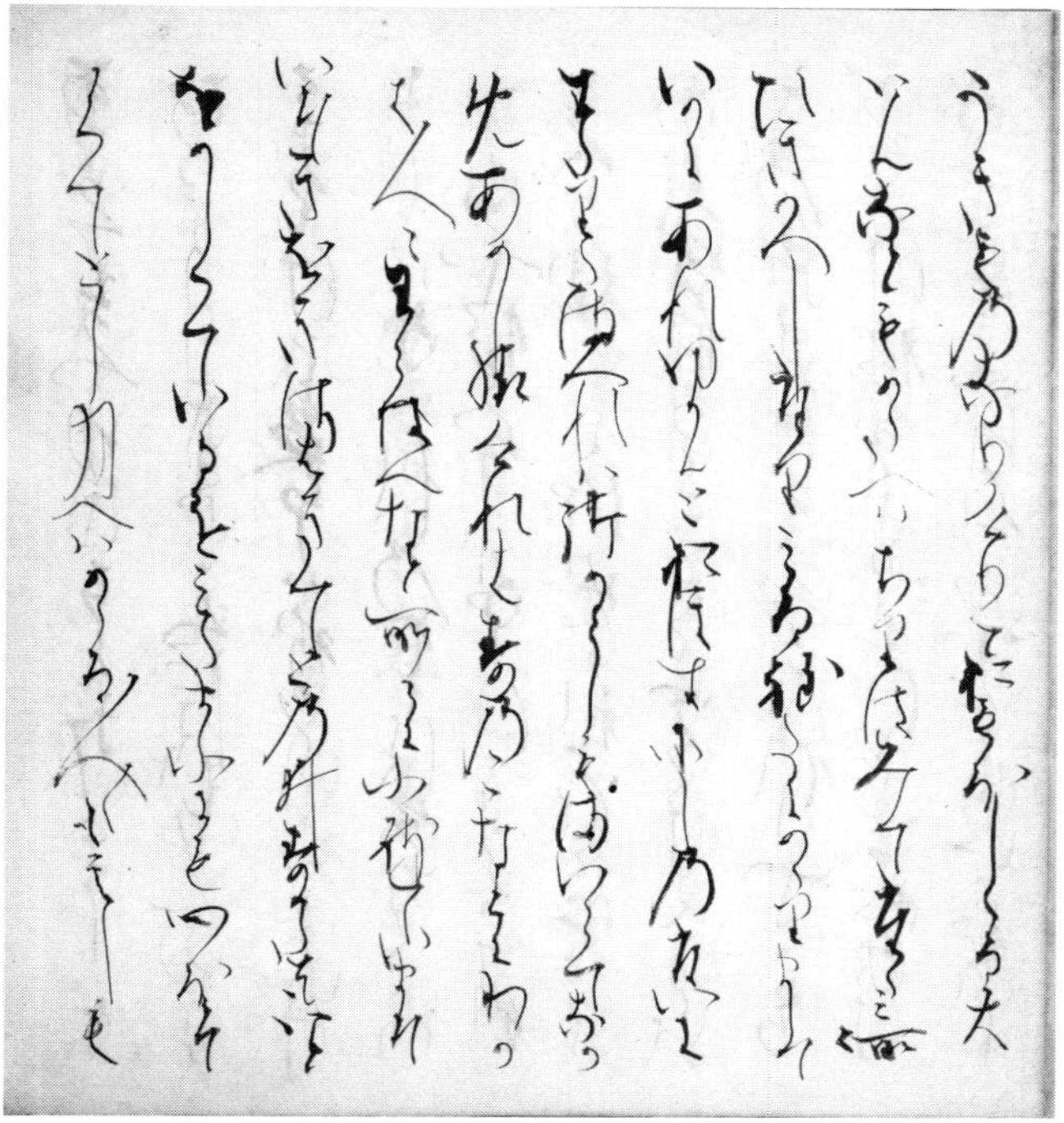

うき・ものなりけりと・おもほしゝる・大
はんなとも・かたへは・ちりはみて・たゝみ・所々・
ひきかへしたり・みる・程たに・かゝり・まして・
いかに・あれゆかんと・おほす・にしのたいに・
わたり・たまへれは・御かうしも・まいらて・なか
めあかし・給けれは・すのこなとに・わか
き・人々・わらは*へなと・所々に・ふして・いまそ
いそき・をきさはきて・とのゐすかたとも・いと
をかしくて・いるを・み・たまふにも・心ほそ
くて・とし月・へは・かゝる人〳〵も・えしも・

」11オ

ありはてすや・ゆきちらんなと・さしも
あるましき・事さへ・おほむめのみ・と
とまりけり・夜へは・しかくして・よ・ふけ
にしかはなん・れいの・おもはすなる・さ
まにや・おもほしなしつる・かくてな・
はへる・程たに・御め・かれせすと・思を・かゝ
る・よを・はなるゝ・きはゝ・心くるしき・ことの・
をのつから・おほかりけるを・ひたやこもり
にては・つねなき・世にひとにも・なさけ
なき・ものと・心・をかれ侍らんこといとをし

」11ウ

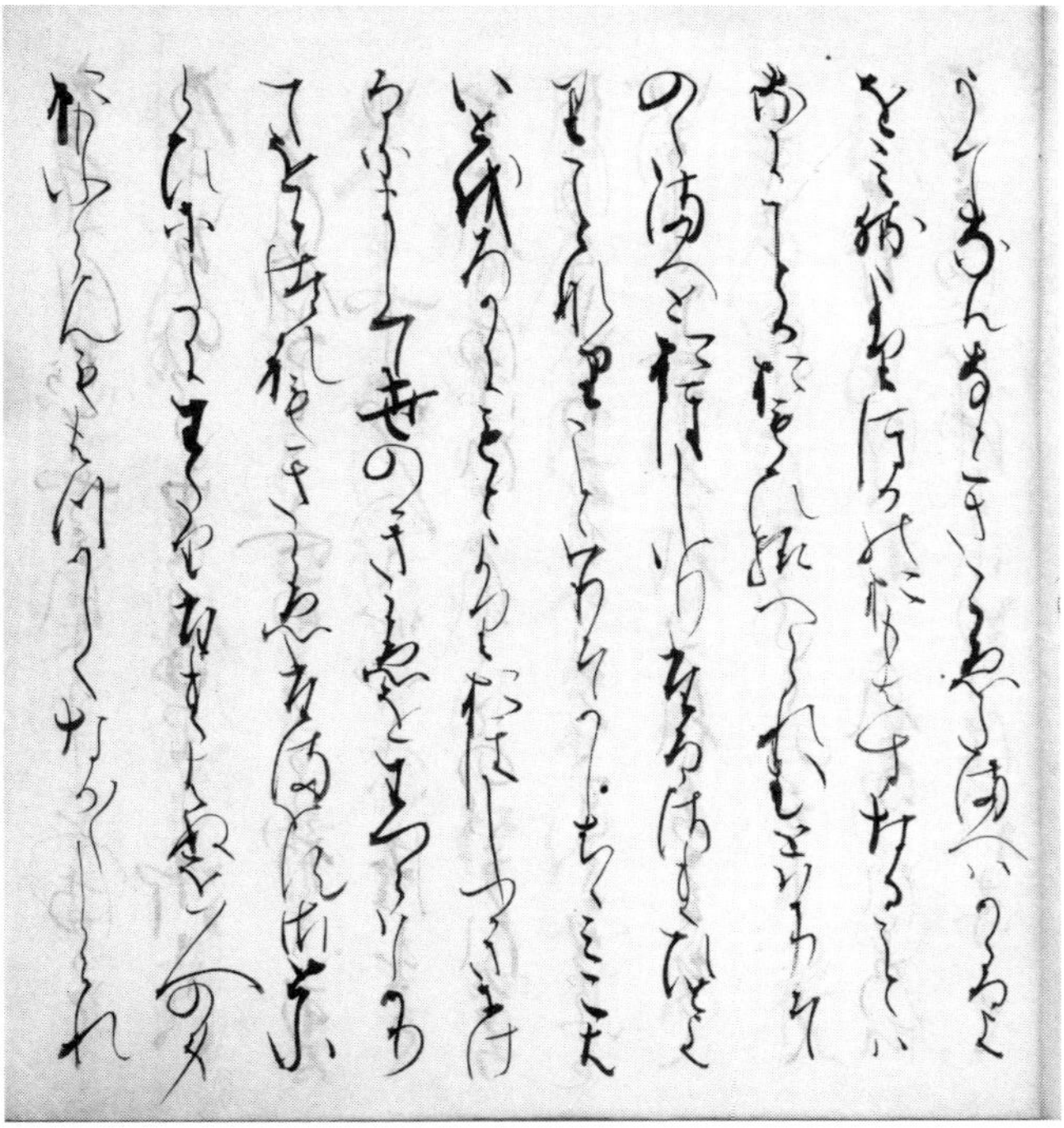

うてなんなと・きこゑ・たまへは・かゝる・よ
を・み・侍より・ほかの・おもはすなる・ことは・
なにことかおもひ給へられむをはかりそ・
のたまへと・おほしいりたる・さま・ひとよ
り・ことなり・ことはりそかし・ちゝ・みこは・
いとをろかに・もとより・おほしつきにけ
るに・まして・世の・きこゑを・わつらはしかり
て・をとつれも・きこゑ・たまはす・御とふ
らひにたに・わたり・たまはぬを・人の・身
おもふらんも・はつかしく・なかく・しられ・」12オ

たてまつり《こら》て・やみなましを・まゝはゝ
の・きたのかた・にわかな《*に》りし・御さい
はひの・なと・かう・心あはたゝしき・あな・
ゆゝしや・思・人に・かたくに・つけて・
をくれ・たまふひとかな・と・のたまひける
お・さる・たより・ありて・もりきゝ・たまふも・
いみしう・心うけれは・これよりも・たえ
て・きこえ・給はす・また・ゝのもしき・
人も・なく・けに・あはれなる・ひとの・御
ありさま也・なをよに・ゆるされなく

」12ウ

て・とし月・へは・いはやの・なかにても・むか
へ・たてまつりてん・たゝ・いまは・人
きゝの・いとつきなかるへきなり・おほ
やけに・かしこまる・ひとは・あきらかなる・
月日の・かけをも・みす・身を・やすら
かに・ふるまふ事も・いとつみ・おもかなり・
あやまち・なけれと・さるへ《き》にてこそ《*そ》
は・かゝる・事も・あらめと・思に・まして・
おもふ・人・侍らするは・れい・なき・ことなる
を・ひたおもふ《む》きにものくるをしき・

」13オ

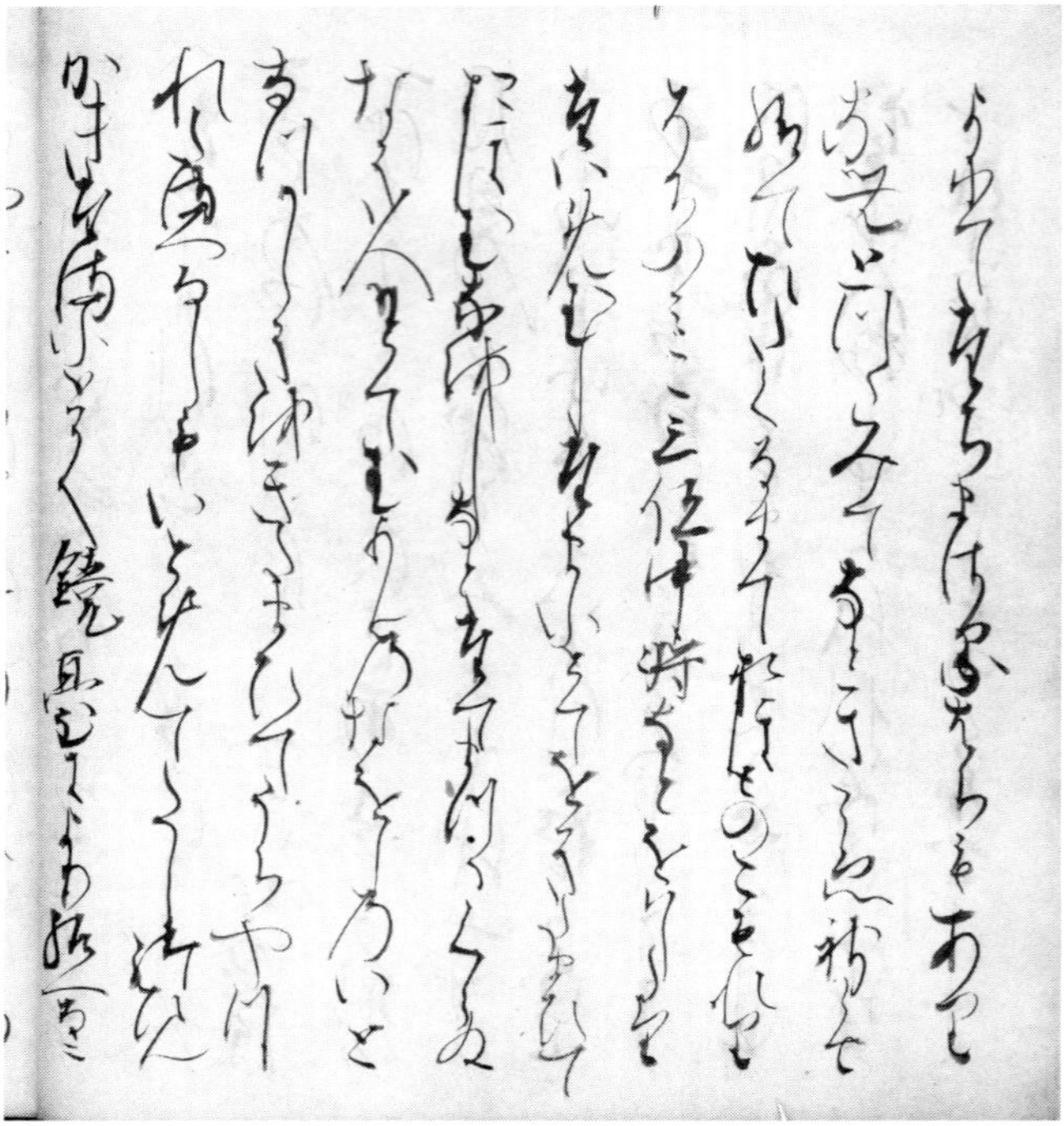

よにて・たちまさる《*り》・はちも・あり
なむと・つゝみてなと・きこゑしらせ・
給て・ひ・たくるまて・おほとのこもれり・
［7］帥宮と三位中将が訪れ鏡に映る姿を見て源氏と紫上との歌の贈答【四〇三/616:121080】
そちのみこ・三位中将なと・をはしたり・
たいめむ・し・たまふとてをきたまひて・
おほむなをしなと・たてまつる・くらゐ・
なき・人は《*か》とて・むもんの・なをしのいと
なつかしきを・き・たまひて・うちやつ
れたまへるしも・いとめてたし・御ひん・
かき・たまふとて・鏡台に・より・給へるに・

」13ウ

おもやせ・たまへる・かけの・われなから・あ
てに・きよらなれは・こよなくこそ・をとろ
へにけれな・この・かけの・やうにや・ゝせて・
はへる・あはれなる・わさかなと・のたま
へは・女君・なみたを・ひとめ・うけて・みをこ
せ・給へる・いと・しのひかたし・

身は・かくて・さすらへぬとも・君か・あた
り・さらぬ・かゝみに・かけは・ゝなれしと・き
こゑ・給へは・

わかれても・かけたに・とまる・ものな・らは

」14オ

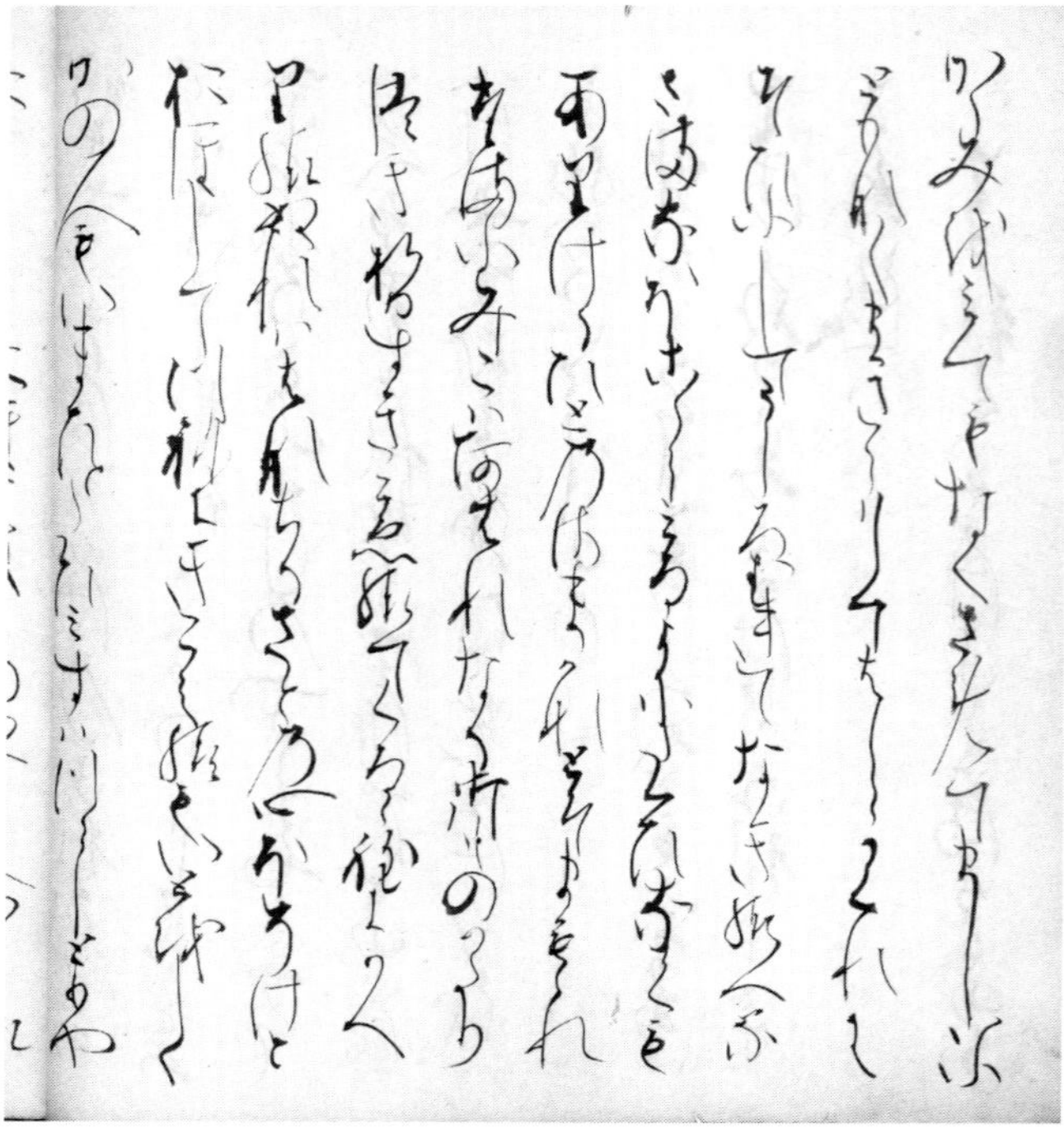

かゝみを・みても・なくさめてまし・いふ
とも・なく・まきらはして・はしらかくれに・
そひふして・うしろむきてなき・給へる・
さま・なほこゝら・みる・よに・たくひなくも・
ありける・ひとの・さまかなとそ・まもられ・
たまふ・みこは・あはれなる・御ものかたり・
つきせす・きこゑ・給て・くるゝ・程に・かへ

［8］麗景殿女御や花散里との別れ【四〇四/620：12176】

り・給ぬれは・はなちるさとの・心ほそけと・
おほして・つねに・きこえ・給も・いとをしく・
かの・人も・いま・ひとたひ・みすは・つらしともや・

」14ウ

おもはんと・おほせは・その・夜も・又・いて・給
ものから・ものうくて・いといたう・ふかして・
をはしたれは・女御・かく・かすまへたまて・
たちよらせ・たまふ・こと・よろこひ・きこえ・
たまふ・こと・かきつゝけんも・うか《ゝる》さし・いと
いみしう・心ほそ《き》・御ありさまも・たゝ・
この・御かけに・かくれて・すくし・給へる
を・とし月・いとゝあれまさらん程思ひ*《し》
やられて・とのゝ・うち・いと・かすかなり・つき・
おほろに・さしいてゝ・いけ・ひろく・山の

」15オ

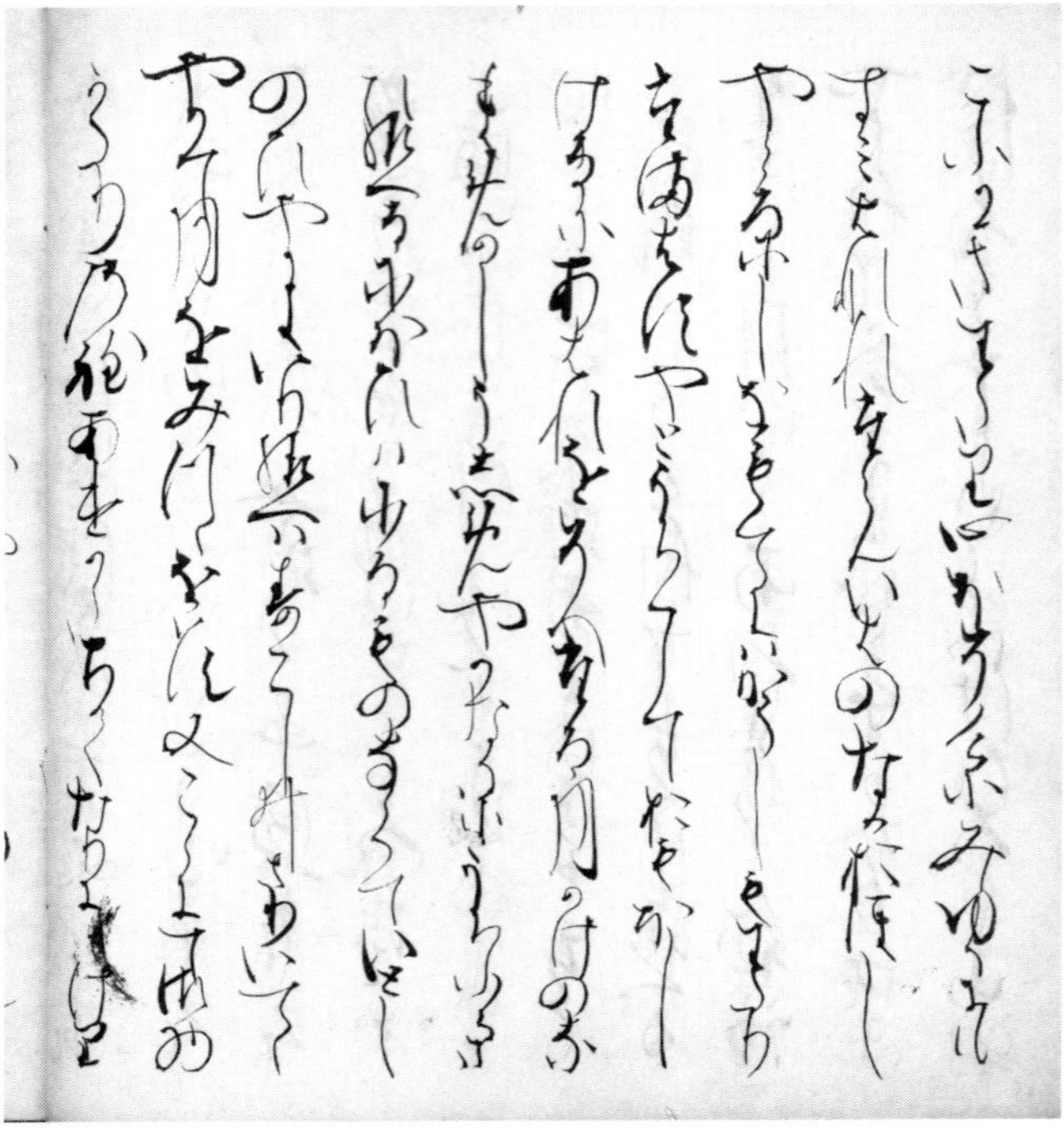

こふかきわたり・心ほそけに・みゆるにも・
すみはなれたらん・いはの・なか・おほし
やらる・にしをもてには・かうしも・わたり・
たまはすやと・うちくして・おもほし
けるに《＊り》・あはれを・そへたる・月かけの・な
まめかしう・しめやかなるに・うちふるま
ひ・給へる・にほひは・にる・もの・なくて・いと・し
のひやかに・いり・給へは・すこし・ゐさりいてゝ・
やかて月を・みつゝ・をはす・又・こゝにて・御物
かたりの・程・あけかた・ちかく・なりに＊《し(墨削)》△けり・

」15ウ

みしかの・夜の・程や・かはかりの・たいめんも・
又は・えしもやと・おもふこそことなしに・
すくしつる・としころもくやしく・
かく・きし・かた・ゆく・すゑの・ためしに・な
るへき・みにて・なにことゝ・なく・ものゝ心ほそ
くたましゐ・しつまる・世・なきにこそ・
ありけれと・きしかたの・事とも・の給ひ
いてゝ・とりも・しはく・なけは・世を・つゝみ
て・いそきいて給・れいの・月の・いりはつる・程・
おもひよそへられて・あはれなり・女君

」16オ

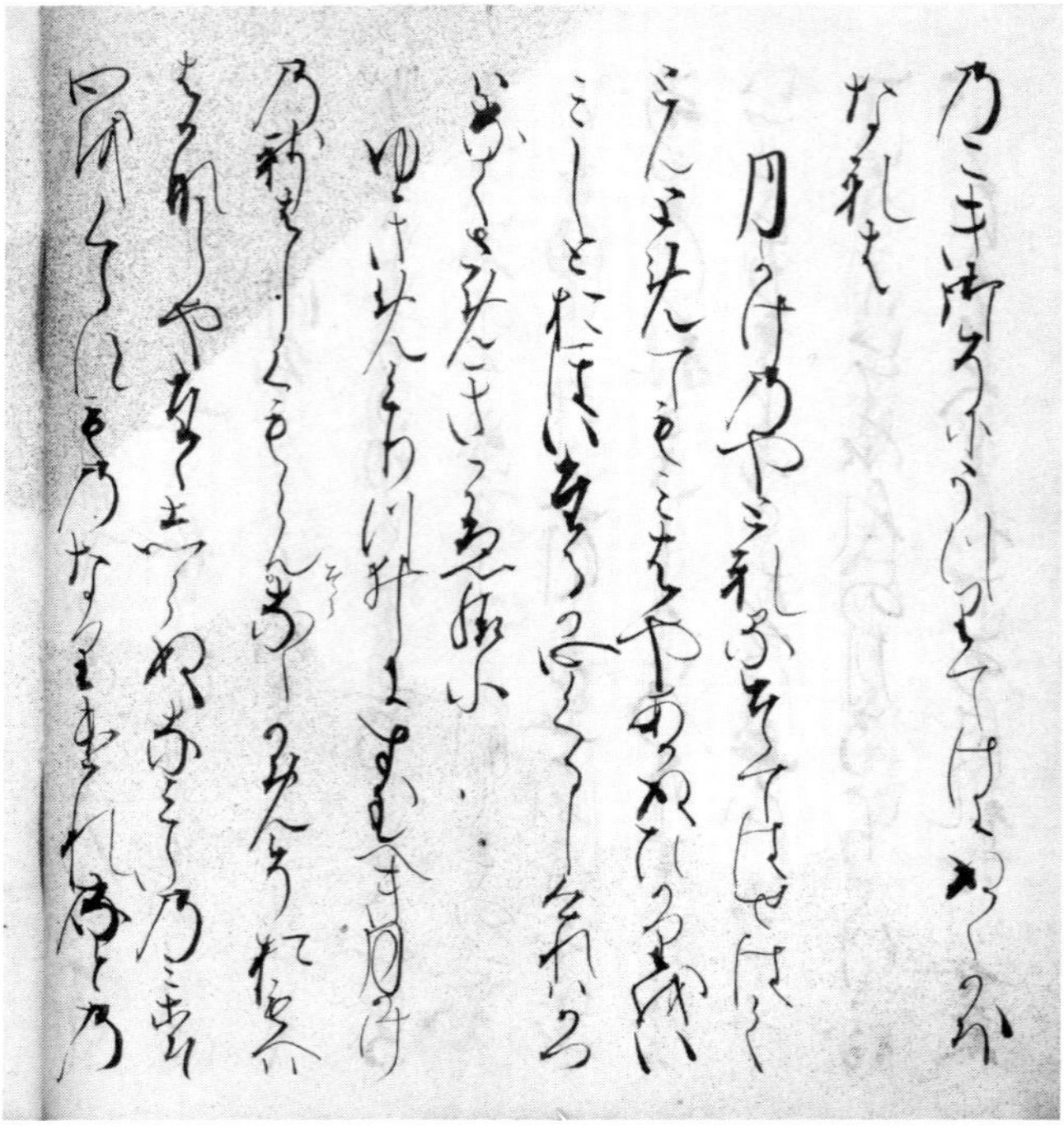

の・こき・御そに・うつりて・けに・ぬゝ（ママ・諸本ぬると）・かほ
なれは・
　月かけの・やとれる・そては・せはく
とん・とめても・みはや・あかぬ・ひかりを・い
みしと・おほいたるか・心くるしけれは・かつ
は・なくさめ・きこゑ・給ふ・
　ゆきめくり・つゐに・すむへき・月かけ
の・しはし・くもらん・。《そら》なゝかめそ・おもへは・
はかなしや・たゝ・しらぬ・なみたのみこそ・
心を・くらす・ものなりけれなと《*の》の

」16ウ

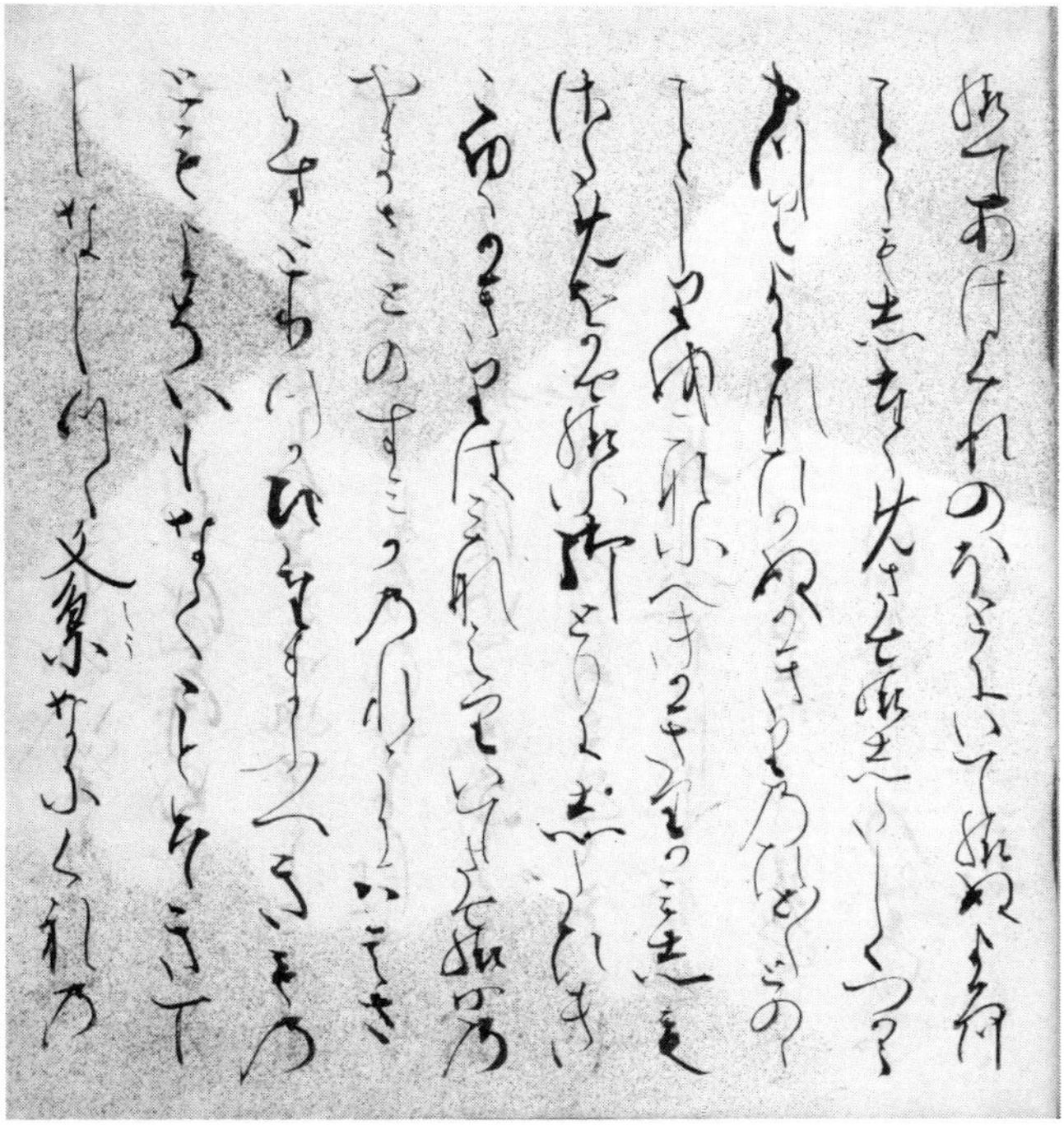

［9］源氏は須磨行きの準備を整え紫上に領地の券などを託す【四〇五/628：121362】

給て・あけくれの・ほとに・いて・給ぬ・よろつ・
こと〻も・したゝめさせ・給・したしく・つかう
まつり・よに・なひかぬ・かきりの・ひと〳〵・との〻・
こと・ゝ《（判読）》りをこなふへきかきり・かみしも・
さため・をかせ・給ふ・御ともに・したひ・き
こゆる・かきりは・みな・えりいてさせ・給・かの・
やまさとの・すみかの・れうには・え・さ
らす・とりつかひ*《い》・たまふへき・もの
とも・よそいも・なく・ことそきて・
しなしつゝ・文集《しう》・なにくれの・」17オ

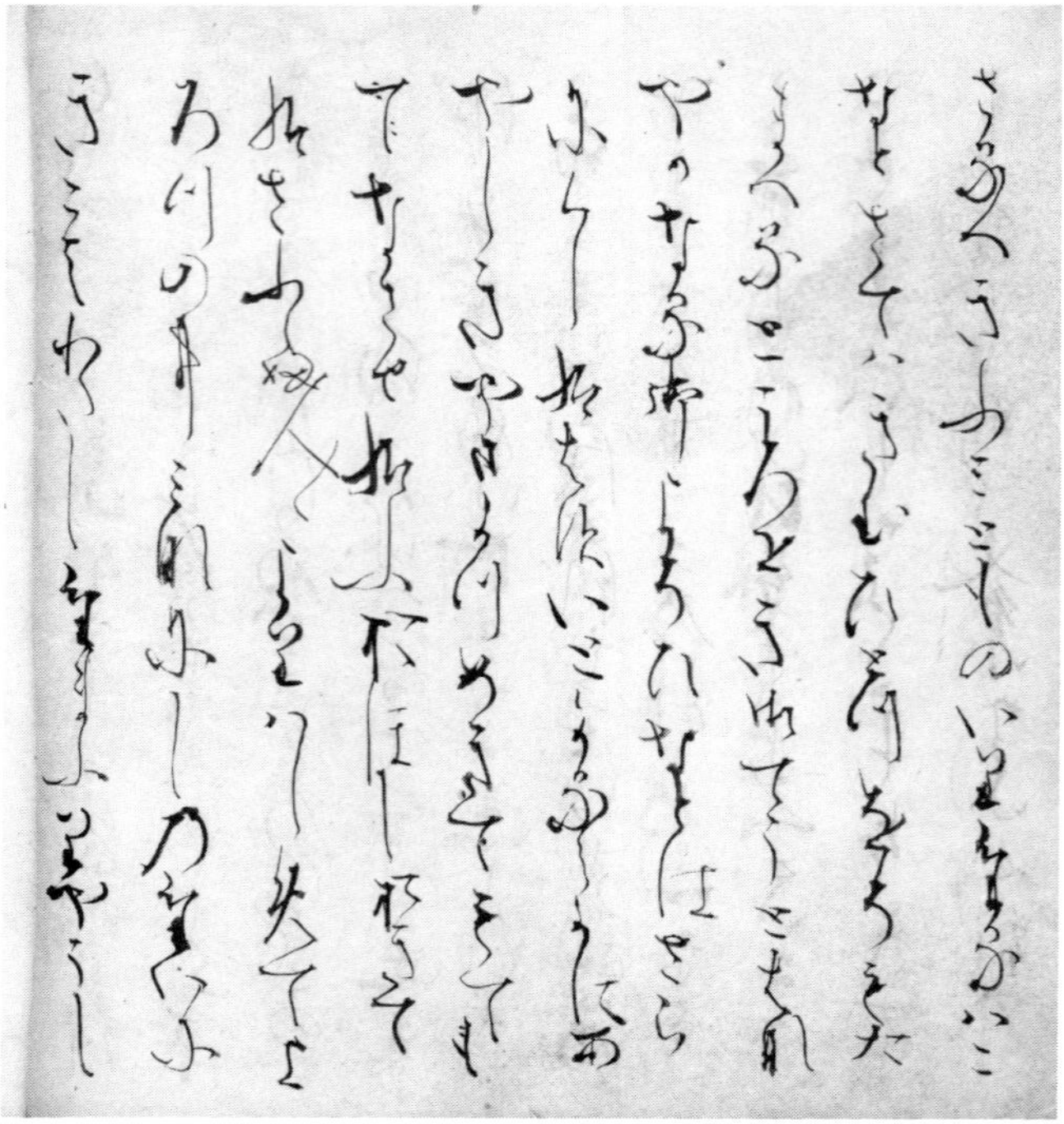

さるへき・ふみともの・いりたる・はこ
なと・さては・きむ・ひとつをそ・もた
まへる・ところせき・御てうと・はな
やかなる・御よそひなとは・さら
にくし・給はす・いと・かるらかにあ
やしき・やまかつめきて・もても
てなさせ・給ふおほしおきて
給・さふらふ・人〳〵より・はしめて・よ
ろつの・事みな・にしのたいに・
きこえわたし・たまふ・りやうし・

17ウ

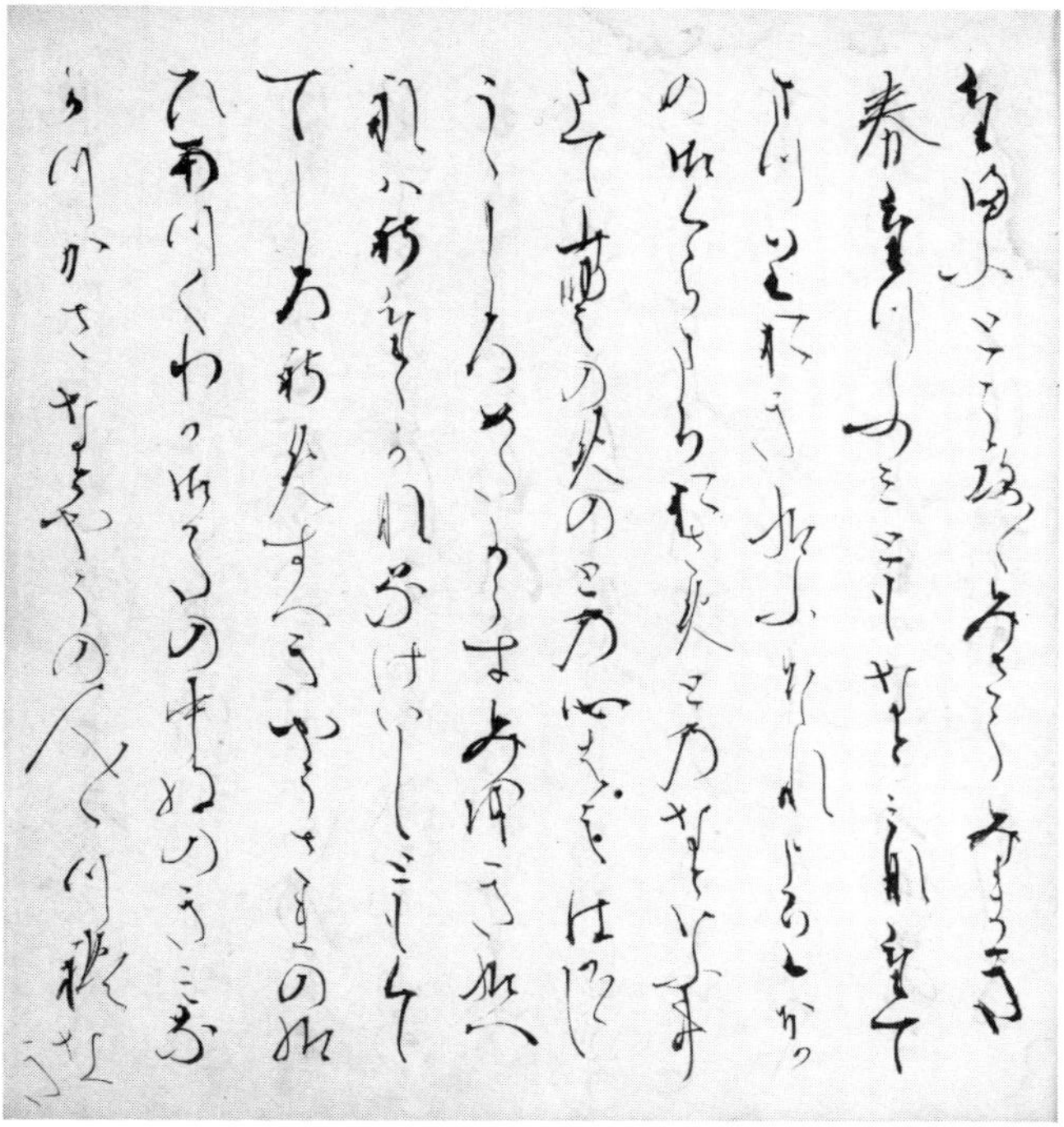

たまふところ〳〵・みさう・みまき・*き
券たつふみともなと・みな・たて
まつりおき・給ふ・それより・ほか
の・御くらまち・おさめとのなと・いふ・事
まて・少納言のめのとの・心はえ・はか〳〵し
う・ゝしろめたからす・みをき・給へ
れはした・ゝかなる・けいしとも・くし
て・しろしめすへきやう・さま・の給
ひ・*あ あつく・わか・御かたの・中将のきみ・な
かつかさなとやうの・人〳〵・つれな・き

」18オ

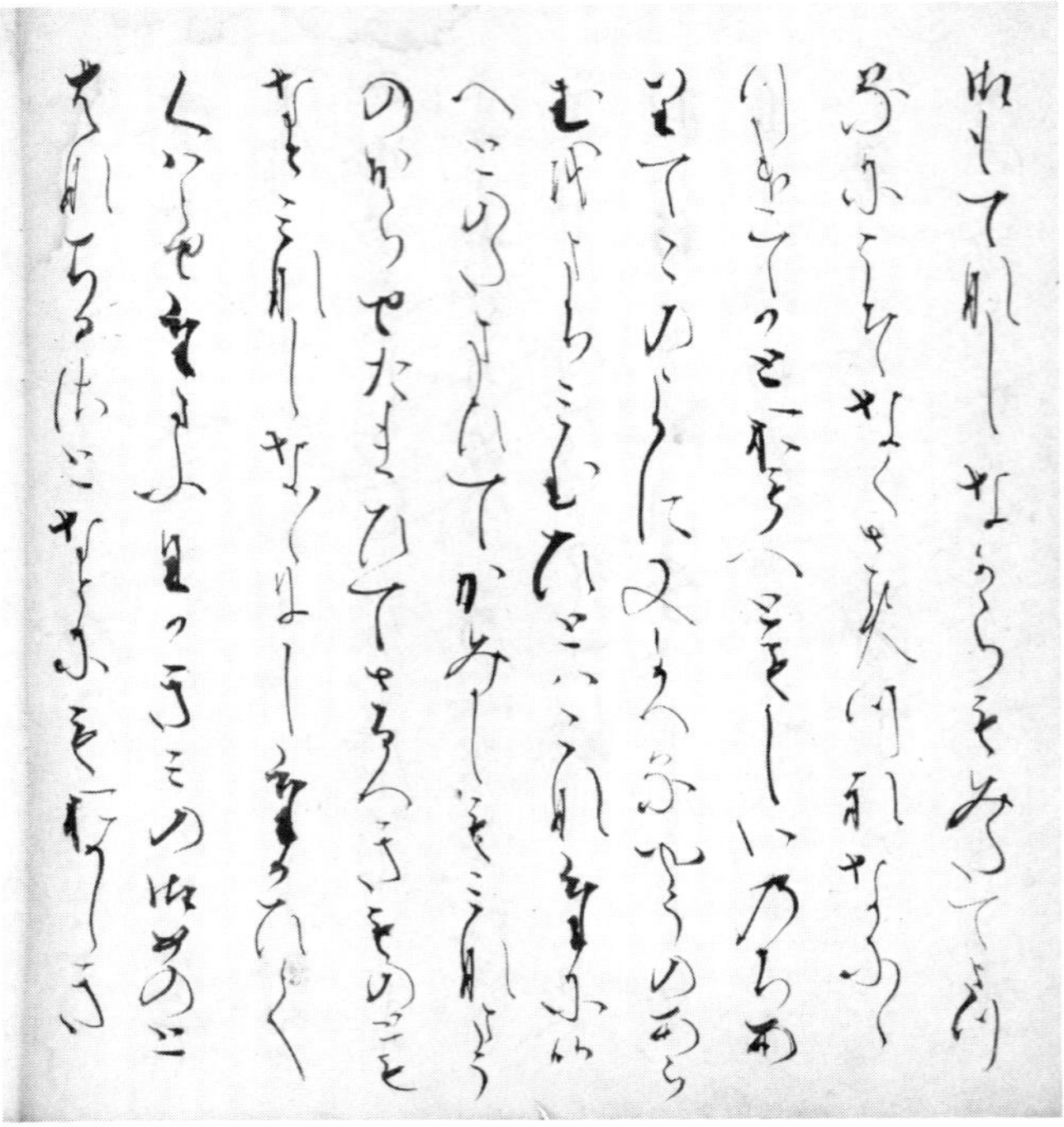

御もてなしなからも・み・たてまつ
るにこそ・なくさめつれ・なにゝ・
つけてかと・おもへと・もし・いのち・あ
りて・このよに・又・かへる・やうの・あら
むを・まちみむ・ひとは・こなたに・候
へと・のたまひて・かみ・しも・みな・まう
のほらせ・たまひて・さるへき・もののとも
なと・みな・しなくにしたかひて・
くはらせ・たまふ・わかきみの・御めのと・
はなちるさとなとにも・おかしき・

18ウ

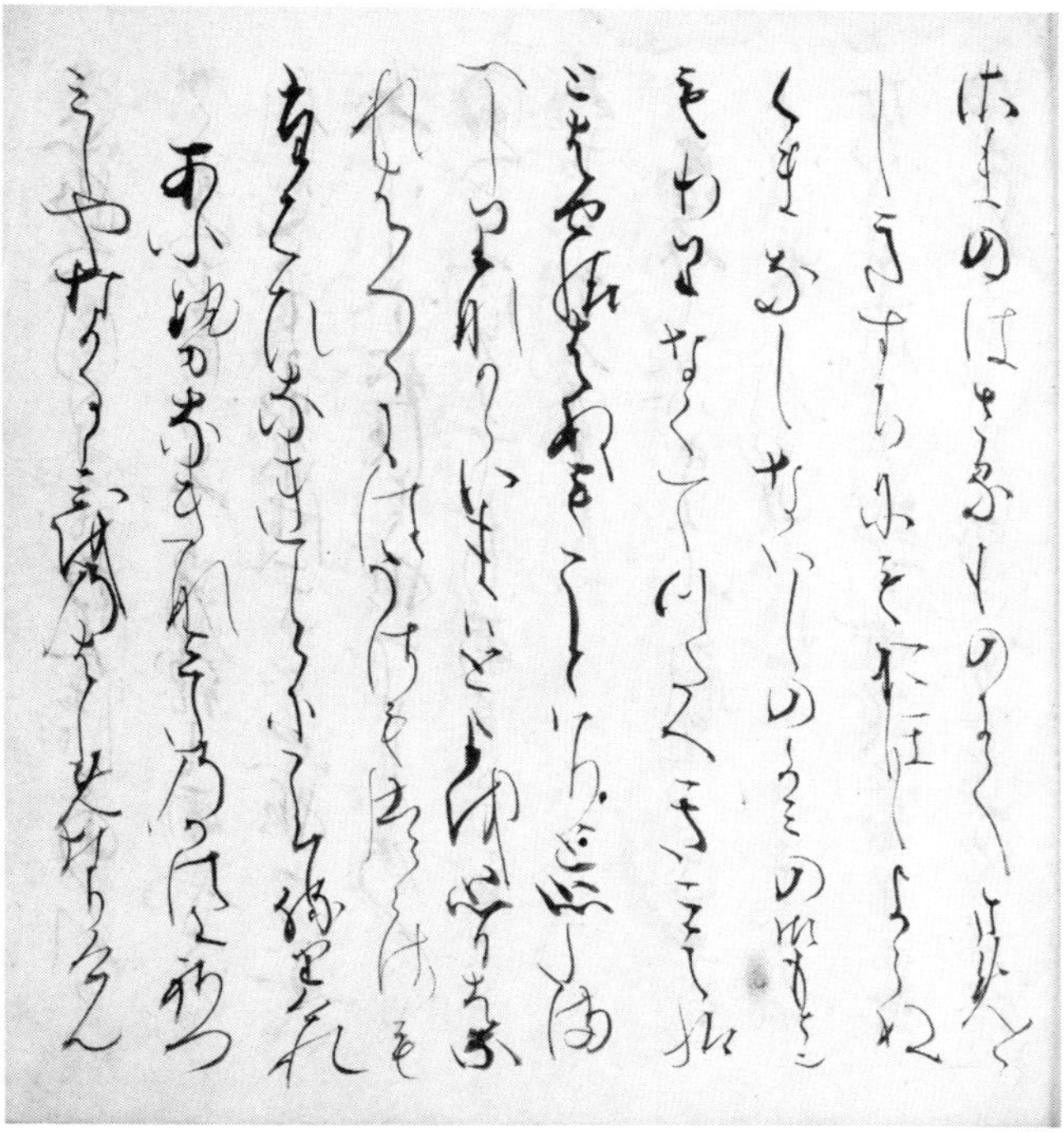

さまの*のは・さるものにて・まめく
しき・すちにも・おほしよらぬ・

【10】 朧月夜に密かに遣わした文の返信を源氏は哀れに見る【四〇六/636:121520】

くま・なし・ないしのかみの・御もとに
も・わりなくて・つたへ・きこえ・給・
とはせ・給はぬも・ことはりと・思・たま
へ・しりなから・いまはと・よを・思ひはな
れ・はへるには・うさも・つらさも・
たくひなき・ことにこそ・侍りけれ・
　あふ・せ・なき・なみたの・かはに・しつ
みしや・なかるゝ・みをの・はしめなりけん

」19オ

と・思・給へ・いつるのみなん・つみ・のかれかた
く・はへりける・みちの・程も・あやうけ
れは・こまかには・きこゑ・給はす・女・い
みしう・おほえ・給て・しのひ・た
まへと・御そてより・あまるも・とこ
ろせかりけり・
　なみたかは・うかふ・みなわも・きゑぬへ
し・なかれて・のちの・せをも・ま。す《た》て《し＊△》・
なくく・みたれかき・給へる・御て・いと・をかしけ
なり・今・ひとたひの・たいめんも・なくてと・おほ
」19ウ

しかへして・うしと・思・きこゑ・給ふ・ゆかり・おほ
くて・しのひ・たまへは・いとあなかちにも・
［11］藤壺を訪れ源氏は複雑な思いをこらえて春宮の世の安泰を願う【四〇七/640：121607】
きこゑ・給はす・なりぬ・あすとての・くれには・
院の・御はか・をわ《こか》み・たてまつり・給はんとて・きた《＊き》
山《た》へ・まうて・給・あか月・かけて・いつる・ころなれは・
まつ・入道の宮に・まうて・給へり・ちかき・み
すの・まへに・おまし・まいりて・御身つから・き
こゑ・給ふ・春宮・御事を・いみしく・◦《う》しろ
めたき・事に・思・きこゑ・給て・かたみにきこ
ゑ給ふ・心ふかき・とちの・御物かたりはた・よろつ
」20オ

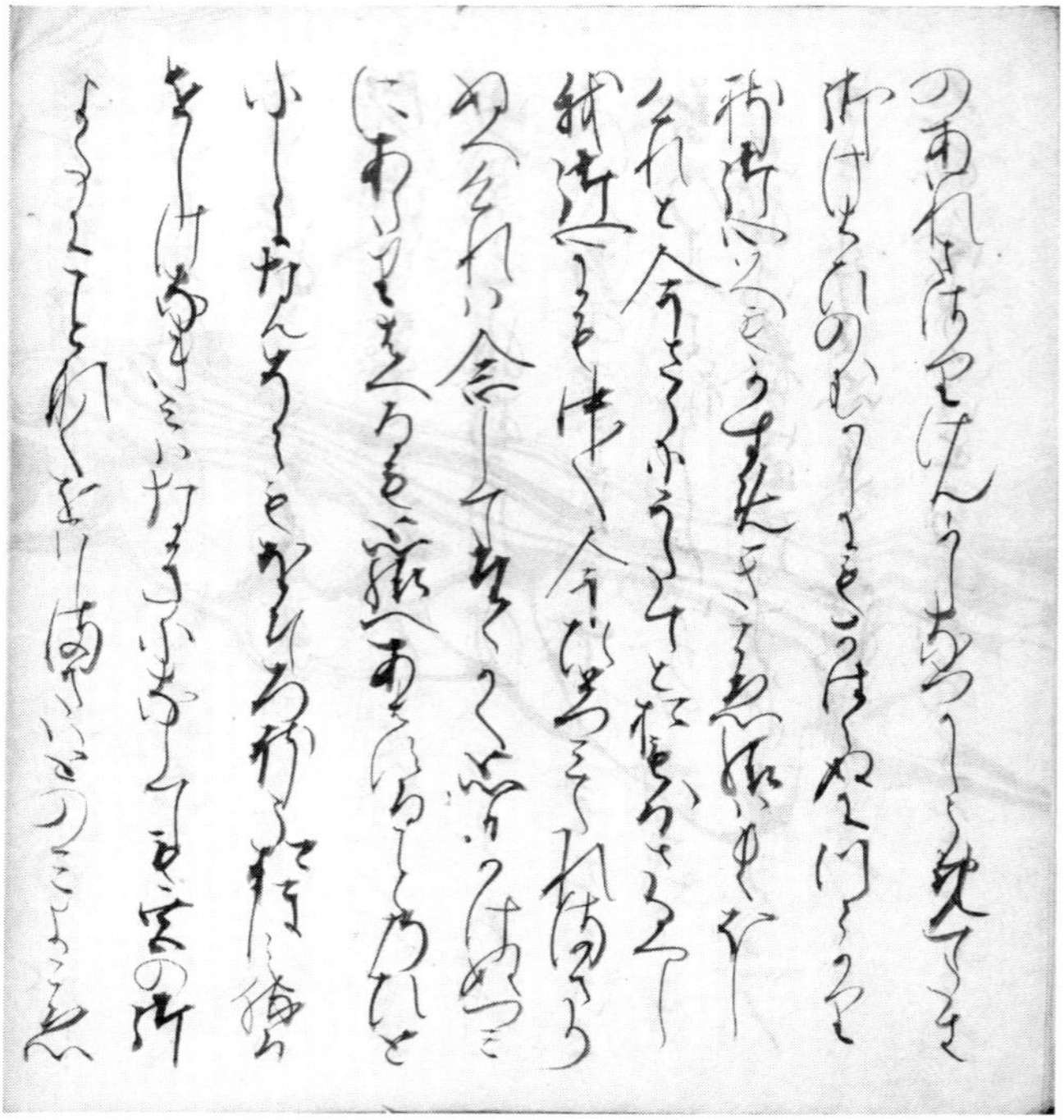

の・あはれ・まさりけんかし・なつかしう・めてたき・
御けはひの・むかしにも・かはらぬに・つらかり
し・御心はへも・かすめ・きこゑ・給はまほし
けれと・今さらに・うたてと・おもほさるへし・
我・御心にも・中〱・今・ひとつ・みたれ・まさり
ぬへけれは・念して・たゝかく・思ひかけぬ・つみ
に・あたり・はへるも・思・給へ・あはすることの・ひと
ふしになん・そらも・をそろしう・おほえ・侍る・
をしけなき・みは・なきに・なしても・宮の・御
よたに・こと・なく・をはしまさはとのみ・きこゑ・」20ウ

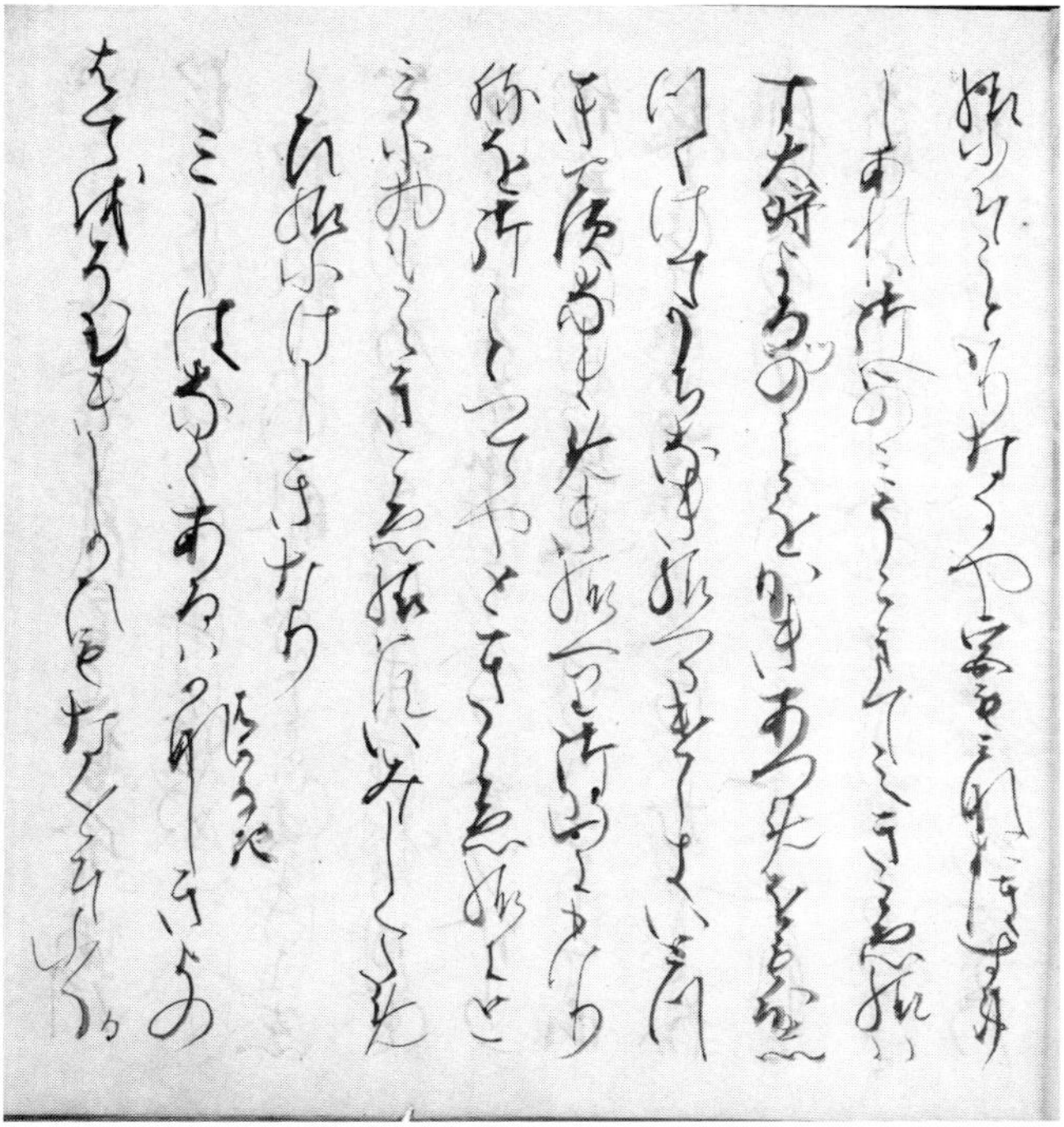

給ふそ・ことはりなるや・宮もみな・おほす・事
し・あれは・御心のみ・うこきて・え・きこゑ・給は
す大将・よろ《っ *る》。のことをかきあつめ・をもほし
つゝけて・うちなき・給へる・けしき・いとつ
きせす・なまめき給へり・御山に・まいり・
侍を・御ことつてやと・きこゑ・給に・と
みに・物も・え・きこゑ・給はす・いみしく・ため
らひ・給ふ・けしきなり・
みしは・なく・あるは・かなし《はかなき *き》き・よの・
はてを・そむきし・かひも・なくくそ・ふる《る》・

」21オ

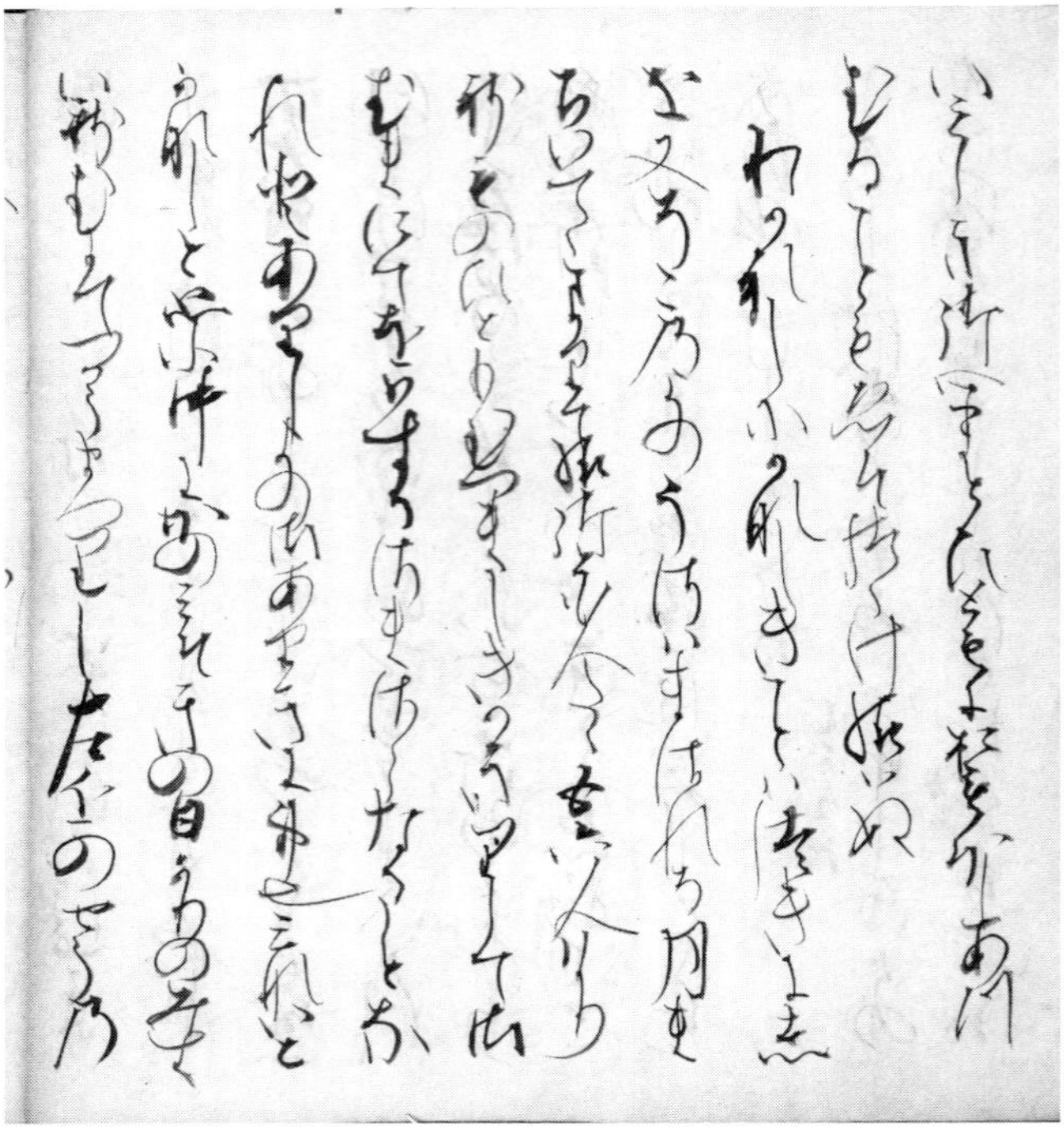

いみしき・御心まとひともに・おもほしあつ
むる・ことも・ゑそ・つゝけ・給はぬ・
わかれしに・かなしき・ことは・つきにし
［12］賀茂神社や桐壺院の山陵を拝した源氏は院の生前の姿を見る【四〇八/646：121754】
を・又そ・このよの・うさは・まされる・月・ま
ちいてゝ・まかりて・給・御とも・人・たゝ・五六人はかり・
しものひとも・むつましき・かきりして・御
むまにて・をはする・さま・さらなる・ことな
れと・ありし・よの・御ありきに・事也・みな・いと・
かなしと・思ふ・中に・かの・みそきの・日・かりの・みす
いしむにて・つかうまつりし・左近のせうの

」21ウ

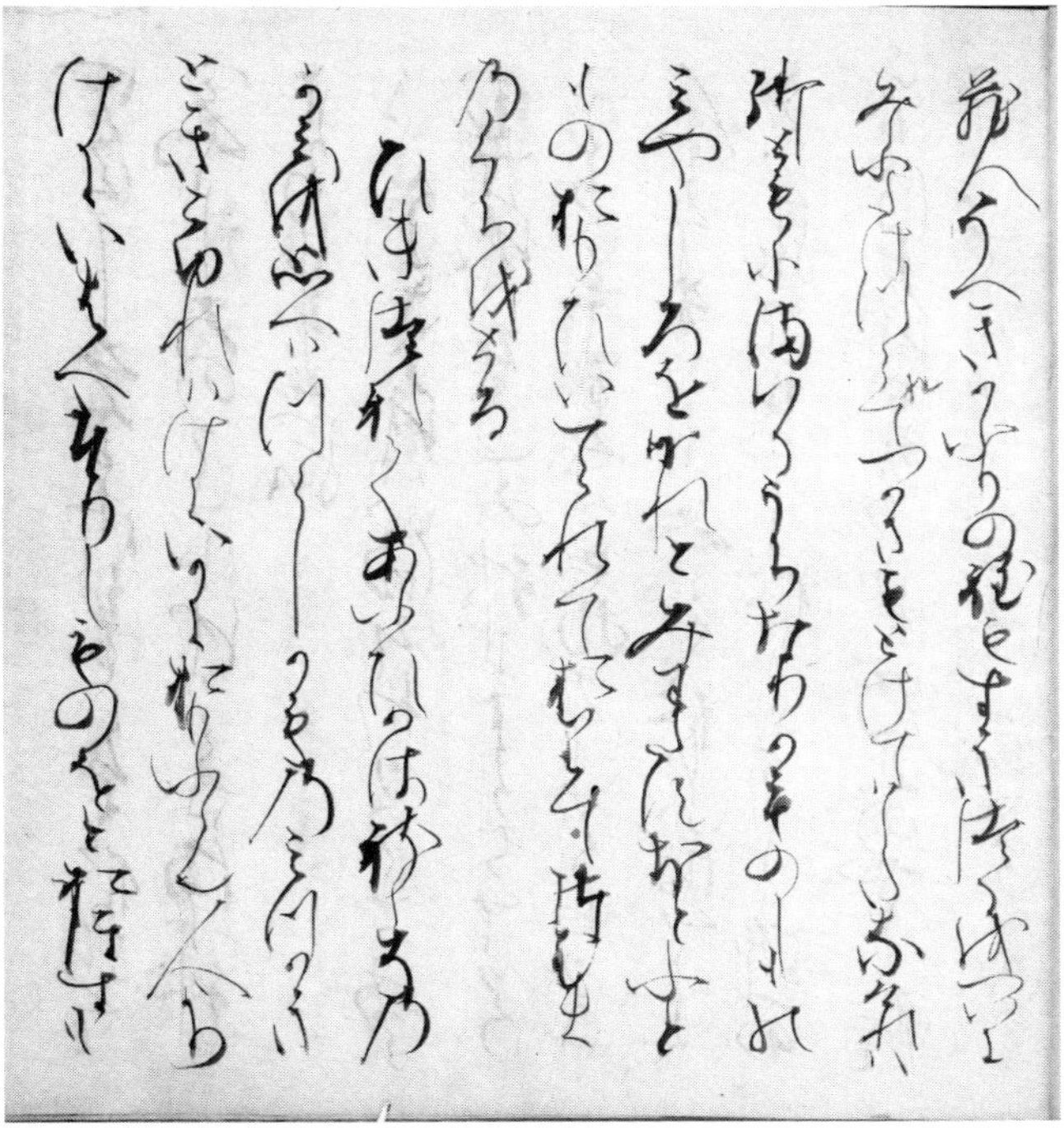

蔵人・うへき・かふりの・程も・すきつるを・ついに・
みふた・けつら《れ》て・つかさも・とけて・はしたなければ・
御ともに・まいる・うちなり・かもの・しもの・
みやしろを・かれと・みわたす・ほと・ふと
もの・おもひいてられて・おりて・御むま
の・くちを・とる・

ひきつれて・あふひ・かさしゝ・その
かみを・思へは・つらし・かもの・みつかき
と・きこゆれは・けに・いかに・おもふらん・人より・
けにいはへたりしものをと・おほすも

」22オ

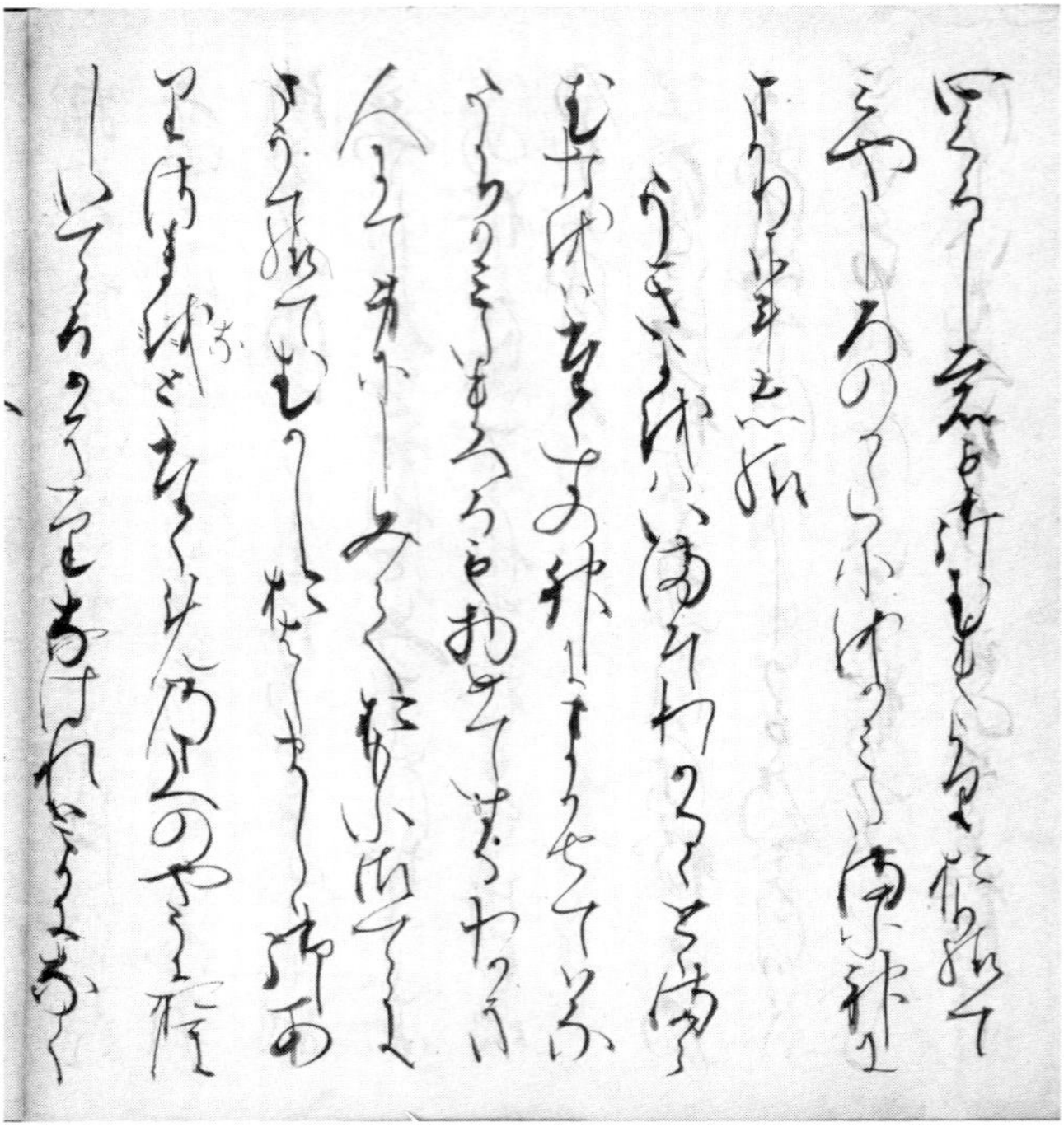

心くるし・君も・御むまより・おり・給て
みやしろのかたにをかみたまふ・神に・
まかり申し・給・
　うき・よをは・いまそ・わかるゝ・とゝまら
む・なをは・たゝすの・神に・まかせて・はな・
うちかみ・たまへるも・物めてする・わかき・
人にて・身に・しみて・おもふ・御てらに・
まうて給て・むかし・おはしましゝ・御あ
りさまを《ミな》と・たゝ・めの・まへの・やうに・おほ
しいてらる・かきり・なけれと・よに・なく

」22ウ

なりぬる・人は・いはんかたなく・くちを
しき・わさなりけり・よろつ・事を・
なく〱・申・給ても・その・ことはりを・
あらはに・ゑ・うけたまはり・たまはねは・
さはかりおほし・のたまはせし・さま
の・御ゆいこんは・いつちか・きえうせにけ
んと・いふせう・かなし・御はかは・みちの・草・
しけく・なりて・わけいり・たまふ・ほと・
いとゝ・つゆけきに・月も・雲かくれて・も
りのこたち・こふかう・心ほそし・かへりいて・」23オ

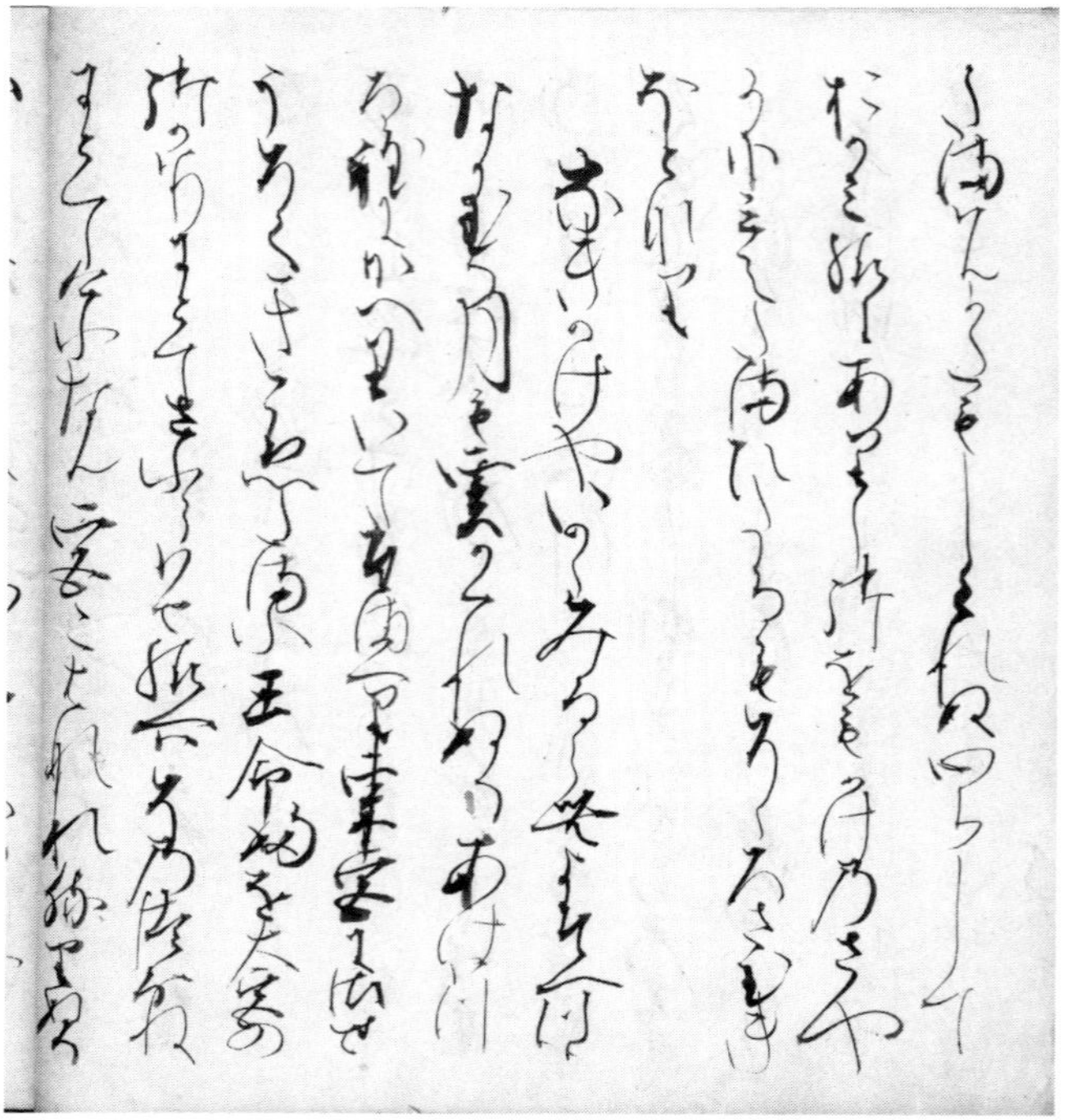

たまはん・かたも・しられぬ・心ち・して・
おかみ・給に・ありし・御をもかけの・さや
かに・みえたまひたるも・そゝろさむき・
ほとなり・
　なき・かけや・いかゝ・みるらむ・よそへつゝ・
［13］王命婦を通じて春宮にも別れの文【四一〇/652:121933】
なかむる・月も・雲かくれぬる・あけはつ
る・程に・かへりいて・たまへり・東宮に・御せ
うそく・きこゑ・たまふ・王命婦を・大宮の・
御かはりにとて・さふらはせ・給へは・その・つほね
にとて・けふなん・宮こ・はなれ・侍りぬる・

」23ウ

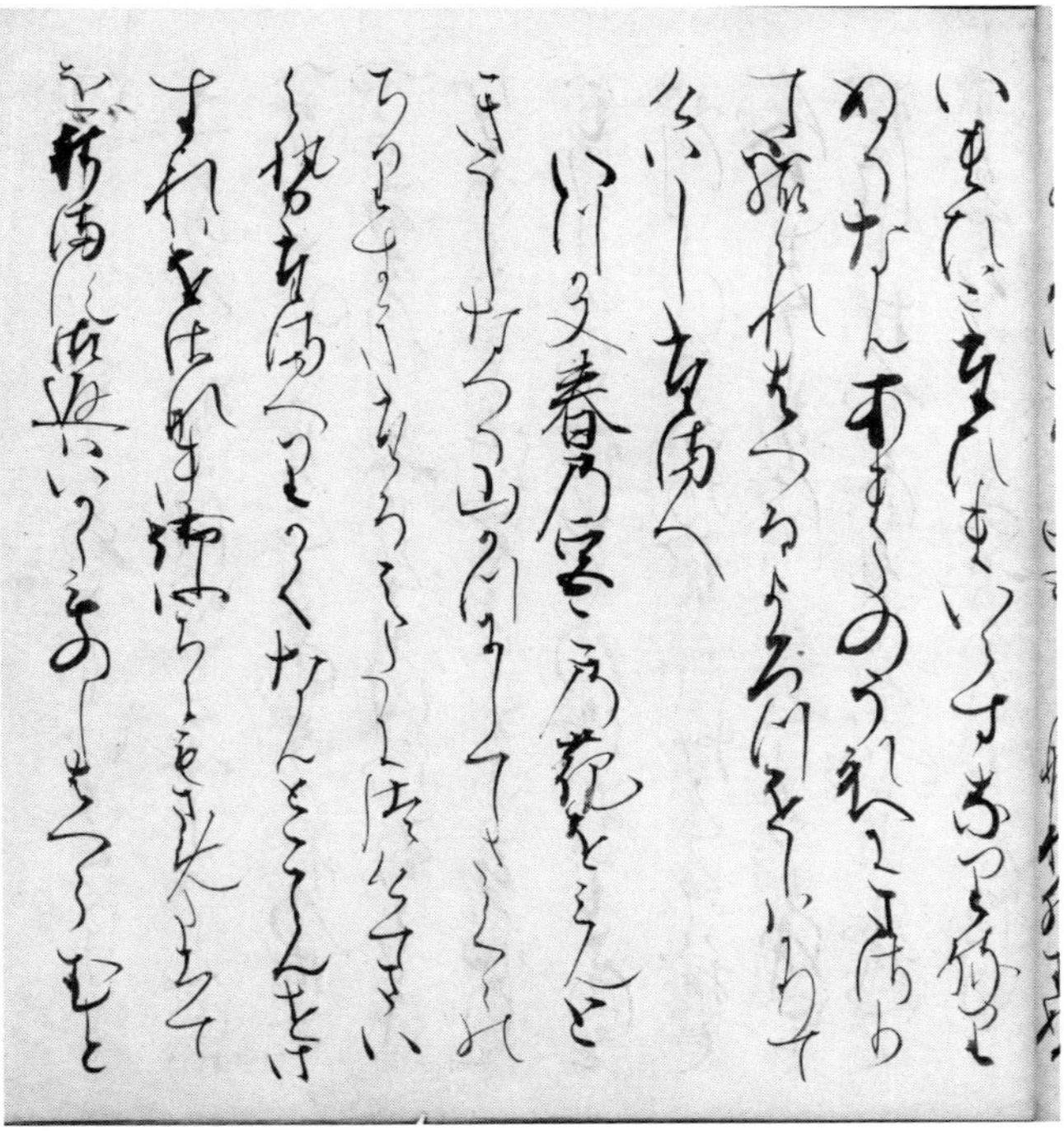

いま・ひとたひ・まいらす・なり侍り
ぬるなん・あまたの・うれへに・まさり
て・思・給られ・はへる・よろつ・をしはかりて・
けいし・たまへ・
いつか・又・春の・宮この・花を・みん・と
き・うしなへる・山かつにして・さくらの・
ちりすきたる・えたに・つけてまい
らせ・たまへり・かくなんと・こらんせさ
すれは・をさなき・御心《＊心》ちにも・まめたちて・
を。《は》し《＊はし》ます御返は・いかゝ・ものし・はへらむと・

」24オ

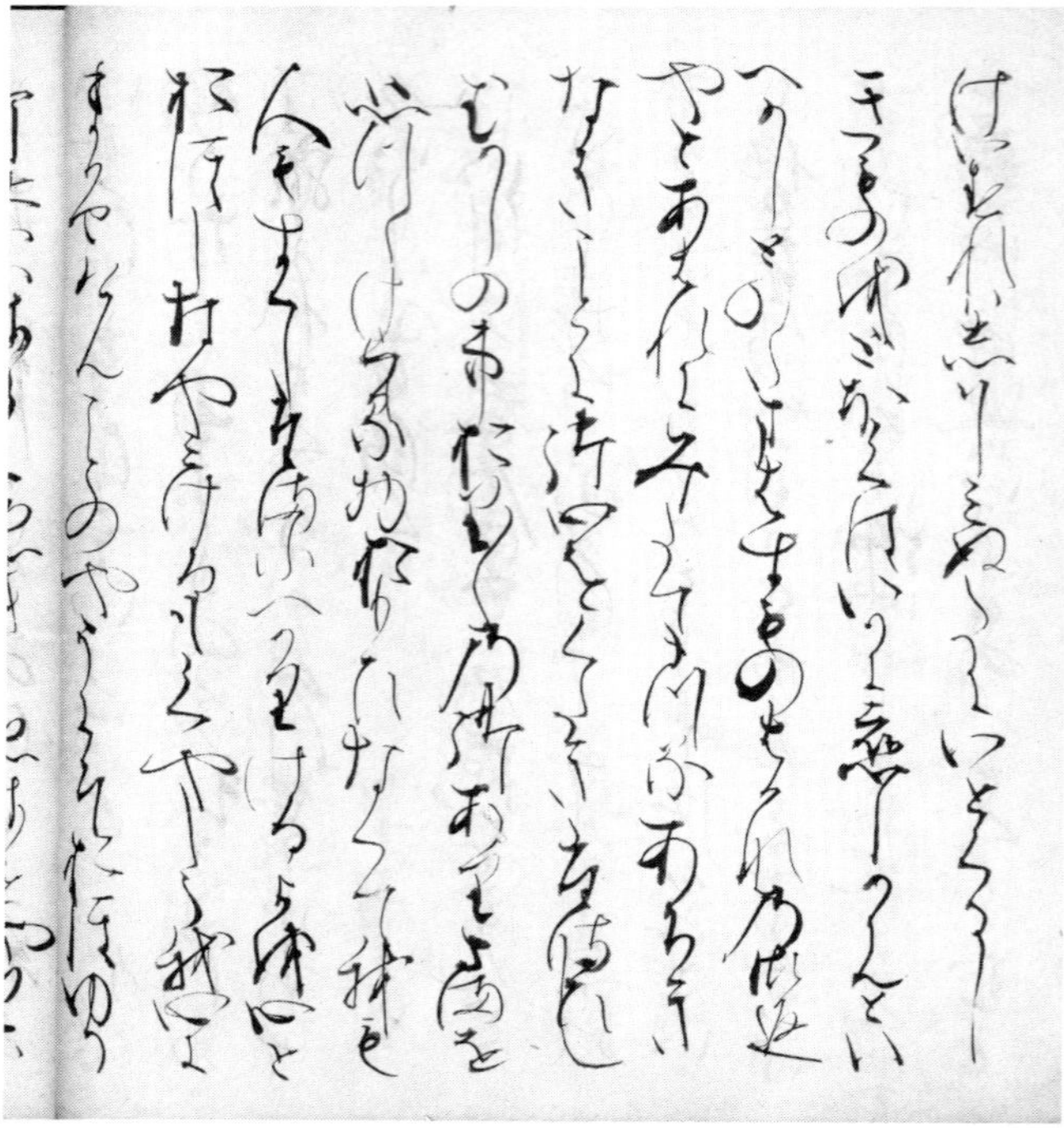

けいすれは・しはし・みぬたに・いとくるし
きものを・とほくは・いかに・恋しからんと・い
へかしと・のたまはす・ものはかなの・御返
やと・あはれに・み・たてまつる・あちき
なき・ことに・御心を・くたき・たまひし・
むかしの・事・おり〱の・御ありさまを・
思つゝけら《*て》る・物おもひ・なくて・我も・
人も・すて・たまふへかりけるよを・心と・
おほしなやみけるも・くやしう・我・心に・
まかせけん・ことの・やうにそ・おほゆる・

」24ウ

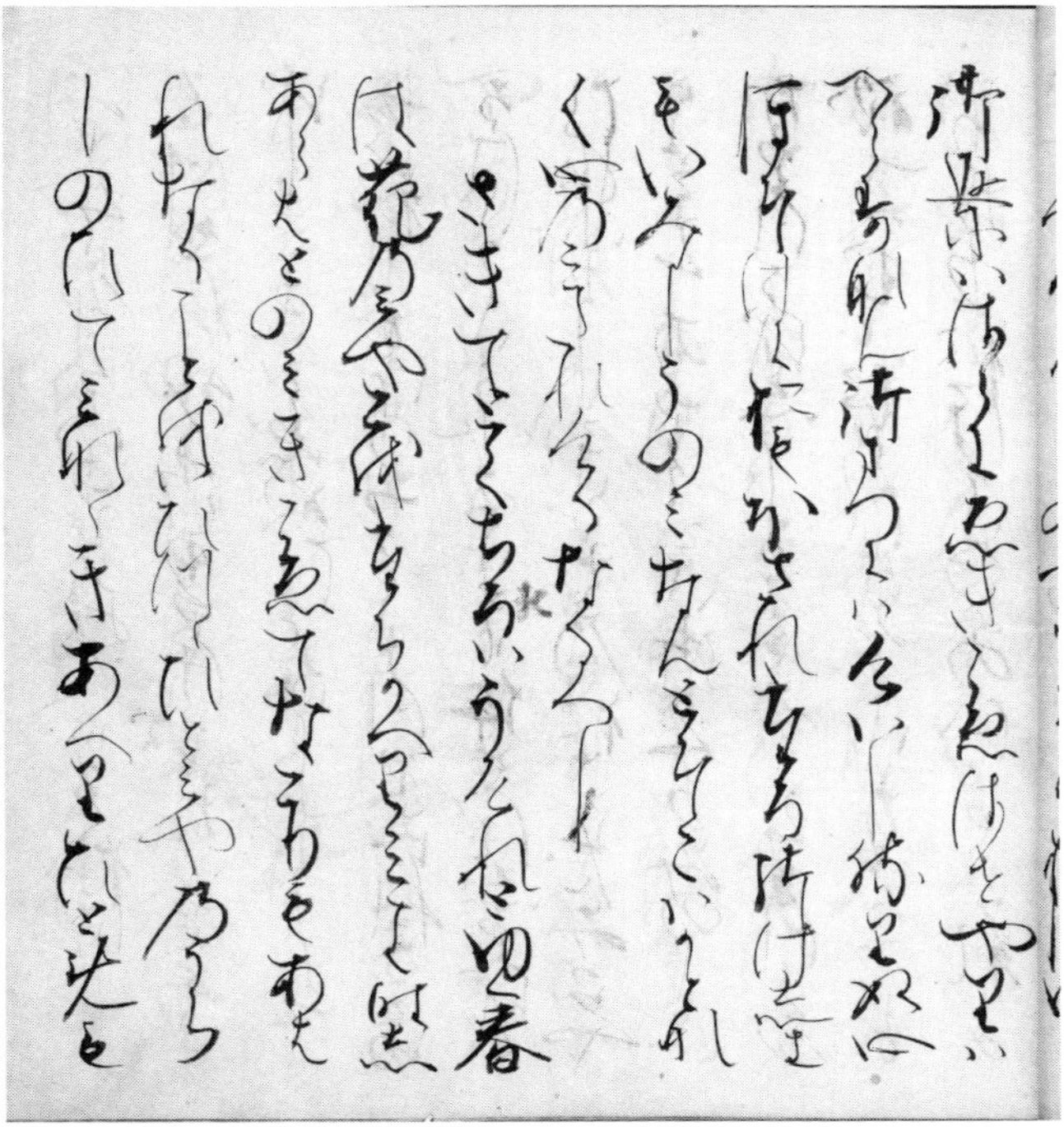

御返には・さらに・ゐ・きこゐさせやりは
へらすなん・御まへには・けいし・侍りぬ・心
ほそけに・おもほされたる御けしき
も・いみしうのみなんと・そこはかとな
く・心の・みたれけるなるへし・
　さきて・とく・ちる《類》は・うけれと・ゆく・春
は・花の・みやこを・たちかへり・みよ・時し・
あらはとのみ・きこゐて・なこりも・あは
れなる・ことを・いひつゝ・ひとみやの・うち
しのひてみな・ゝきあへり・ひとめも・

」25オ

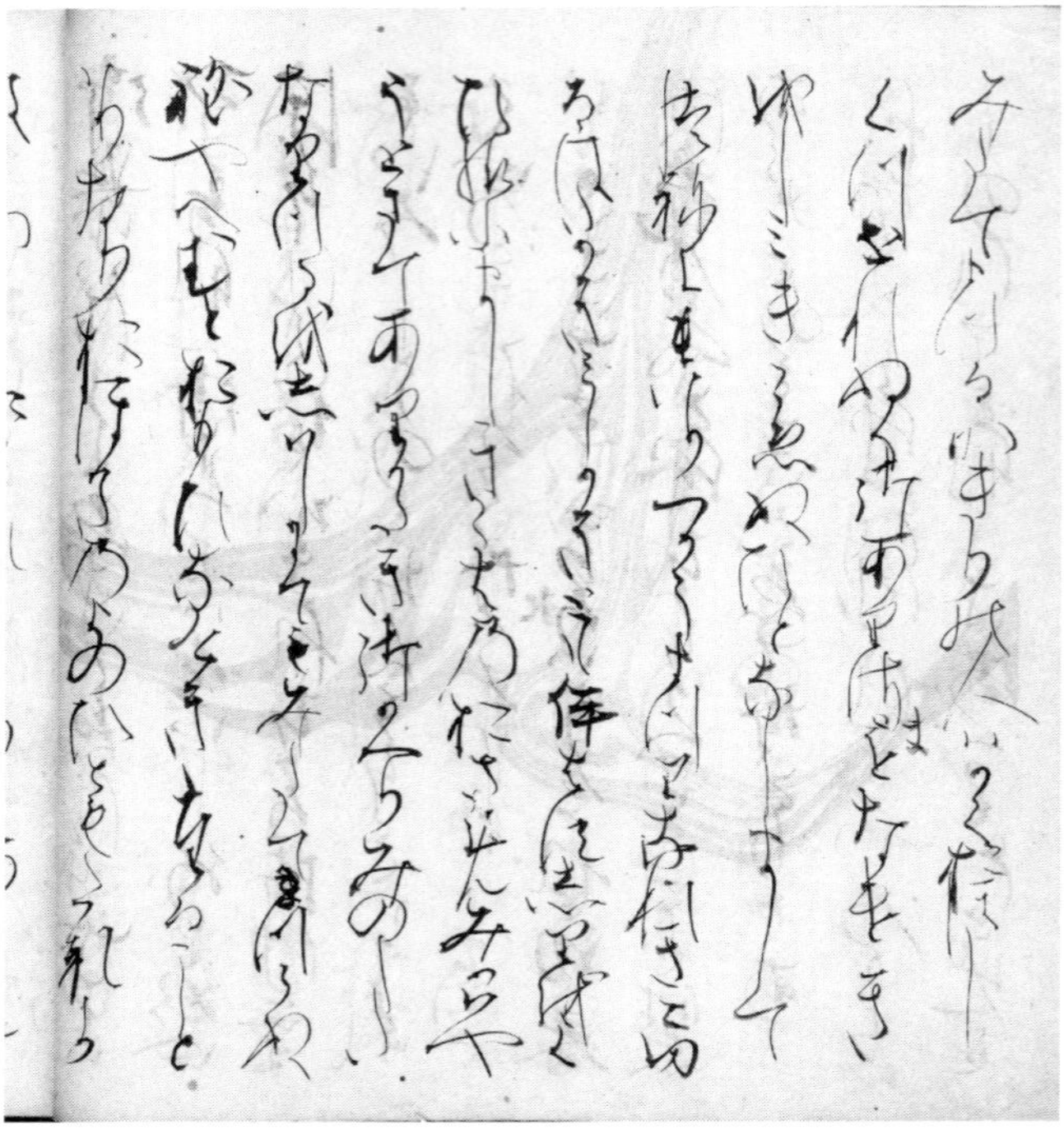

み・たてまつる・かきりの人は・かく・おほし・
くつをれぬる・御ありさ。《ま》を・なけき・
をしみ・きこゑぬひと・なし・まして・
つねに・まいり・つかうまつり・なれ・きこゆ
るは・たかき・みしかきとも・いはす・しりをよ
ひ・給ふましき・ゝはの・おさめ・みかはや
うとまて・ありかたき・御かへりみの・した
なりつるを・しはしにても・み・たて*△まつらぬ・
程や・へむと・おもひなけきたる・こと
［14］源氏の恩顧をこうむった多くの人も世をはばかって訪れない【四―1/660:122101】
はりなり・おほかたの・よのひとも・たれか

」25ウ

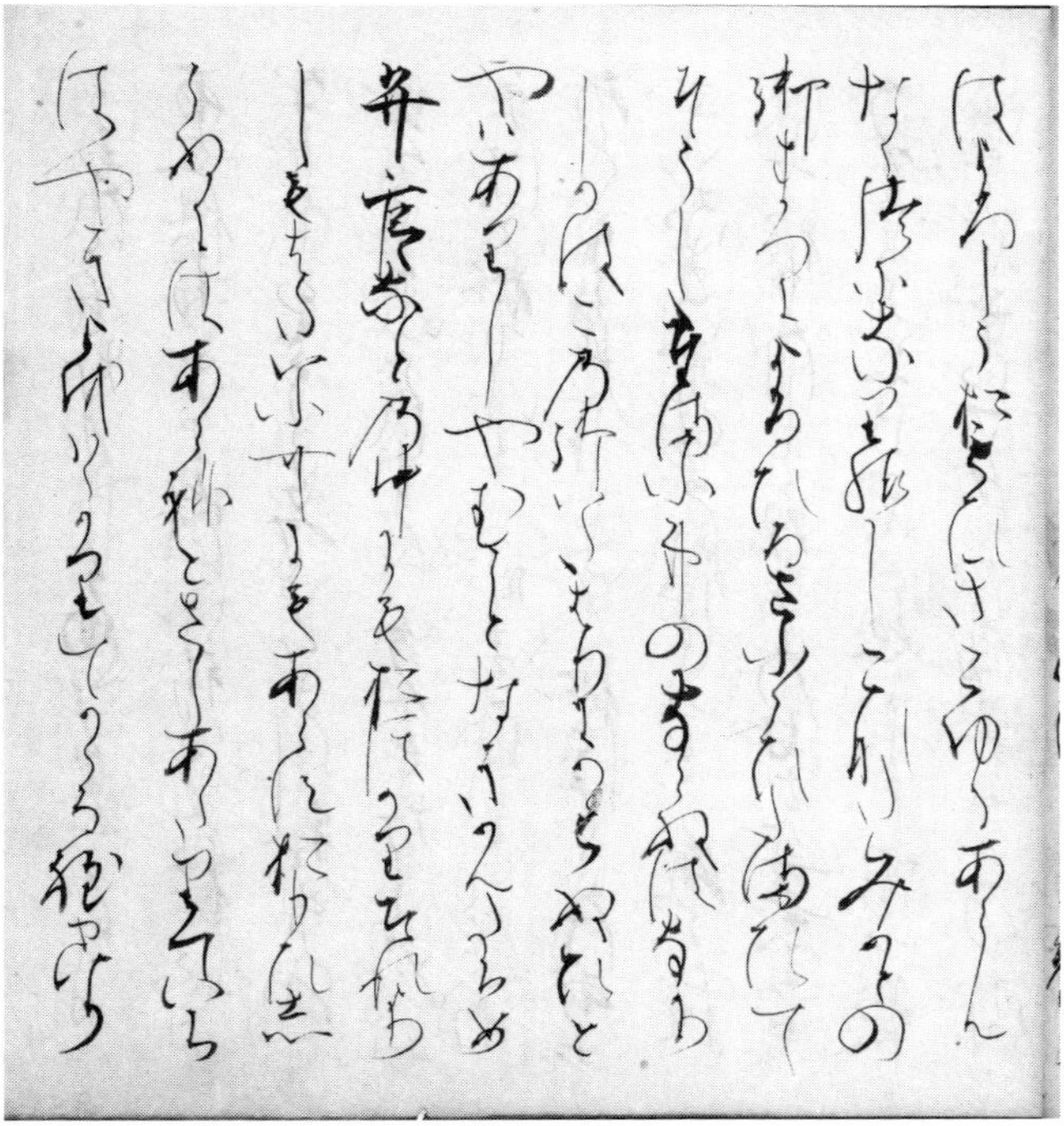

は・よろしう・おもひ・きこゆる・あらん・
なゝつになり給し・こなた・みかとの・
御まへに・よる・ひる・さふらひ・たまひて・
そうし・たまふ・事の・ならぬは・なかり
しかは・この・御いたはりに・かゝらぬ・ひと
やは・ありし・やむことなき・かんたちめ・
弁官なとの中にもおほかり・それより・
しも・はた・いふ可にも・あらす・おもひし
らぬには・あらねと・さしあたりて・いち
はやき・よを・はゝかりて・かゝる・程・まいり

」26オ

よるひとも・なし・よ・ゆすりて・かなしひ・
あはれかりきこゑつゝ・したには・おほやけ
を・そしりうらみたてまつれと・身を・
すてゝ・とふらひ・まいらせんも・なにの・かひ
かはと・おもふにや・かゝる・をりは・人わ
ろく・うらめしき・人・おほく・よは・あち
きなき・ものかなとのみよろ《*っ△》。につ
〔15〕源氏は朝まだ暗いうちに出立し紫上との別れを惜しむ【四―二/664：122176】
けて・おもひしらる・その・日は・女君に・も
のかたりのとかに・きこゑくらし・給て・夜・
ふかくそ・いてたち・たまふ・かりの・御

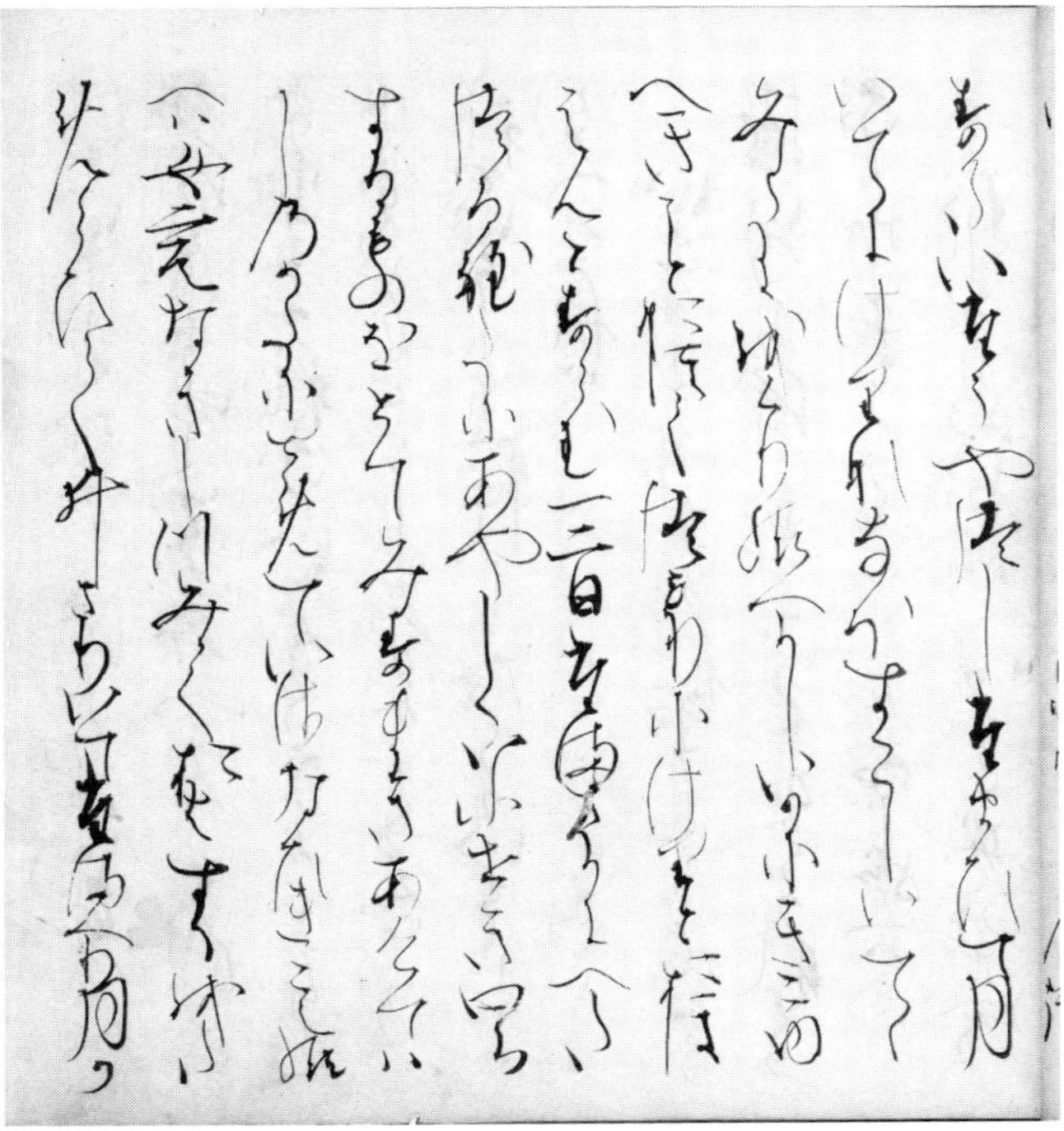

すかた・いたう・やつし・たまひて・月・
いてにけりな・なほ・すこし・いてゝ・
みたにをくり・給へかし・いかに・きこゆ
へき・こと・おほくつもりにけりと・おほ
えんと・すらむ・一二日・たまさかに・へた
つる・程たに・あやしく・いふせき・心ち・
するものをとて・みす・まきあけて・は
しの・かたに・せめて・いさなひ・きこえ・給
へは女君・なきしつみて・おはするを・た
めらひて・ゐさりいて・たまへり・月か

」27オ

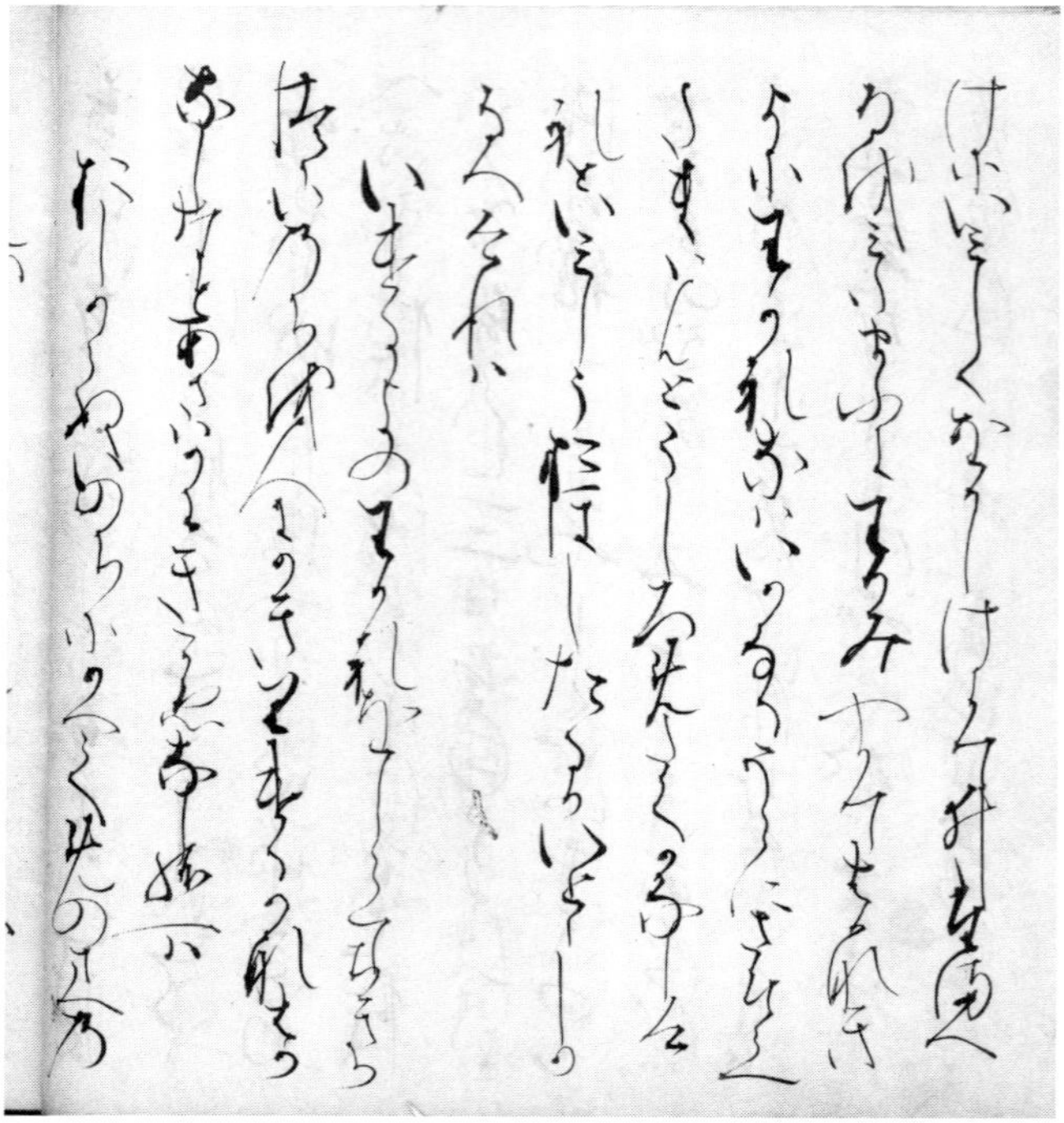

けに・いみしく・をかしけにて・ゐ・たまへ
るを・み・たまふに・わか・み・やかて・はかなき
よに・わかれなは・いかなる・うらに・さすらへ・
たまはんと・うしろめたく・かなしけ
れと・いみしう・おほしたるか・いとゝしか
るへけれは・
いける・よの・わかれを・しらて・ちきり
つゝ・いのちを・人に・かきりけるかなはか
なしなと・あさはかに・きこゑなし・給へは・
おしからぬ・いのちに・かへて・めの・まへの・

」27ウ

わかれを・しはし・とゝめてしかな・けに・
さそ・おほさるらんと・いと・みすてかたけれ
と・あけはては・はしたなかるへきにより・

〔16〕難波を経て船に乗りその日のうちに須磨に着く【四―三/668：12278】

いそきいて・たまひぬ・みちすから・おもか
けに・つと・そひて・むね・ふたかりなから・
御ふねに・のり・給ぬ・日・なかき・ころな
るに・をひかせさへ・そひて・また・さる
の・時はかりに・かの・うらに・つき・たまひ
ぬ・かりそめの・みちにても・かゝる・たひを・な
らひ・たまはぬ御心に・心ほそさも・をか
し

」28オ

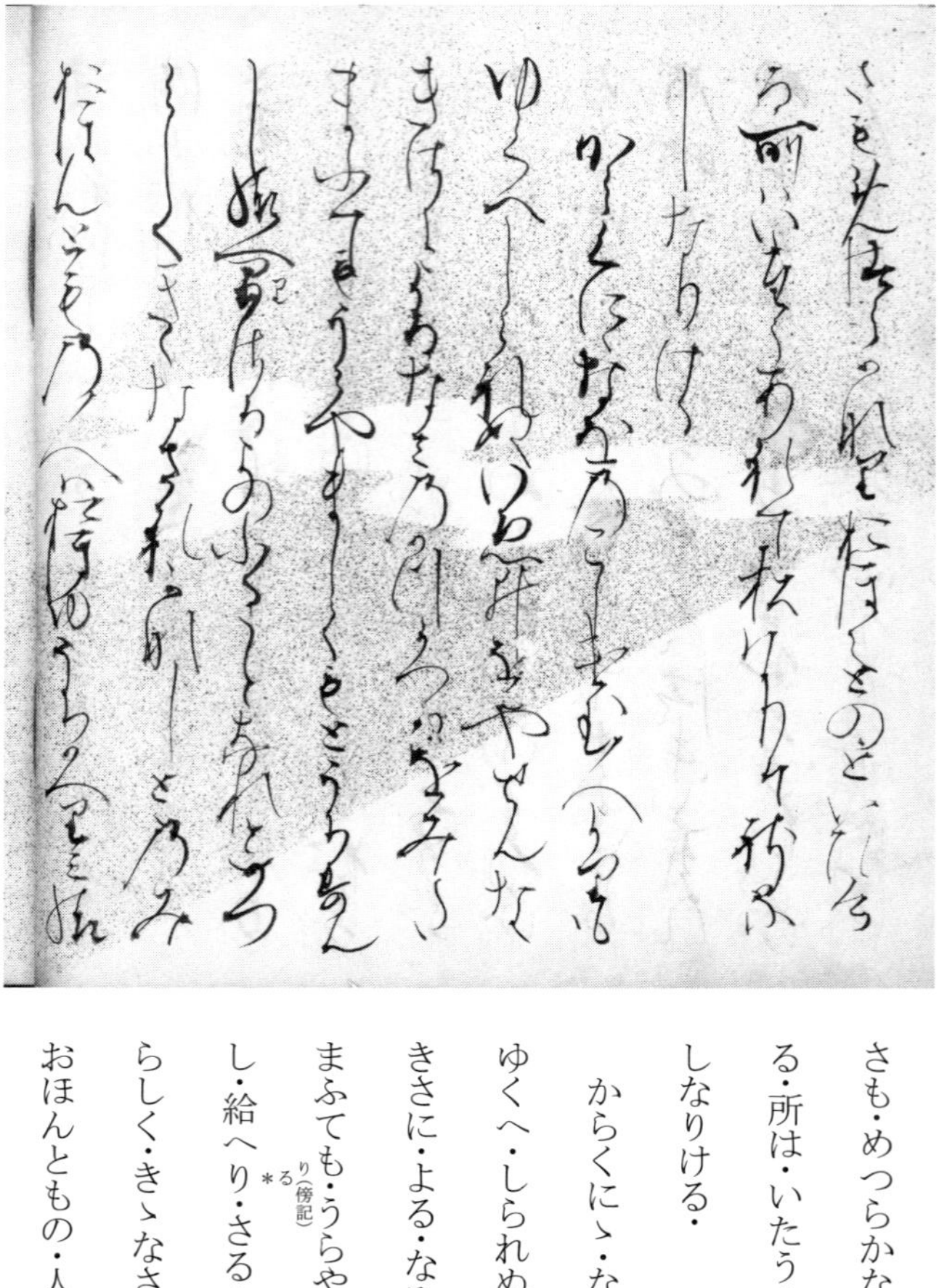

さも・めつらかなり・おほえとのと・いひけ
る・所は・いたう・あれて・松はかりそ・しる
しなりける・
　からくにゝ・なを・のこしけむ・人よりも・
ゆくへ・しられぬ・いゑゐをや・せん・な
きさに・よる・なみの・かつ・かへるを・み・た
まふても・うらやましくもと・うちすん
し・給へり《*る　り(傍記)》・さる・よの・ふることなれと・めつ
らしく・きゝなされ・かなしとのみ・
おほんともの・人は・おほゆ・うちかへりみ・給

」28ウ

に・こし・かたの・山は・かすみはるかにて・
まことに・三千里の・ほかの・心ち・するに・
かいの・しつくも・たえかたし・
ふるさとを・みねの・かすみは・へたつれと・
なかむる・そらは・をなし・雲井か・つら
からぬ・事・なくなん・おはすへき・所は・ゆき
ひらの中納言の・もしほ・たれつゝ・わひけ
る・いゑゐ・ちかき・わたりなりけり・うみ
つらは・やゝ・いりて・あはれに・すこけなる・山
の・つらなりとも・かきの・さまより・はしめ

[17] 源氏隠棲の地は行平の中納言がわび住まいをしていた近く【四一三/672:122369】

」29オ

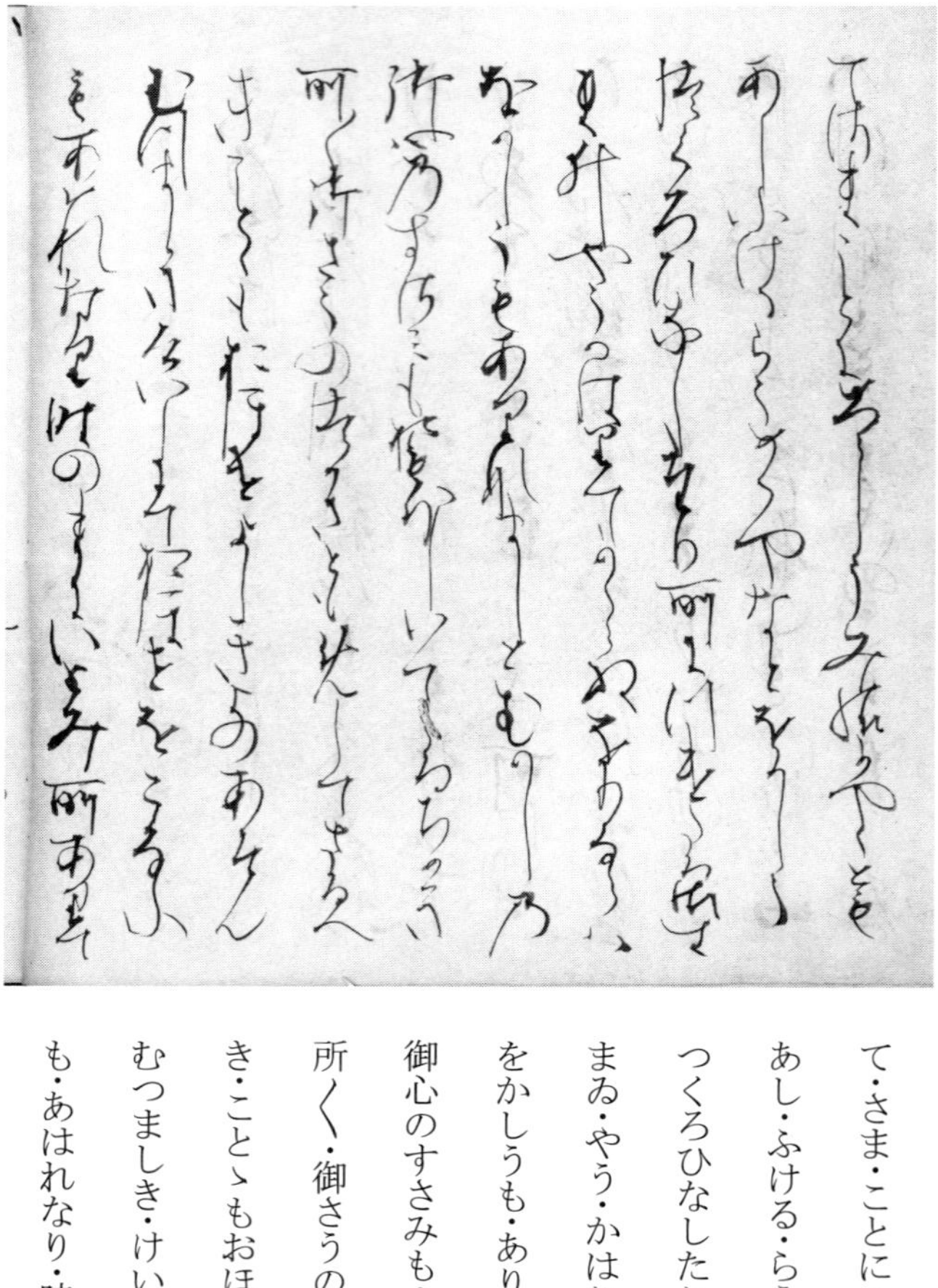

て・さま・ことに・めつらしう・み・給・かやゝとも・
あし・ふける・らうめく・やなと・をかしう・
つくろひなしたり・所に・つけたる・御す
まゐ・やう・かはりて・かゝらぬ・をりならは・
をかしうも・ありなましと・むかしの・
御心のすさみも・おもほしいてらる・ちかき・
所く・御さうの・つかさとも・めして・さるへ
き・ことゝもおほせ・よしきよのあそん・
むつましき・けいしにて・おほせ・をこなふ
も・あはれなり・時の・まに・いと・み所・ありて・

」29ウ

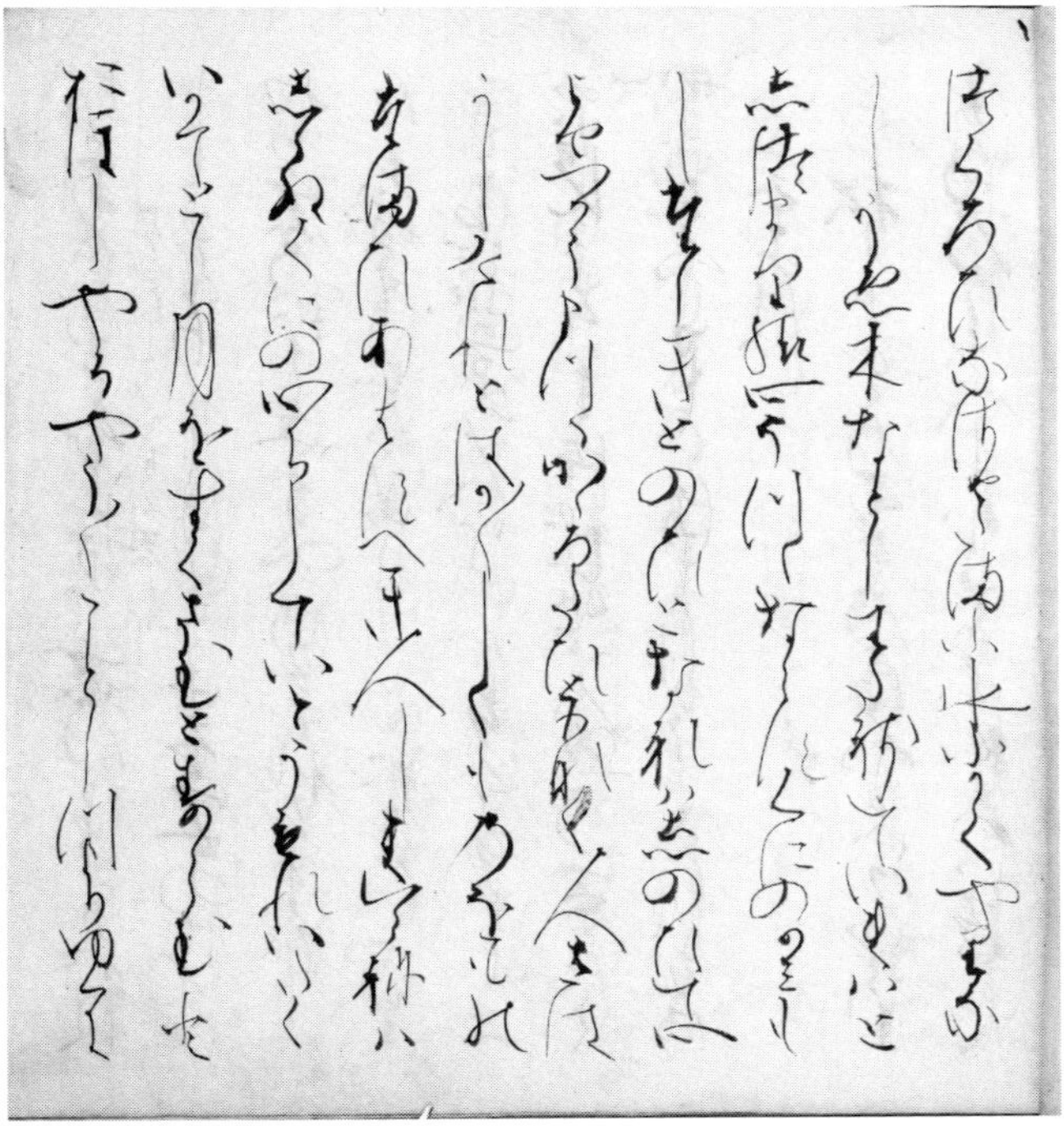

つくろひなさせ・たまふ・水・ふかく・やりな
し・うゑ木なと・しわたして・いまはと・
しつまり・給・心・うつゝならす・くにの・かみも・
したしき・とのひとなれは・しのひて・心
よせ・つかうまつる・かゝる・たひとも・なく・人・*々さは
かしけれと・はかく・しく・ものをも・の
たまひあはすへき・人し・まいらねは・
しらぬ・くにの・心ち・して・いと・うもれいたく・
いかて・とし月を・すくさむと・すらむと・

［18］長雨のころ源氏は京へ消息をし紫上は尽きない悲しみの日々【四一四/676：12469】

おほしやる・やうく・こと・しつまりゆくに・

」30オ

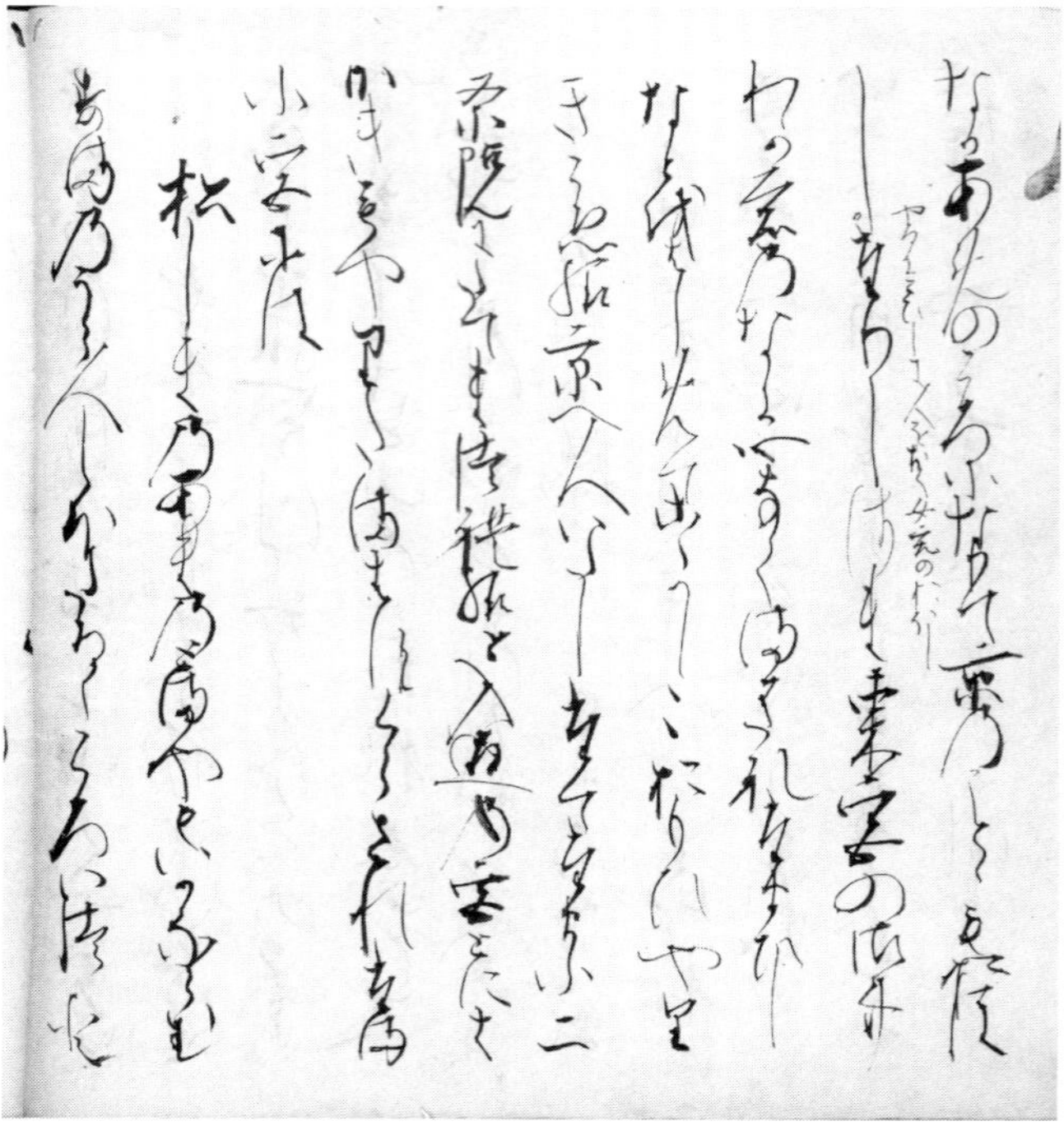

なかあめの・ころに・なりて・京の・ことゝも・おほ
し。《やるにこひしき人をほ*ほく女君のおほし》・たりし・さま・東宮の・御事・
わか君の・なに心なく・まきれ・たまひし
なとを・はしめて・こゝ・かしこ・おもひやり・
きこゑ・給京へ人いたしたてたまふ・二
条院に・たてまつれ・給と・入道の宮とには・
かきも・やり・たまはす・くらされ・たま
ふ・宮には・
　松しまの・あまの・とまやも・いかならむ・
すまの・うら人・しほたるゝ・ころ・いつと・

」30ウ

はへらぬ・中にも・きし・かた・ゆく・さき・かき
くらし・いみしきに・みきは・まさりて
なん・内侍のかみの・御もとには・れい野《ママ》・
中納言の君の・もとに・わたくしことの・
やうにて・中なるに・つれ〱と・すきにし・
かたの・思・給へ・いてらるゝにつけても・
　こりすまの・うらの・みるめも・ゆかしき
を・しほ・やく・あまや・いかに・思はん・さま〱
に・かきつくし・たまふ・こと・おもひやるへし・
おほとのにも・宰相のめのとのもとにも・
よ

」31オ

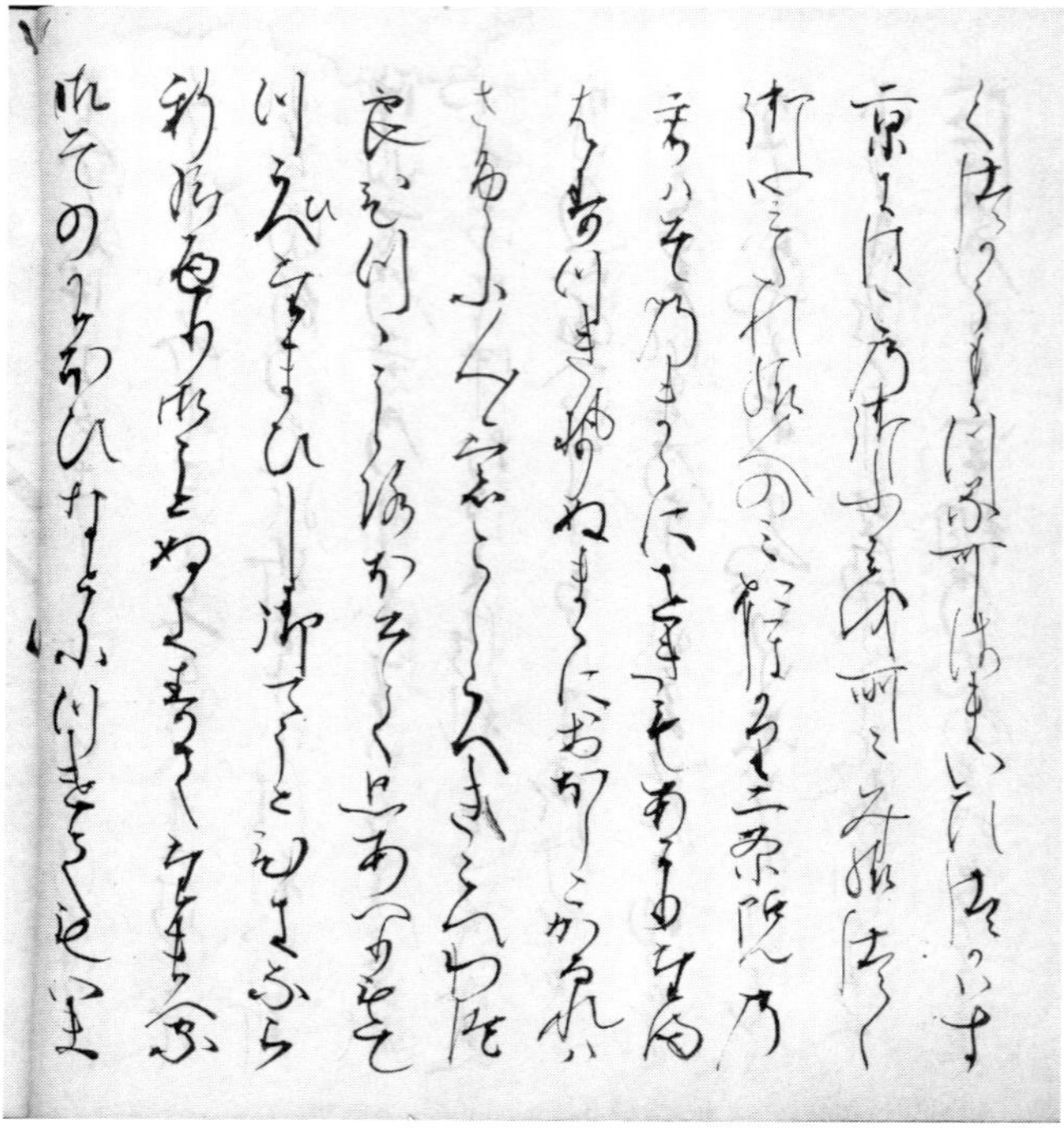

く・つかうまつる可・さま・いひつかはす・
京には・この・御ふみを・所々・み・給つゝ・
御心・みたれ・給・人のみ・おほかり・二条院の
君は・その・まゝに・をきも・あかり・たま
はす・つきせぬ・まゝに・おほしこかるれは・
さふらふ・人〳〵も・こしらへ・きこへわつ
良《(ママ)》ひつゝ・こゝろほそく・思あへり・もて
つかへ《ひ》・たまひし・御てうと・ひきなら
し・給へり・御こと・ぬきすて・たまへる・
御その・にほひなとに・つけても・いま

」31ウ

はと・よに・なくなり給へらん・人の・やうにのみ・
おほしたれは・かつはいとゝ・ゆゝしくて・小納言
は・僧都に・御いのりの・ことなと・きこゆれは
ふたかたに・修法《みすほう》なと・せさせたまふ・かつは・
かく・おもほしなけく・御心をも・なくさめ・
又・もとの・事くたひらかに・おほす・さま
に・かへり・給へき・さまになと・心くるしき・さ
まに・いのり・申・給ふ・たひの・御とのい物なと
てうして・たてまつり・たまふに・かとりの・御
なをし・さしぬきなと・し給て・さま・

」32オ

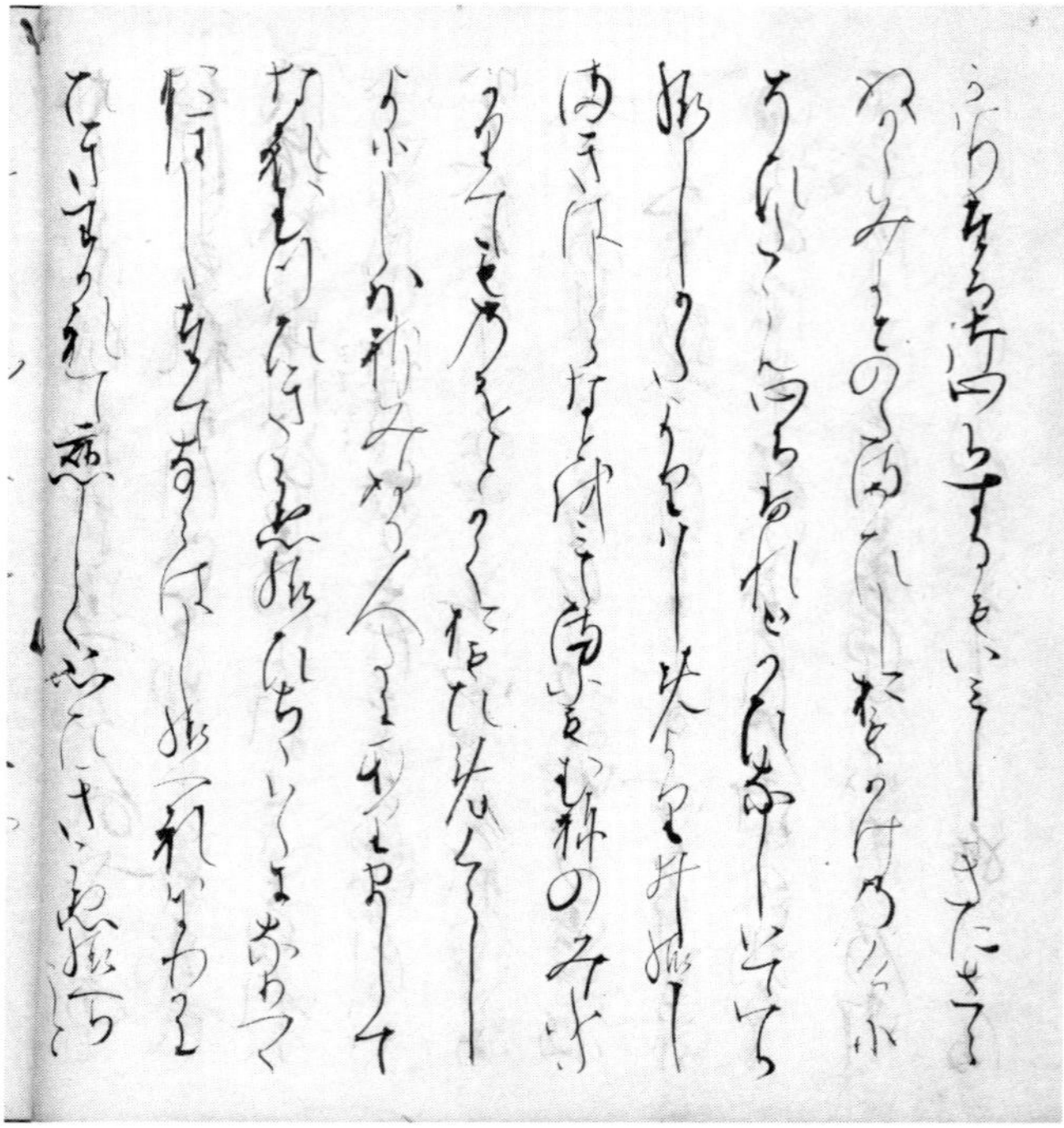

かはりたる・御心ち・するも・いみしきに・さら
ぬ・かゝみにと・のたまひし・おもかけの・けに
そひたらん・心ち・すれと《*は》・かひなし・いていり・
給し・かたよりはしめ・よりゐ・給し・
まきはしらなとを・み・たまふも・むねのみ・ふた
かりて・ものを・とかく・おもひめくらし・
よに・しほしみぬる・人たに・あり・まして・
なれむつひ・きこゑ給ひ・ちゝ・はゝに・なりつゝ・
おほしたて・ならはし・給へれは・にわかに・
ひきわかれて・恋しく・思ひ・きこゑ・給へり・こと

」32ウ

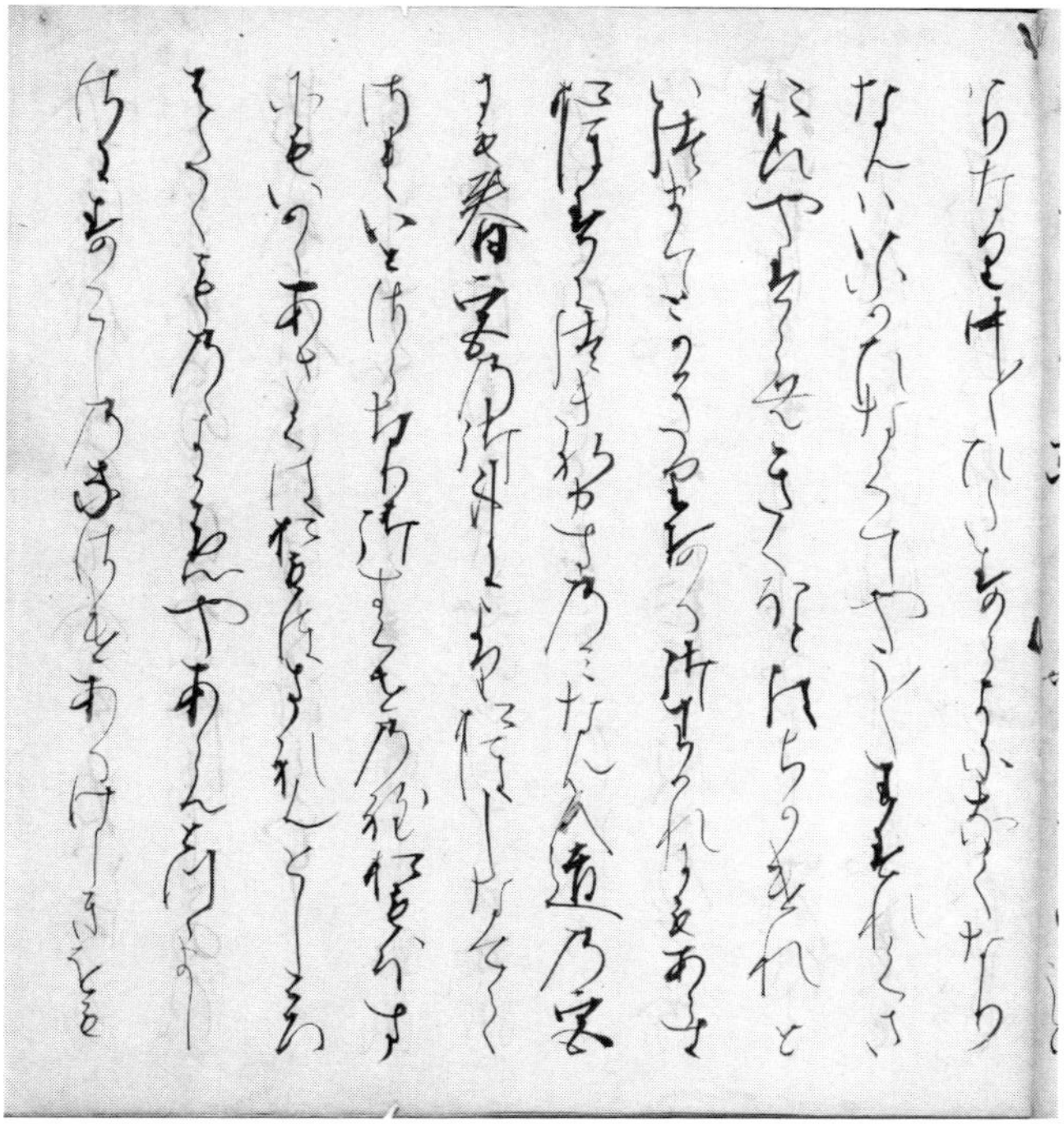

はりなり・中く・ひたすらよに・なくなり
なんは・いふかひなくて・やうく・わすれくさ・
おひや・すらむ・きく・ほとは・ちかけれと・
いつまてと・かきりある・御わかれにも・あらす・

[19] 藤壺、朧月夜、紫上からそれぞれの思いを込めた返信がある【四一六/686:122708】

おほすに・つきせすのみなん・入道の宮
にも・春宮の・御事により・おほしなけく・
さま・いと・さらなり・御すくせの・程・おもほす
にも・いかゝ・あさくは・おもほされん・としころ
は・たゝ・ものゝ・きこゑや・あらんと・つゝまし
さに・すこしの・なさけあるけしきをも・

」33オ

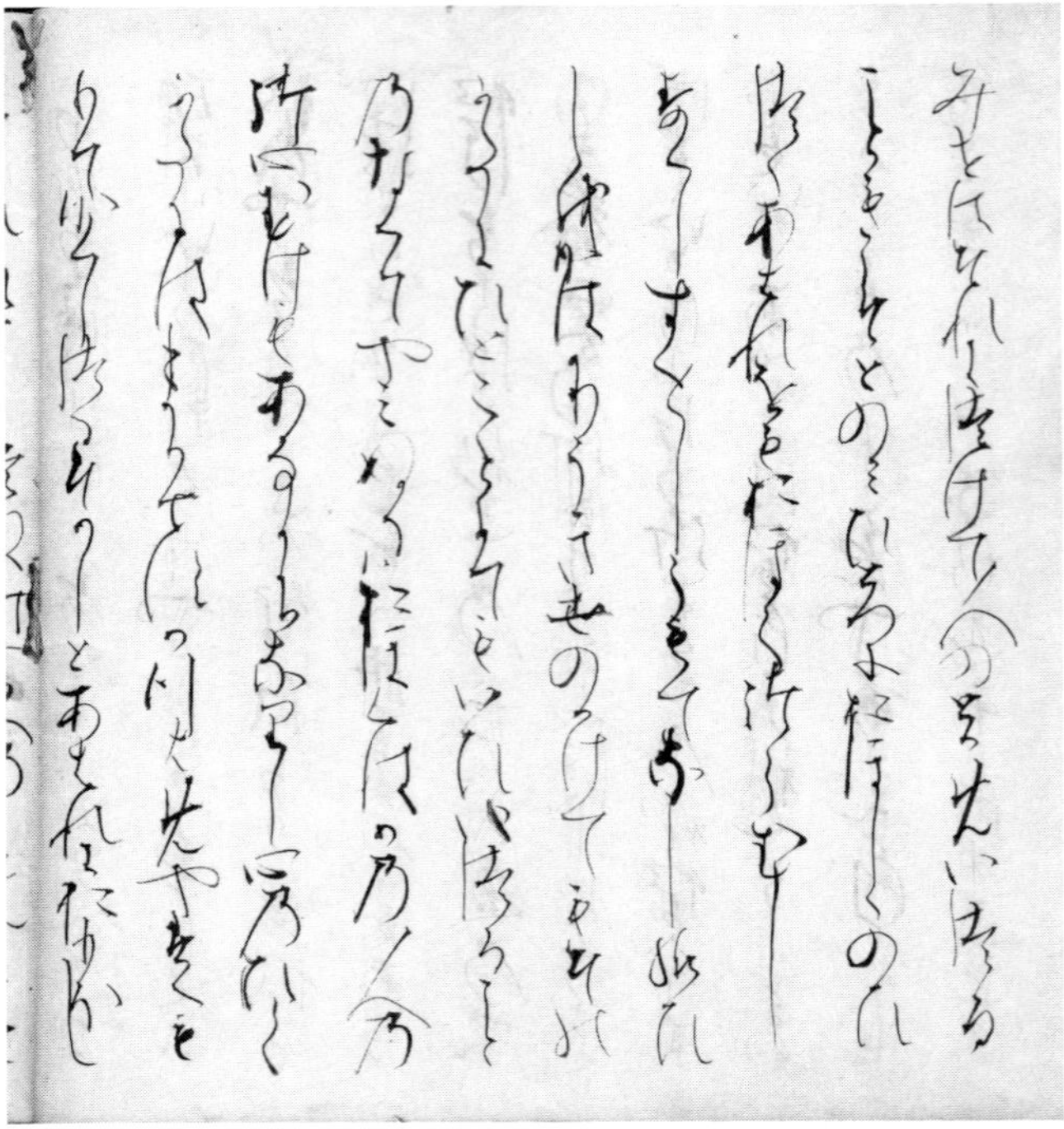

みせは・それに・つけて・人の・とかめ・いつる・
こともこそとのみ・ひとつに・おほしゝのひ
つゝ・あはれをも・おほく・御らむし・
すくし・すくくしう・もてなし・給ひ
しを・かはかり・うき・世の・かけても・その・
かたに・ひとことにても・いひいつる・こと
の・なくて・やみぬるは・おほくは・かの・人の・
御心むけも・あなかちなりし・心の・ひく・
かたには・まかせす・かつは・めやすくも・
もてかくしつるそかしと・あはれに・おもほし

」33ウ

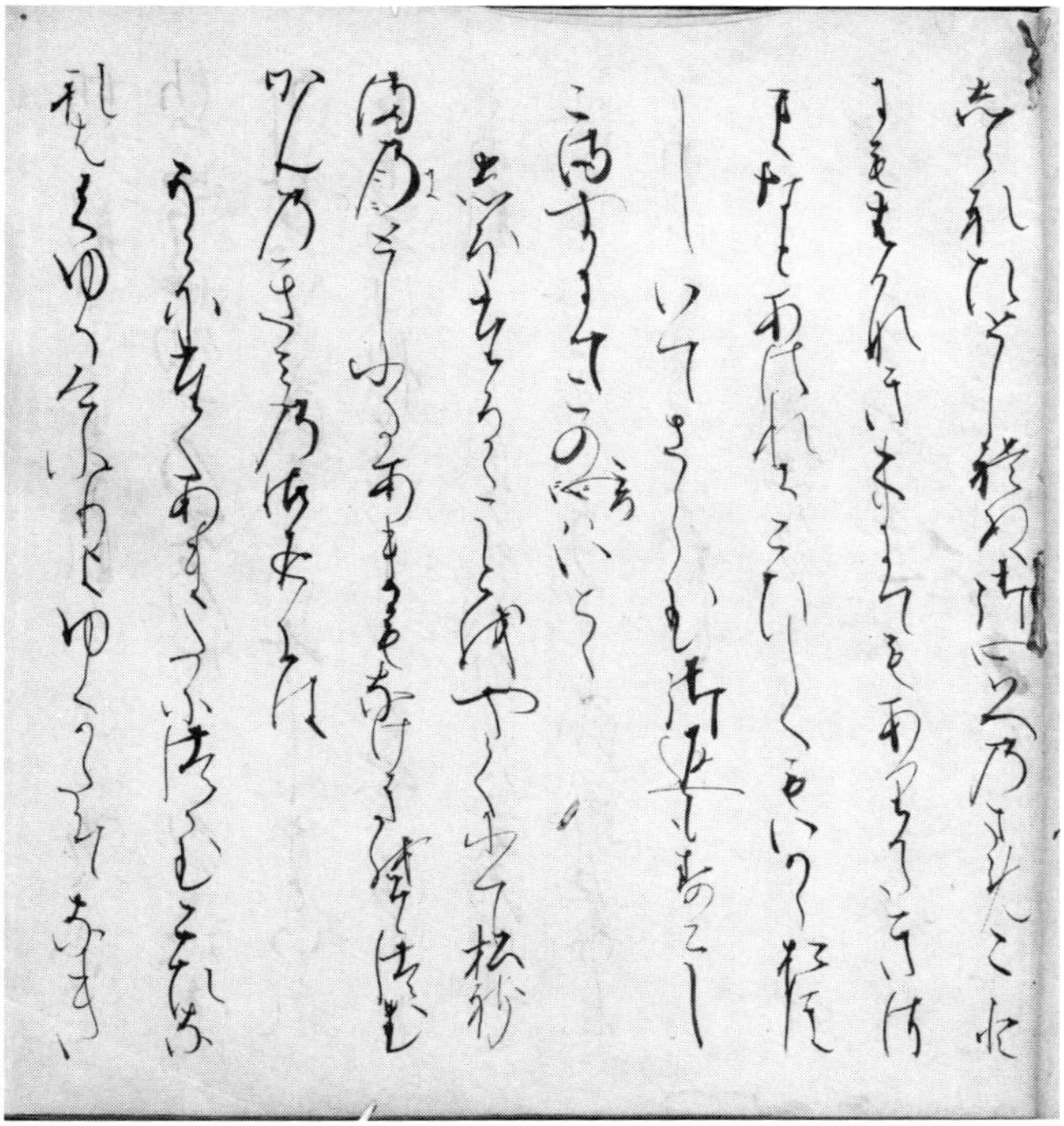

しられ・ひとしれぬ・御心はへの・まめこと
にも・はかなき・事にても・ありかたき・さ
まなと・あはれに・こひしくも・いかゝ・おほ
しいてさらむ・御返も・すこし・
こまやかにて・この・心《こゝろ》は・いとゝ・
しほたるゝ・ことを・やくにて・松し
まの《ゝに》・とし・ふる・あまも・なけきをそ・つむ・
かんのきみの・御返には・
うらに・たく・あまたに・つゝむ・こひな
れは・くゆる・けふりよ・ゆく・かたそ・なき・

」34オ

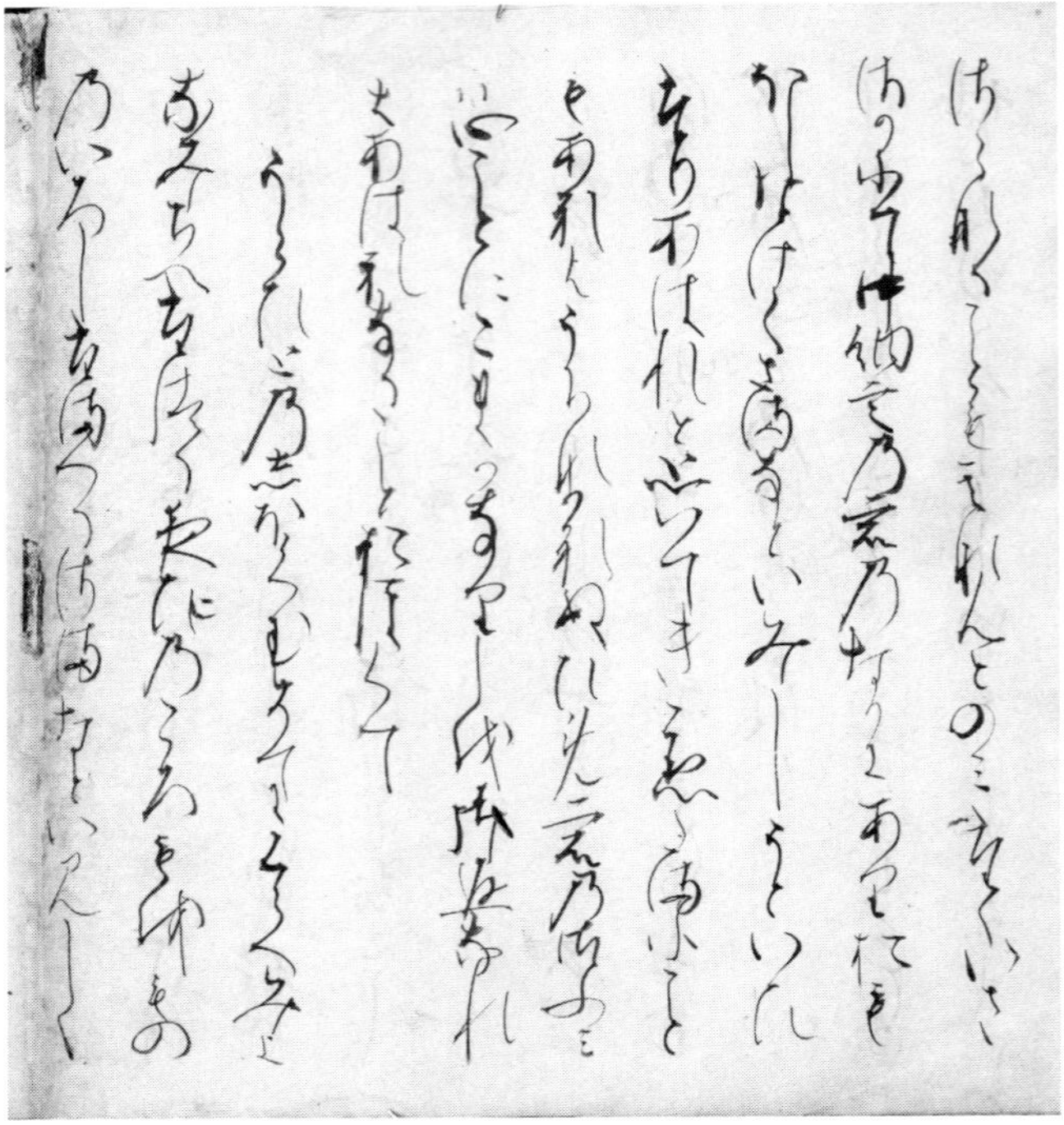

さらなる・ことも・えなんとのみ・たゝいさ
さかにて・中納言の君の・なかに・あり・おも
ほしなけく・さまなと・いみしうと・いひ
たり・あはれと・思いて・きこゑ・たまふ・こと
も・あれは・うちなかれぬ・ひめ君の・御ふみ
は・心ことに・こまかなりしを・御返なれ
は・あはれなる・こと・おほくて・

うらひとの・しほ・くむ・そてに・くらへみよ・
なみち・へたつる・夜ひの・ころもを・もの
の・いろ・し・たまへる・さまなと・いみしく・

」34ウ

きよらなり・なにこと《こと》にも・らう〱しく・
ものし・たまふを・思・さまにて・いま
は・ことに・心あわたゝしく・ゆきかゝつら
ふ・かた・なく・しめやかにて・あるへき物を
と・おもほすに・いみしう・くちをしう・よ
る・ひる・おもかけに・おもほえて・たへかたく・を
ほゐ・給へは・なを・しのひて・むかへてまし
と・おもほす・又・うち返し・なそや・かく・うき・
よに・つみをたに・うしなはんと・おもほ
せは・やかて・御しやうしにて・あけくれ・を

」35オ

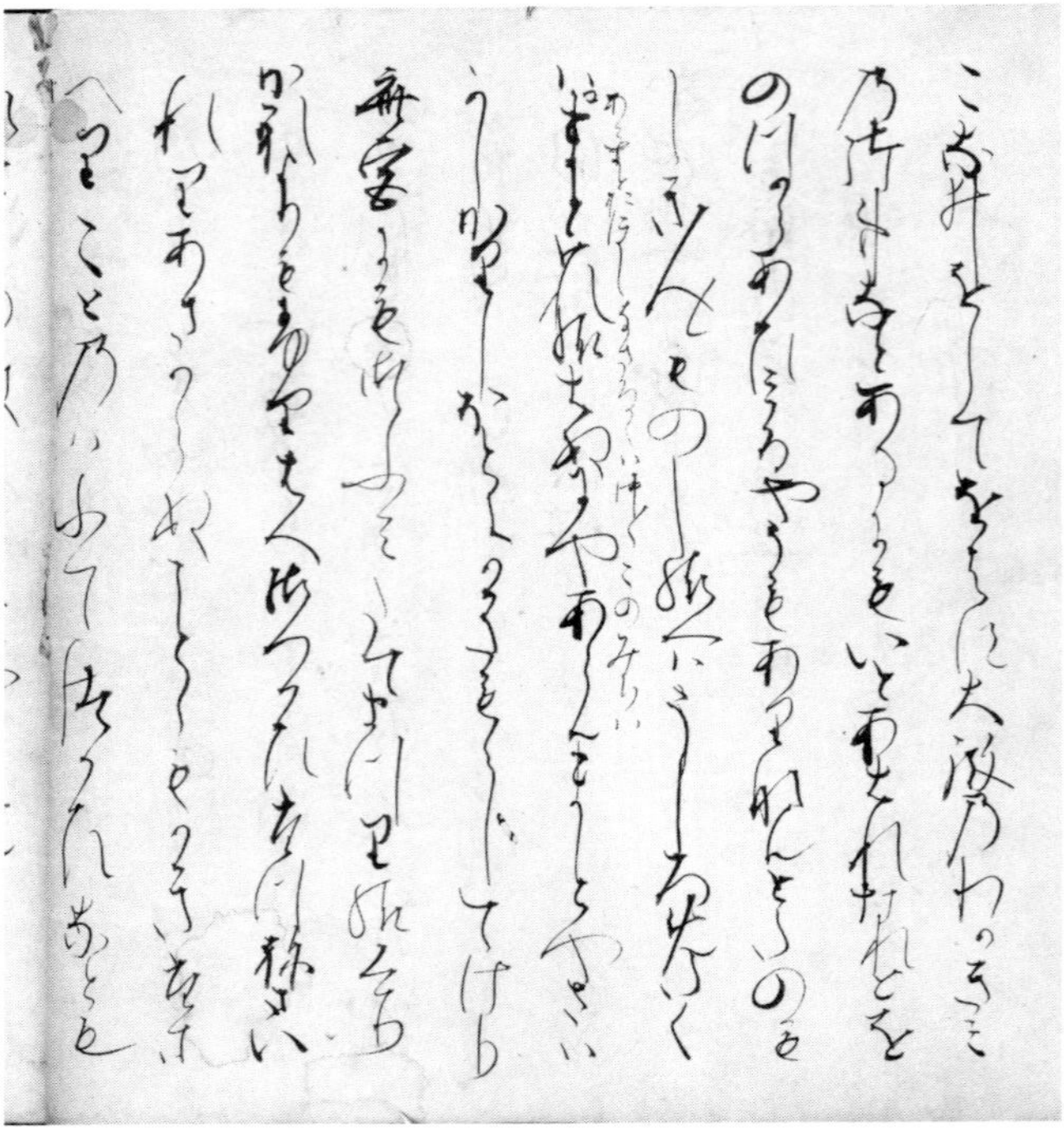

こなゐを・して・をはす・大殿の・わかきみ
の・御事なと・あるにも・いと・あはれなれと・を
のつから・あひみる・やうも・ありなんと・たのも
しき・人く・ものし・給へは・う《＊う》しろめたく
は。《あらすとおほしなさるゝは中くこのみちは》・まとはれ・給はぬにやあらん・まことや・さは
[20] 伊勢に下向している六条御息所とも交信【四一八/696:122920】
かしかりし・ほとに・かきもらしてけり・
斎宮にも・御ふみ・たてまつり・給けり・
かれよりも・ふりはへ・御つかひ・たつねまい
れり・あさからぬ・ことゝも・かき・たま
へり・ことのは・ふて・つかひなとも・
」35ウ

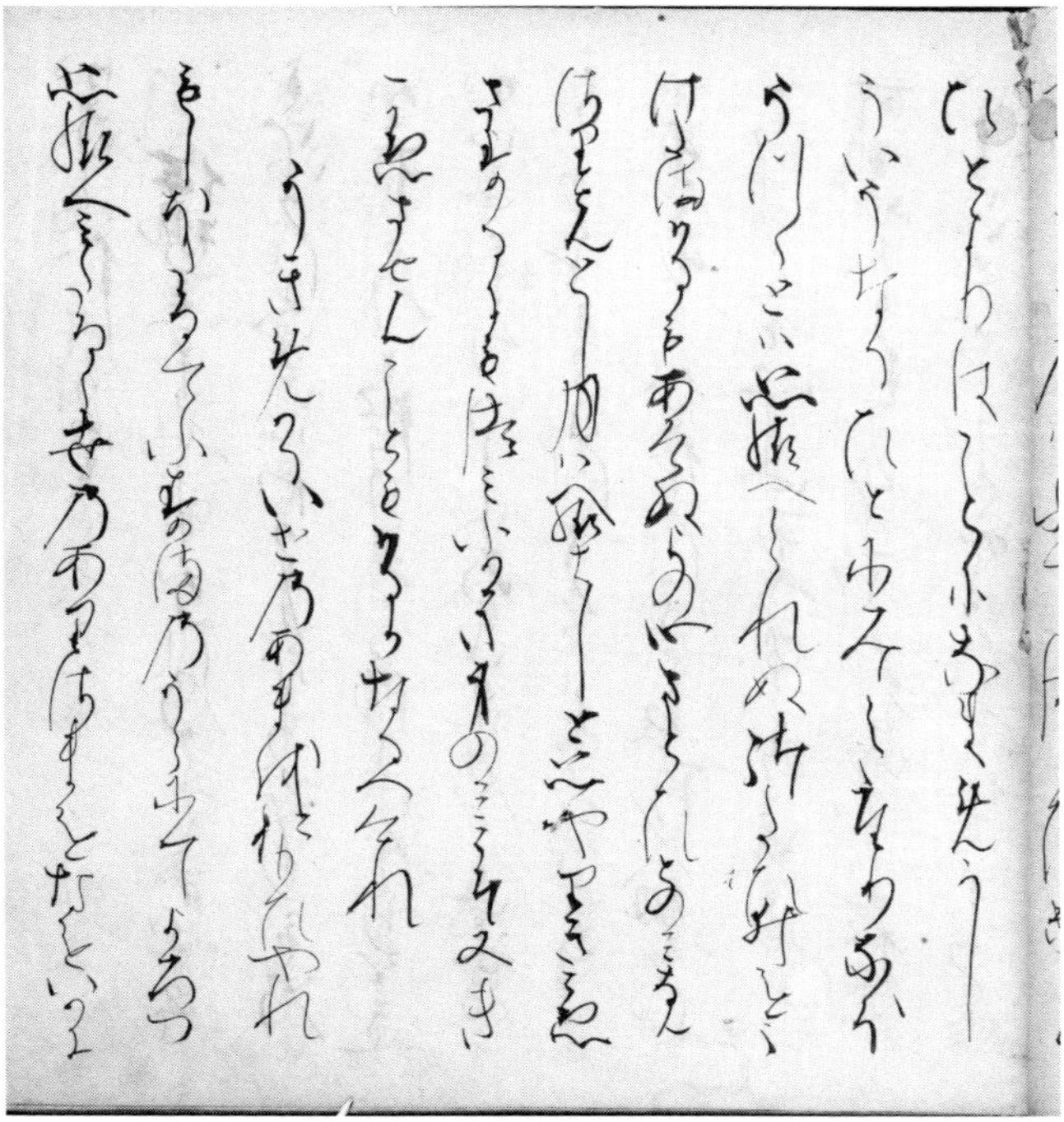

ひとよりは・ことになまめかし
う・いうなる・ひとに・みえたり・なほ・
うつゝとは・思・給へられぬ・御たひゐを・う
けたまはるも・あけぬ・よの・心まとひとのみなん・
さりとん・とし月は・へ・給はしと・思やり・きこゑ
さするにも・つみ・ふかき・身のみこそ・又き
こゑさせん・ことも・はるかなるへけれ・
うきめ・かる・いせの（ママ・諸本いせをの）・あまを・おもひやれ・
もしほ・たるてふ・すまの・うらにて・よろつ・
思・給へ・みたるゝ・世の・ありさまを・なをいかに」36オ

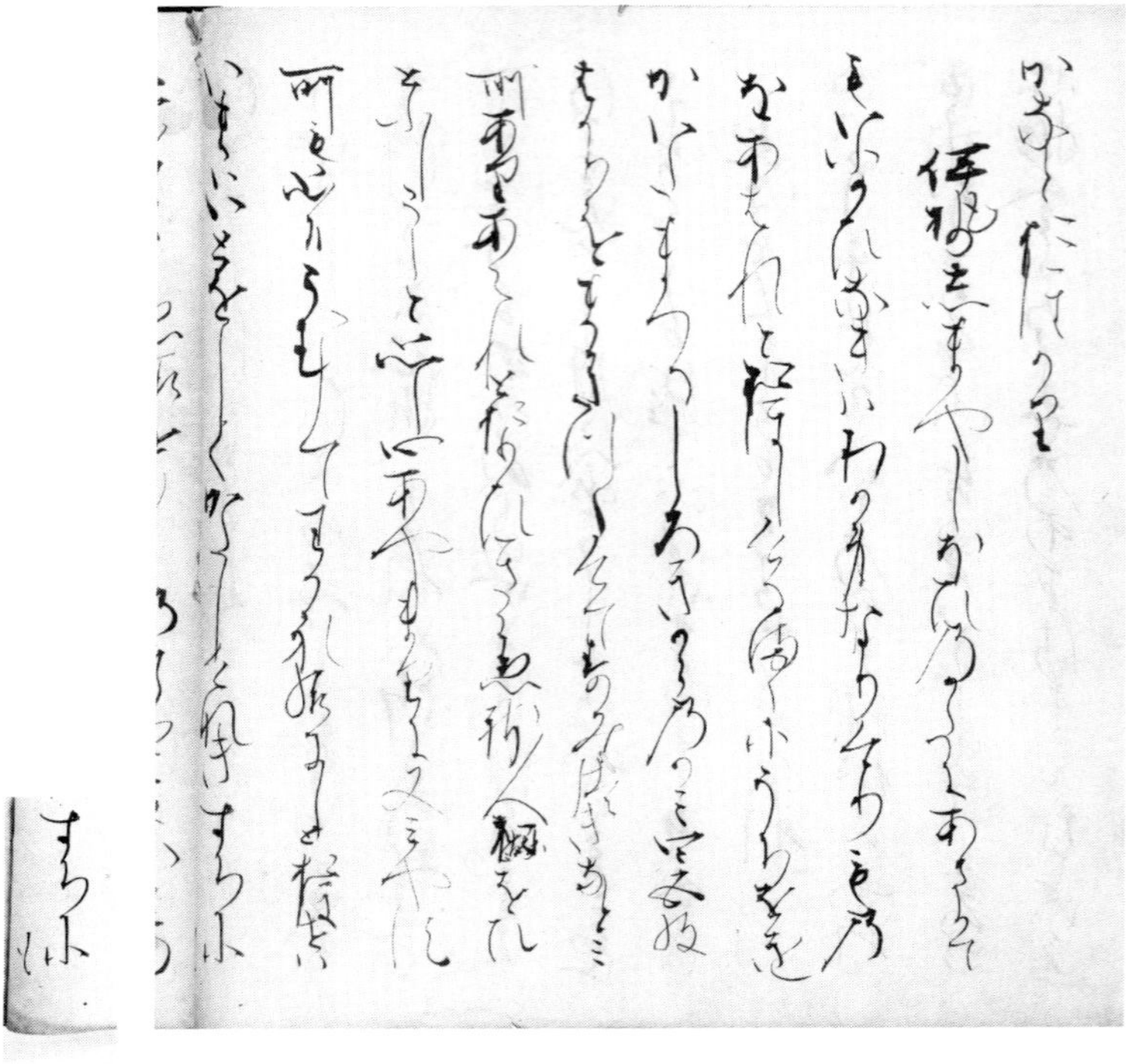

かなと・おほかり・
伊勢しまや・しほひの・かたに・あさりて
も・いふかひなきは・わか・身なりけり・もの
を・あはれと・おほしける・まゝに・うちをきく・
かい・たまへる・しろき・からの・かみ・四五枚
はかりを・まきつゝけて・すみつきなと・み
所・あり・あはれと・おもひ・きこゑし・人柄《こ*を》を・ひ
とふし・うしと・思し・心あやまりに・又・みやす
所も・思ひうむして・わかれ・給にしと・おほせは・
いまは・いとをしく・かたしけなき・すちに・
も

」36ウ

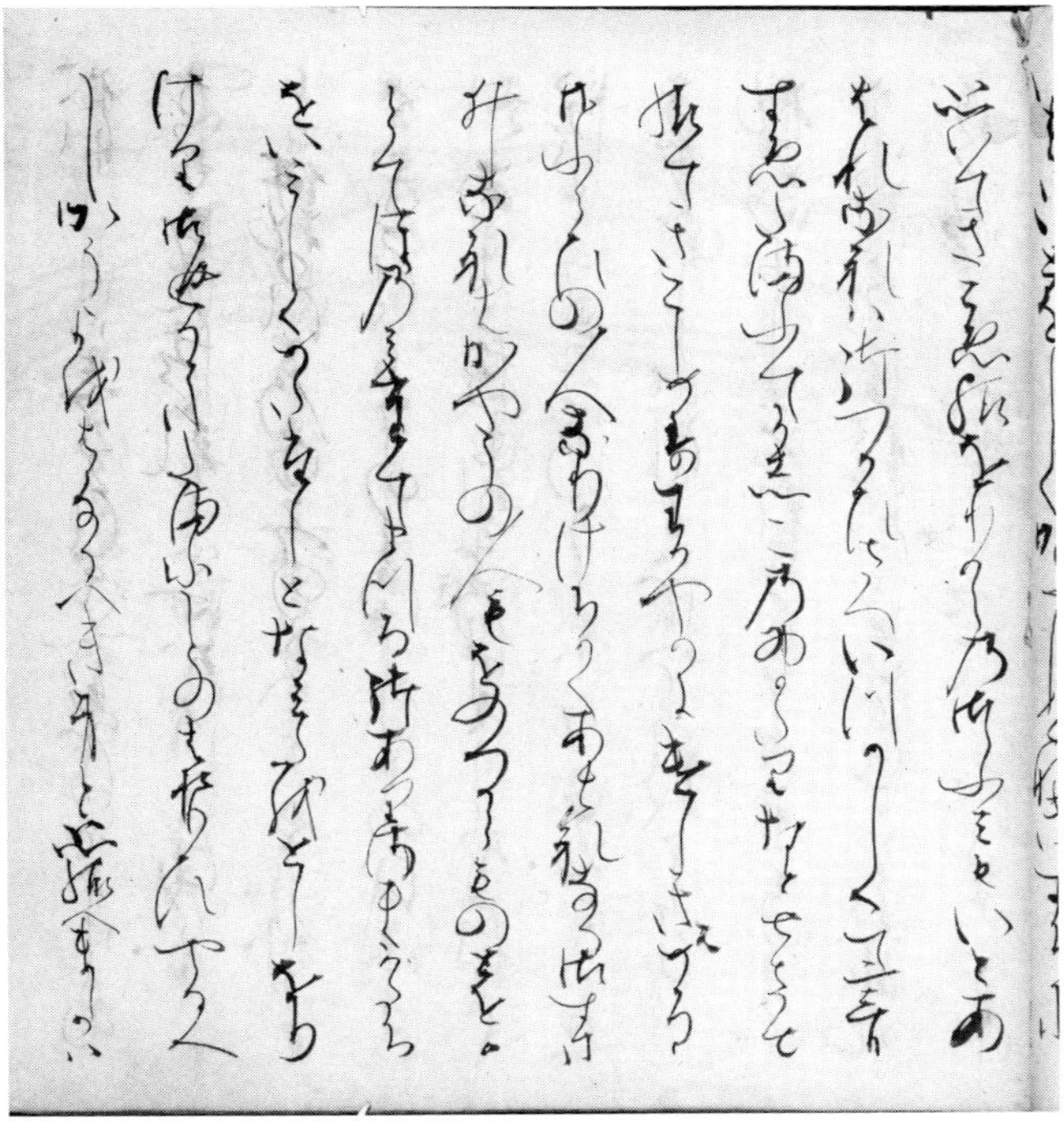

思いて・きこゑ・給・をりからの・御ふみも・いとあ
はれなれは・御つかひさへ・いつかしくて・二三日・
するゑ・たまふて・かしこの・物かたりなと・せさせ・
給て・きこしめす・わかやかに・けしき《は》める・
さふらひの・人なり・けちかく・あはれなる・御すま
ゐなれは・かやうの・人も・をのつから・ものとをか
らて・ほのみ・た《*て》てまつる・御ありさま・かたち
を・いみしく・めたたしと・なみた・をとしをり
けり・御返・かき・たまふ・ことのは・おもひやるへ
し・かう・よを・はなるへき・身と・思・給へましかは・

」37オ

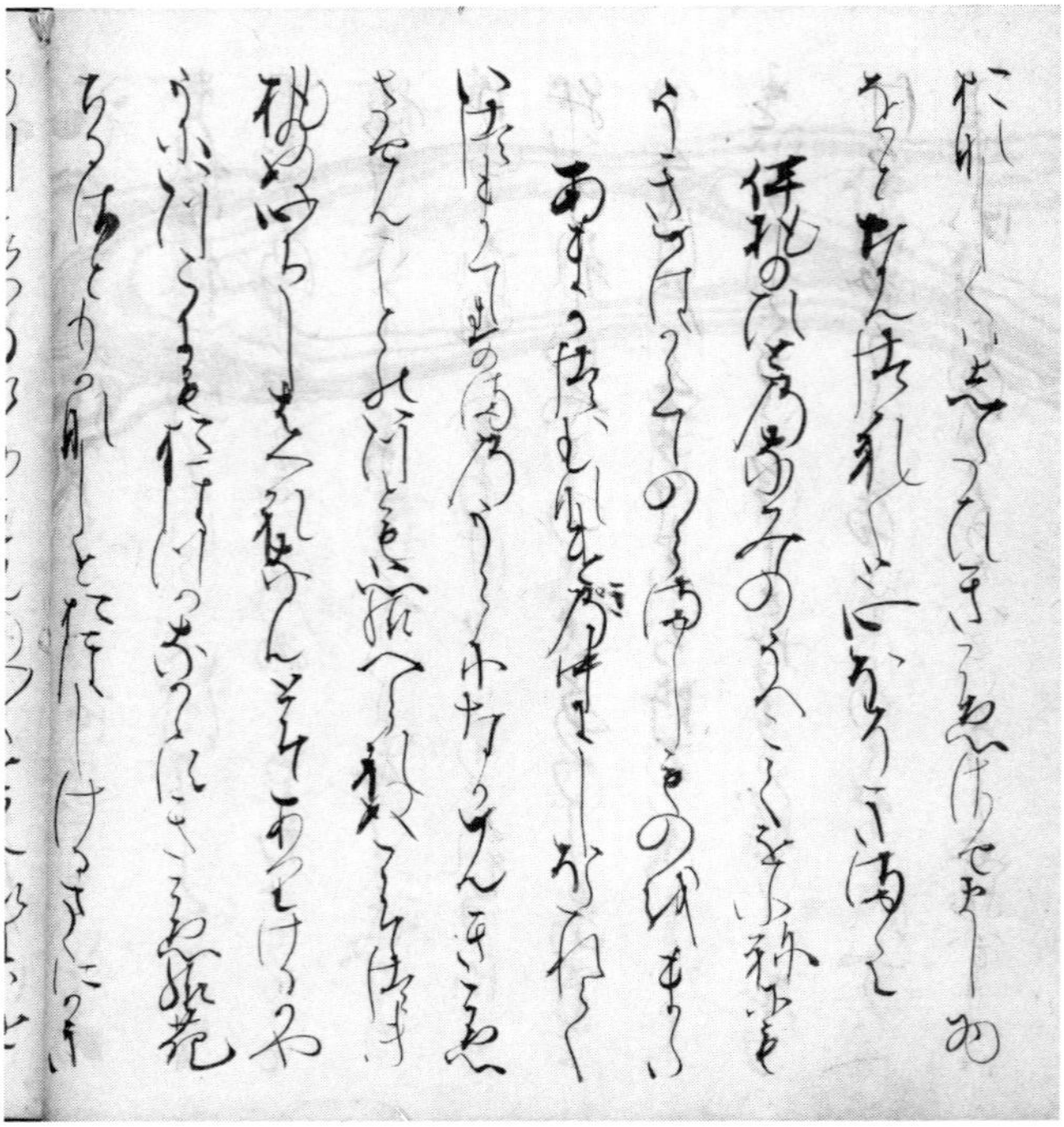

おなしくは・したひ・きこゑさせまし物
をとなん・つれ〳〵と・心ほそき・まゝに・
伊勢ひとの・なみの・うへ・こく・をふねにも・
うきめは・からて・のらましものをまた・
あまか・つむ・なけ。《き》の・中に・しほたれて・
いつまて・すまのうらに・なかめん・きこゑ
させん・ことの・いつとも・思・給へられぬこそ・つき
せぬ・心ち・し・はへれなんとそ・ありける・かや
〔21〕花散里のもとには京の家司に命じて築地の修理をさせる【四一九/704:12312】
うに・いつこにも・おほつかなからす・きこゑ・給・花
ちるさとも・かなしと・おほしけるまゝに・かき

」37ウ

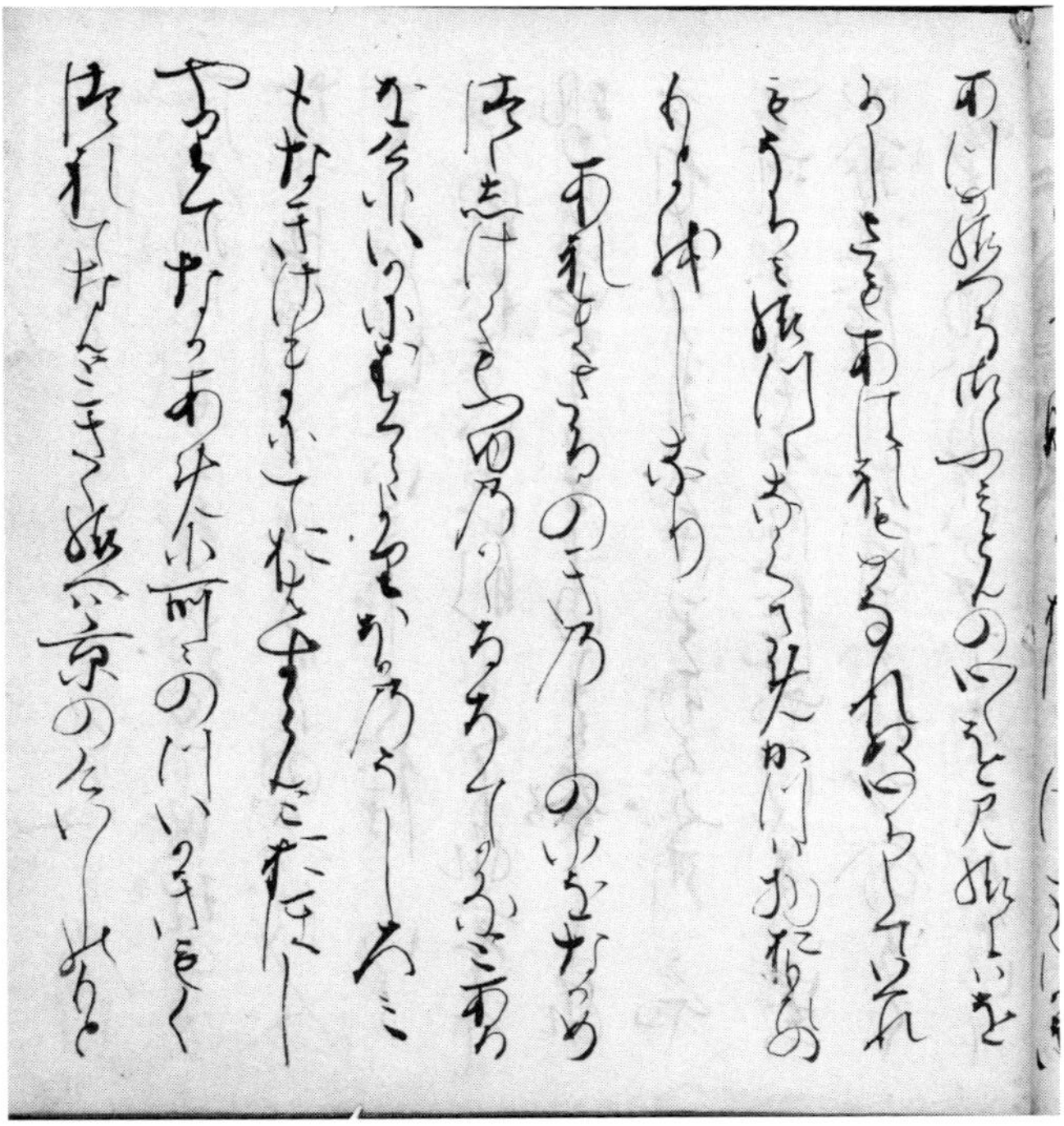

あつめ・給へる・御ふみとんの・心くを・見・給には・を
かしさも・あはれも・めなれぬ・心ち・して・いつれ
も・うちみ・給つゝ・なくさめ・かつは・物おもひの・
もよをしなり・
あれまさる・のきの・しのふを・なかめ
つゝ・しけくも・つゆの・かゝる・そてかなと・ある
を・けに・いかに・むくらより・ほかの・うしろみ
も・なき・さまにて・おはすらんと・おほし
やりて・なかあめに・所々の・ついかきも・く
つれてなんと・きゝ・給へは・京の・けいしの・もと

」38オ

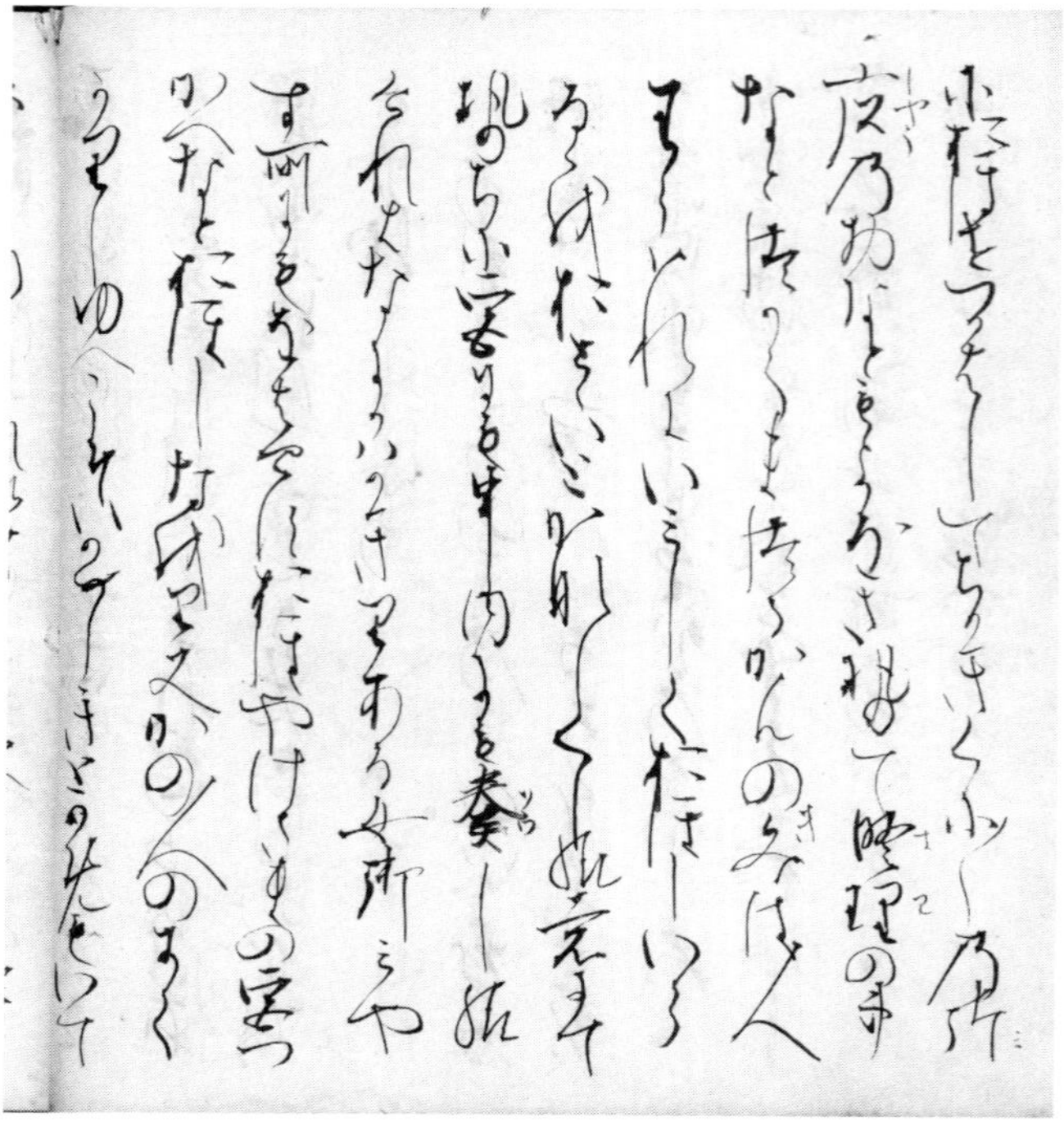

に・おほせつかはして・ちかきくにくの・御《み》
庄《しやう》の・物なと・もよをさせて・修《す》理《り》の事

〔22〕朧月夜は源氏との過失が許され朱雀帝のもとへ
参内する【四二〇/706：123168】

なと・つかうまつる・かんの《き》みは・人
わらはれに・いみしく・おほしいら
るゝを・おとゝ・いと・かなしく・し・給・君にて・
せちに・宮にも・申・内にも・奏《ソウ》し・給
けれは・なにかは・かきり・ある・女御・みや
す所にも・をはせす・おほやけさまの・宮つ
かへなと・おほしなをり・又・かの・人の・にく
かりし・ゆへこそ・いかめしき・とかめも・いて

」38ウ

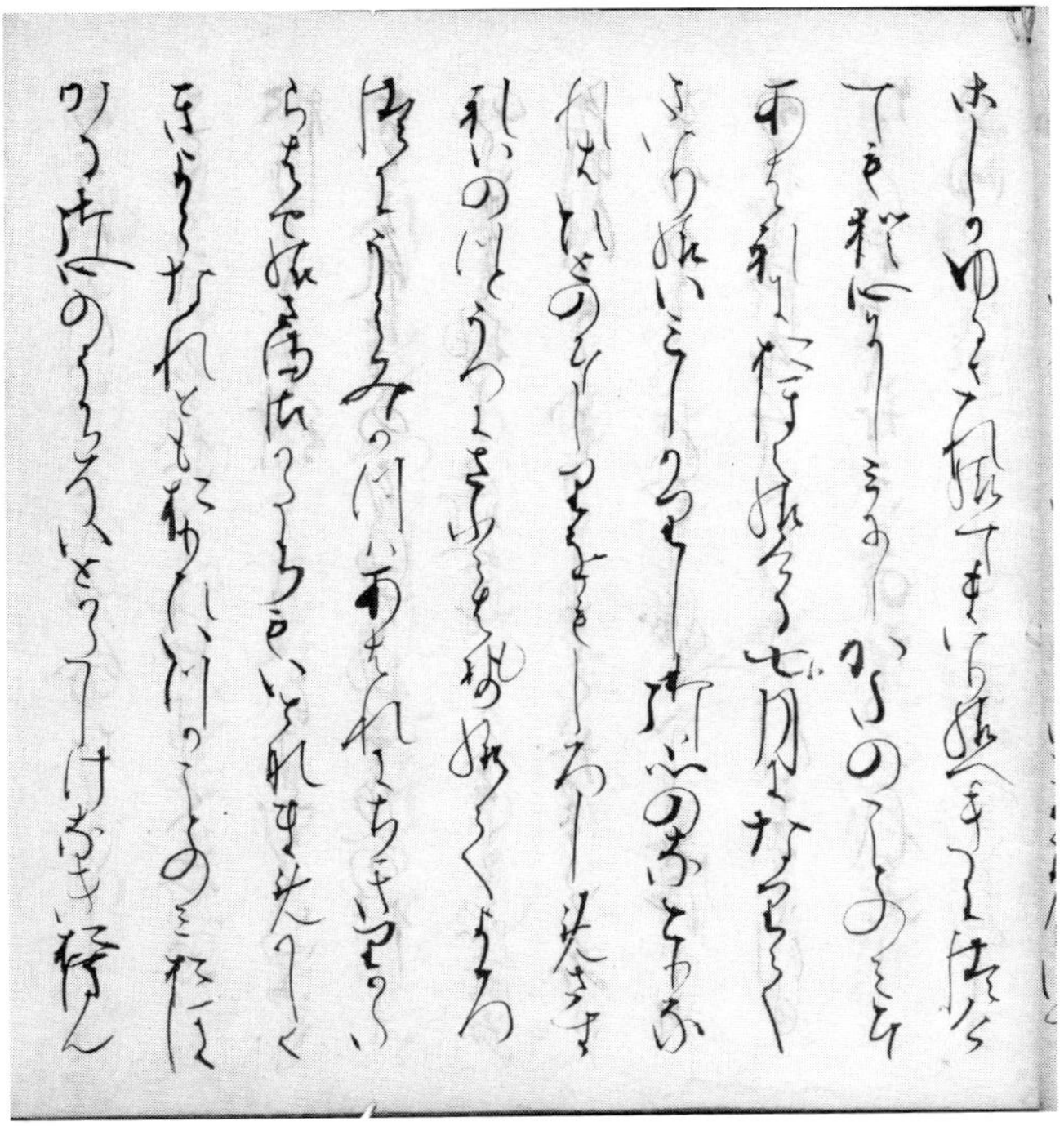

こしか・ゆるされ・給て・まいり・給へきに・つけ
ても・猶・心に・しみにし・かたの・ことのみそ・
あはれに・おほえ・給ける・七月《ふ》に・なりて・
まいり・給・いみしかりし・御思の・なこりな
れは・ひとの・そしりをも・しろしめさす・
れいの・つと・うへに・さふらはせ・給て・よろ
つに・うらみ・かつは・あはれに・ちきり・かた
らはせ・給・さま・御かたちも・いとなまめかしく・
きよらなれとも・おもひいつか《(ママ)》・ことのみ・おほ
かる・御心の・うちそ・いと・かたしけなき・おほん

」39オ

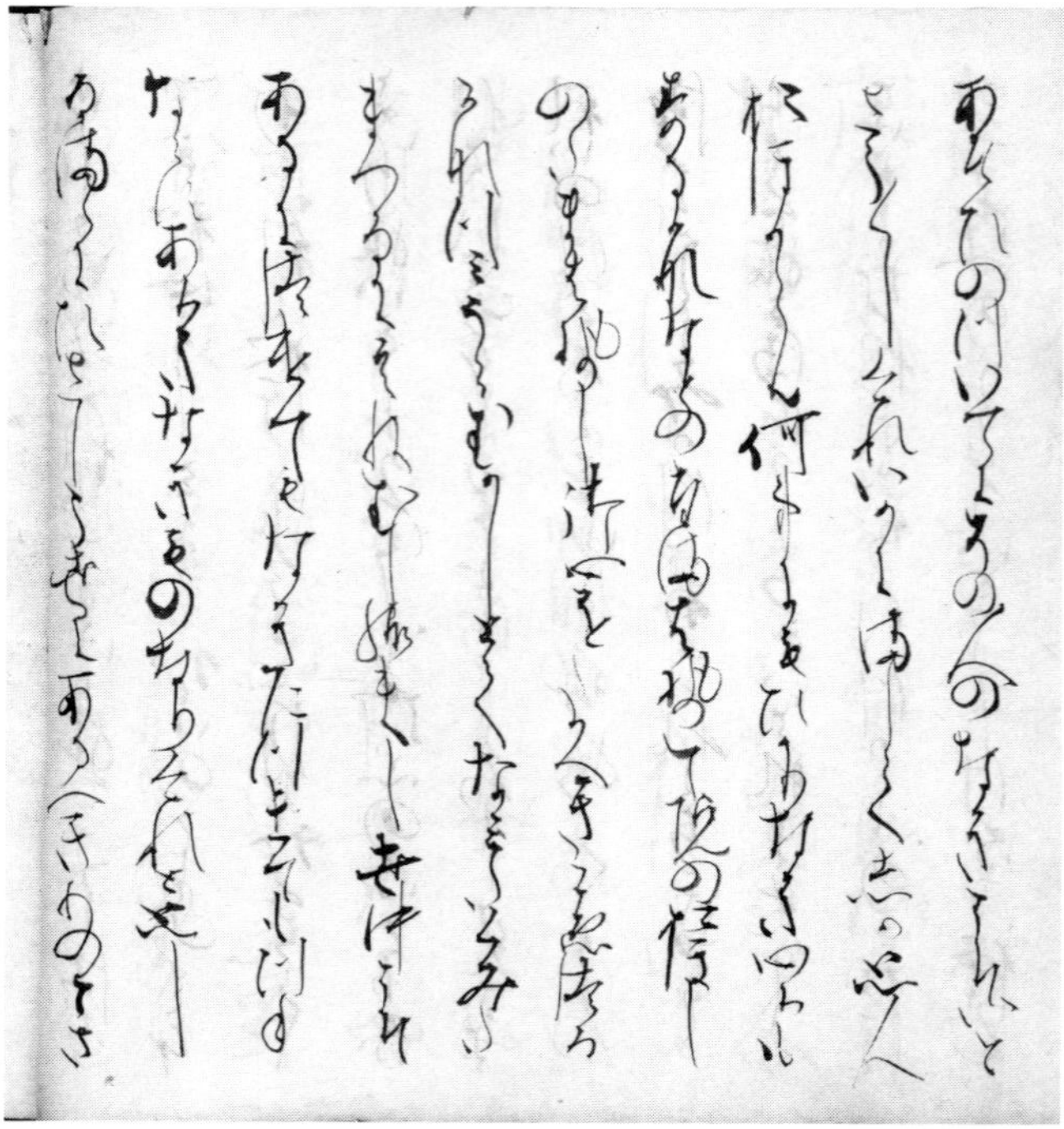

あそひの・ついてに・その・人の・なきこそ・いと・
さう〱しけれ・いかに・まして・しか・思・人・
おほからん・何事にも・ひかり・なき・心ちも・
するかななと・のたまはせて・院の・おほし・
のたまはせし・御心を・たかへ・きこゑつる
かな・つみ・うらむかしとて・なみたくみ・た
まへるに・え・ねむし・給まし・世中こそ・
あるに・つけてもなきにつけても・つね
ならす・あちきなき・ものなりけれと・思し
る・まゝにひさしう・世に・あるへき・ものと・さ

」39ウ

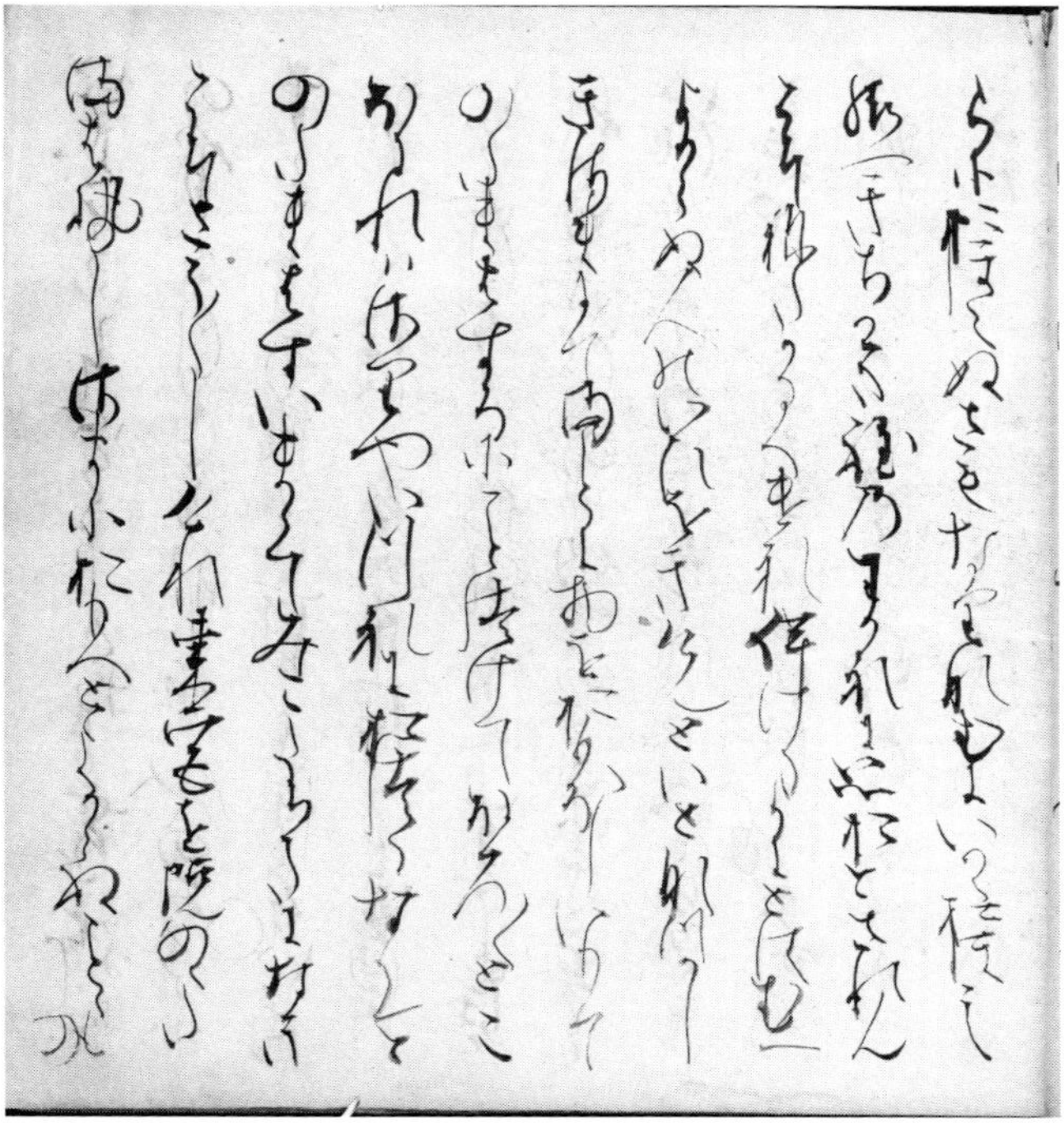

らに・おほえぬ・さも・なりなむに・いかゝ・おほえ・
給へき・ちかき・程の・わかれに・思おとされん
こそ・ねたかるへけれ・い《*と》ける・よにとは・むへ・
よからぬ・人の・いひをきけんと・いと・なつかし
き・さまにて・まことに・物を・おもほしいりて・
のたまはするに・ことつけて・ほろ〳〵と・こ
ほるれは・さりや・いつれに・おつるならんと・
のたまはす・いまゝて・みこたちたに・なき
こそ・さう〳〵しけれ・東宮を・院の・ゝた
まはせし・さまに・おもへと・よからぬ・ことゝも・の
」40オ

いてくめるこそ・心くるしくなと・世を・御心
の・ほかに・まつりこちなし・給・人〳〵の・あるに・
わかき・御心の・つよき・所・なきほとにて・いと
をしく・おほしたる・事・おほかり・すまには・［23］須磨での源氏の生活で供人たちと都をしのぶ【四二一／714：12335】
いとゝ・心つくしの・秋風に・ぅみは・すこし・とほけ
れと・ゆきひらの中納言の・せき・ふきこゆると・
いひけん・ぅらなみ・よる〳〵は・けに・いと・ちかく・き
こゑて・又なく・あはれなる・ものは・かゝる・所の・
秋なりけり・御まへに・いとひとすくなにて・
みな人・うちやすみわたゝ（ママ）れるに・ひとり・め・
を

」40ウ

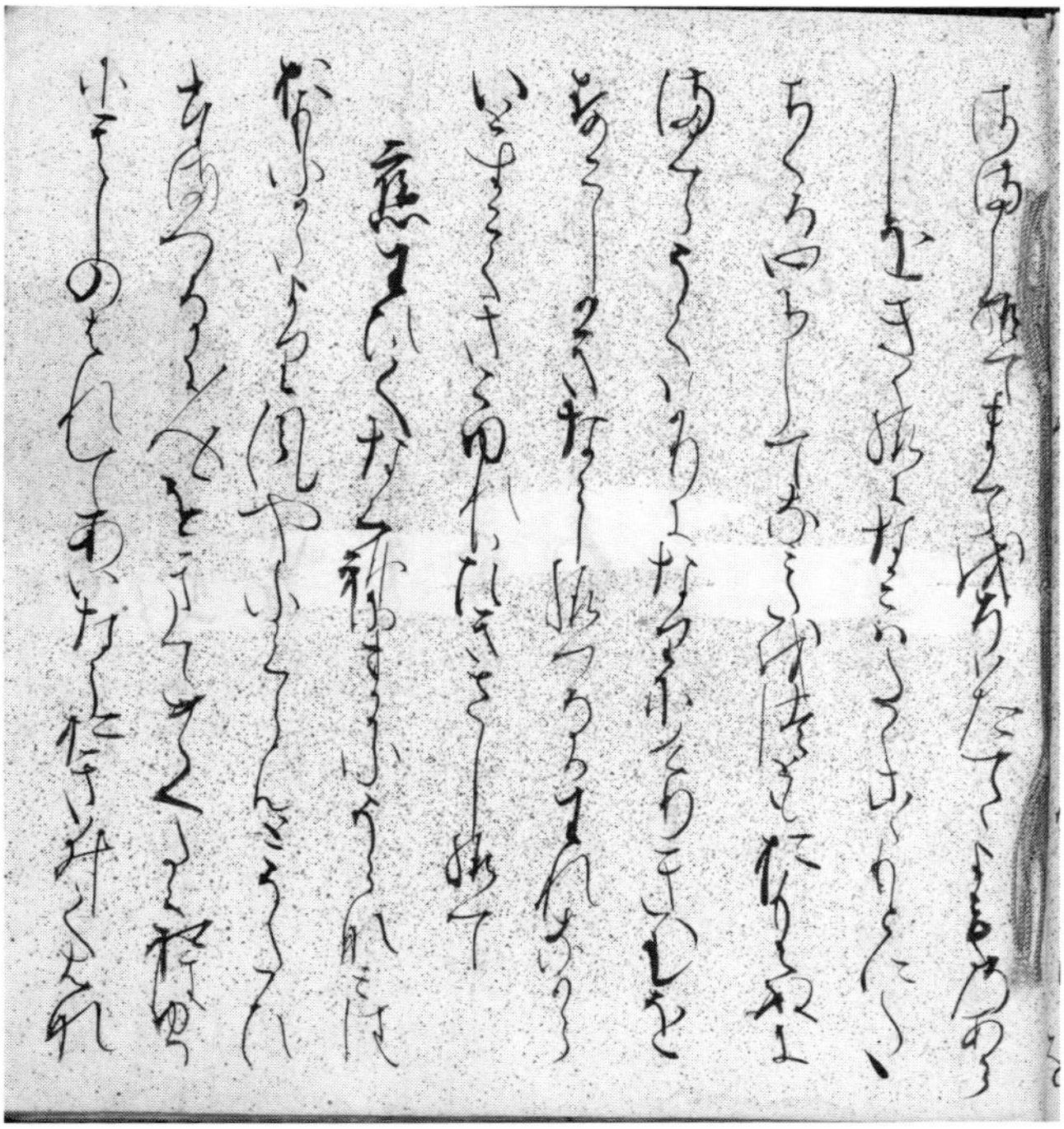

さまし・給《*て》て・まくらを・そはたて〻・よもの・あら
しを・き〻・給に・なみはた〻こ〻もとに・た
ちくる・心ち・して・なみた・をつとも・おもえぬに・
まくら・うくはかりに・なりにけり・きむを・
すこし・かきならし給へるか・われなから・
いと・すこく・きこゆれは・ひきさし・給て・
　恋わひて・なく・ねに・まかふ・うらなみは・
おもふ・かたより・風や・ふくらんと・うたひ・
たまへるに・人〱・をきて・めてたく・おほゆる
に・えしのはれて・あいなう・おきゐて・はな

」41オ

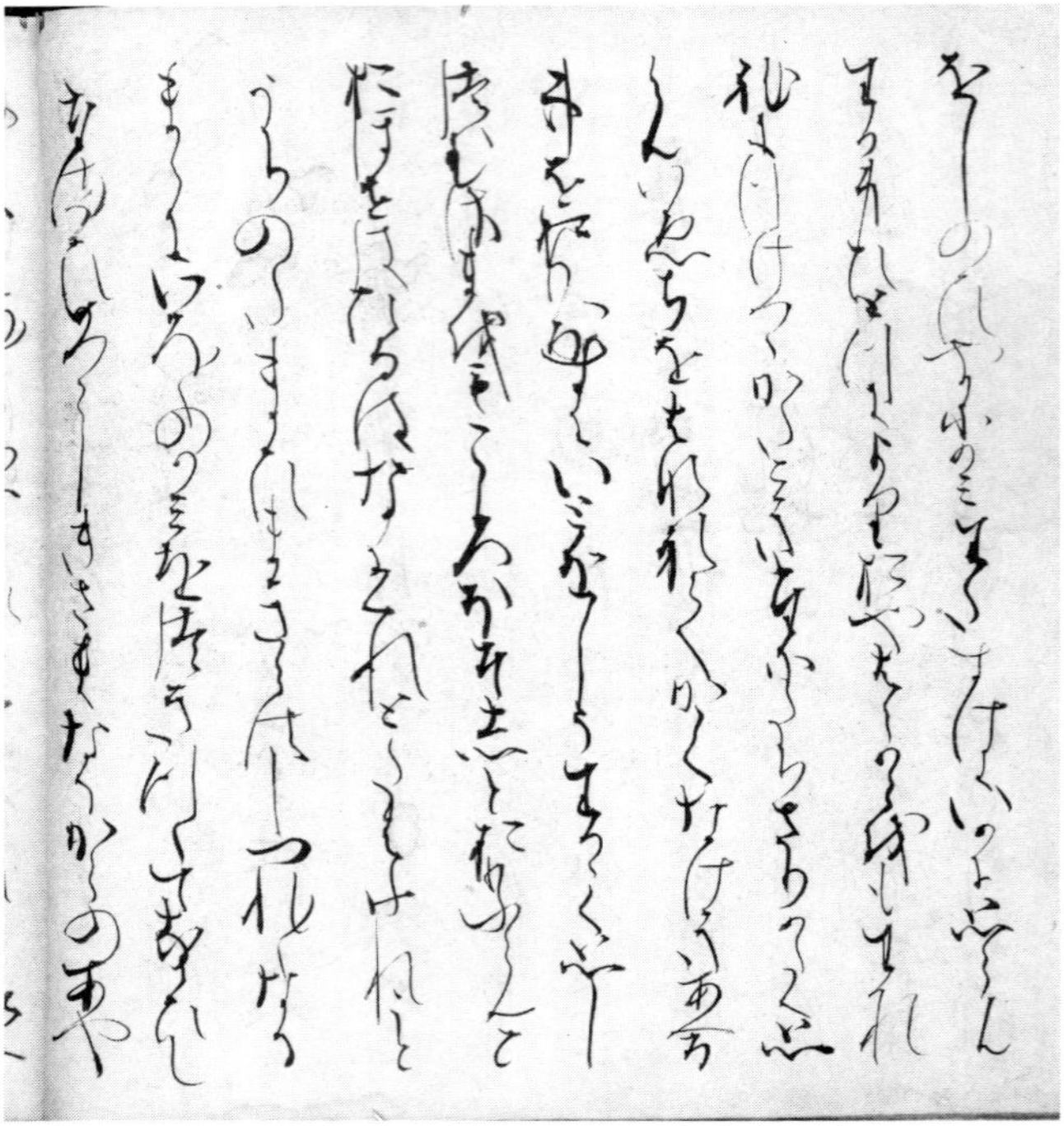

を・しのひやかに・かみわたす・けに・いかに・思らん・
わか・身・ひとつに・より・おや・はらからをも・わかれ・
程に・つけつゝ・かたときたに・たちさりかたく・思
はん・いゑちを・はなれて・かく・なけきあへる・
事を・おもほすに・いとをしう・わか・ゝく・思し
つむ・さまをも・こゝろほそしと・おもふらんと・
おほせは・ひるは・なにくれと・たはふれこと・
うちのたまひまきらはし・つれ〱なる・
まゝに・いろ〱の・かみを・つきつゝ・てならひ・し
たまひ・めつらしき・さまなる・からの・あや

」41ウ

なとに・さまく〳〵の・ゐともなと・すさひかき・給へ
る・屛風の・おもてなと・いと・めてたく・み所・おほか
り・いつそや・ゝまてらにて・人く〳〵の・かたり・きこ
ゑし・うみ・山の・ありさまを・はるかに・おもほ
しやりしを・御め・ちかくては・けにをよはぬ・いそ
の・たゝすまひ・なく・かきあらはし・たまへれは・
この・ころの・上すに・すめる・千えた・つねのり
なとを・めして・つくりゑ・つかうまつらせはやと・心
もとなか《*か》り《*き》《かり(傍記)》あへり・めてたく・なつかしき・御あり
さまに・よ《よろつィ》・ものおもひ・わすれつゝ・ちかくなれつか

うまつるを・うれしき・事におもひて
そ・五六人（五ト六ノ間ニ墨デ中黒点アリ）はかりのひとは・つと・さふらひける・
せんさいの・花・いろ〳〵・さきわたり・おもし
ろき・ゆふくれに・うみ・みらるゝ・ら《*う》うに・
いて・給て・たゝすみ・たまふ・さまの・
ゆゝしく・きよらなる・こと・ゝころから・ま
して・この世の・もの・とも・みえ・給はす・しろ
きあやの・なよゝかなる・しをんいろなと・た
てまつりて・こまやかなる・御なをしに・
おもひ・しとけなく・うちみたれたる・御さま

」42ウ

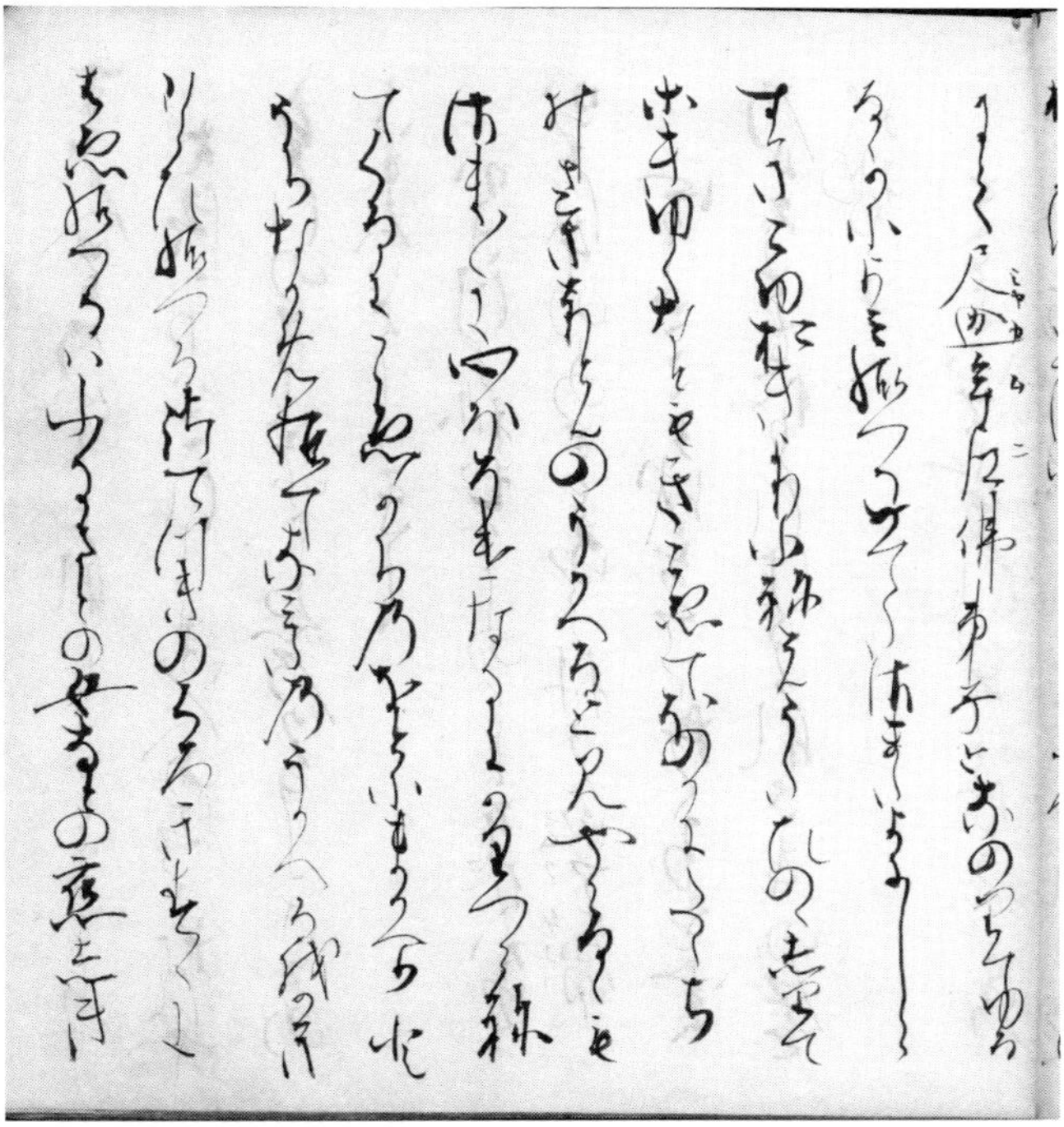

にて・尺迦牟尼仏《シヤカムニ》・弟子と・なのりて・ゆる
るかに・よみ・給へる・めてたさ・また・よに・しら
す・きこゆ・おきより・ふねとん・うたひの〻しりて・
こきゆくなとも・きこゑて・ほのかに・た〻ち
ゐさき・とりとんの・うかへると・見やらる〻も・
さま〱に・心ほそけなるに・かり・つらね
て・くるに・こゑ・かちの・をとに・まかへりと・
うちなかめ・給《*て》て・なみたの・うかへるを・かき
はらひ・給へる・御てつきの・くろき・す〻に・
はゑ・給へるは・ふるさとの・女なとの・恋しき・

」43オ

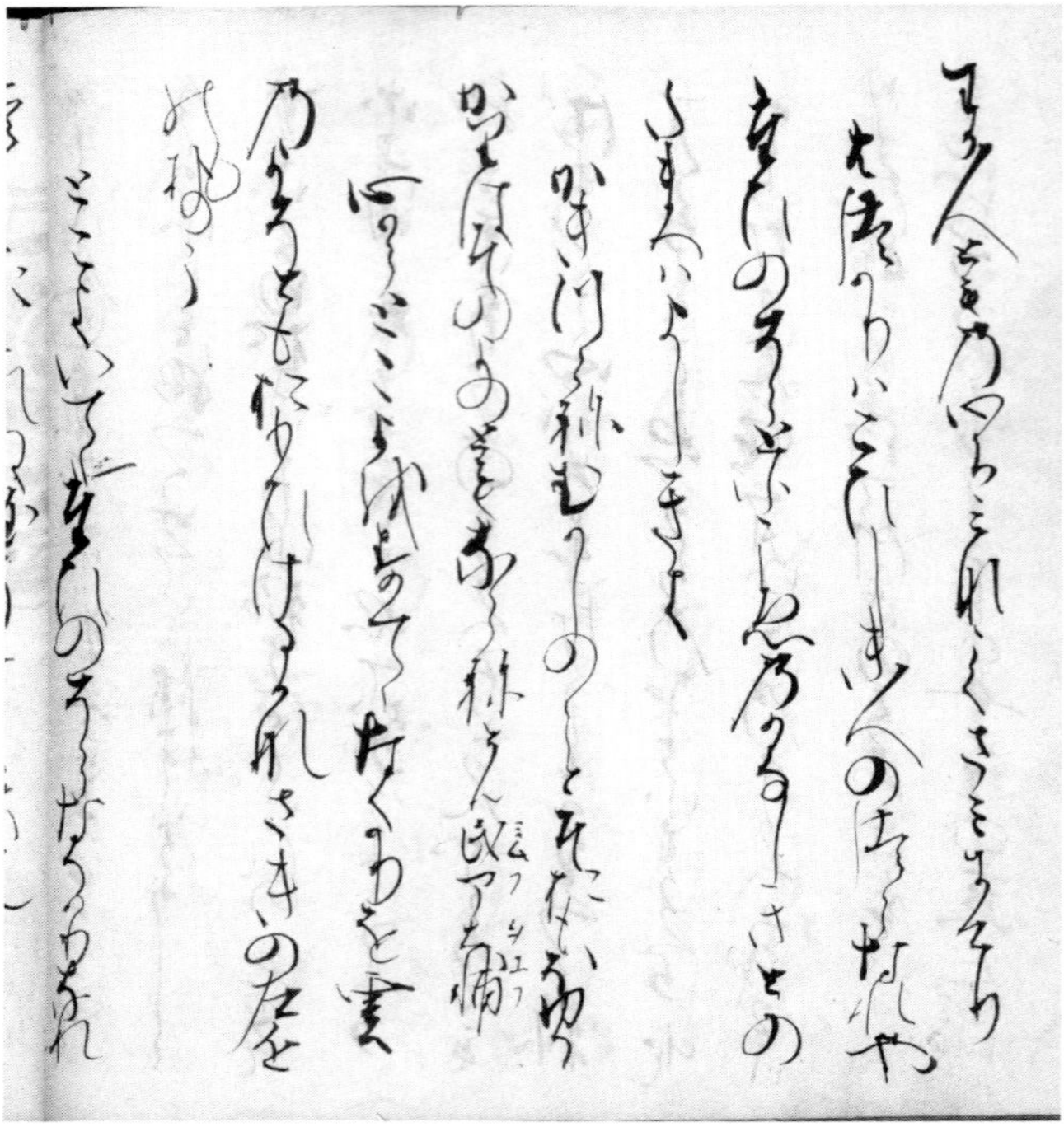

わか人ともの心ち・みな・〵くさみにけり・
はつかりは・こひしき・人の・つらなれや・
たひの・そら・とふ・こゑの・かなしきと・の
たまへは・よしきよ・
かきつらね・むかしの・ことそ・おもほゆる・
かりは・その・よの・ともならねとん・民部《ミムフ》大輔《タユフ》・
心から・とこよを・すて〵・なく・かりを・雲
の・よそとも・おもひけるかな・さきの左近
のせう・
とこよ・いてゝ・たひの・そら・なる・かりなれ（と）・
」43ウ

つらに・おくれぬ・程そ・なくさん・とも・まとはしては・いかに・はへらましと・いふは・おやの・ひたちのかみに・なりて・くたるにも・さそはれて・とまりて・まいれるなりけり・したには・おもひくたくへかめれと・ほこりかに・もてなして・つれなく・さましあり

【24】八月十五夜に源氏は殿上での管弦の遊びを懐古する　【四二四/728:123668】

く・月の・いと・はなやかに・さしいてたるに・こよひは・十五夜なりけりと・おほしいてゝ・殿上の・御あそひも・こひしく・所々・なかめ・たまふらむかしと・おもひやり・たまふに・月の・かほの」44オ

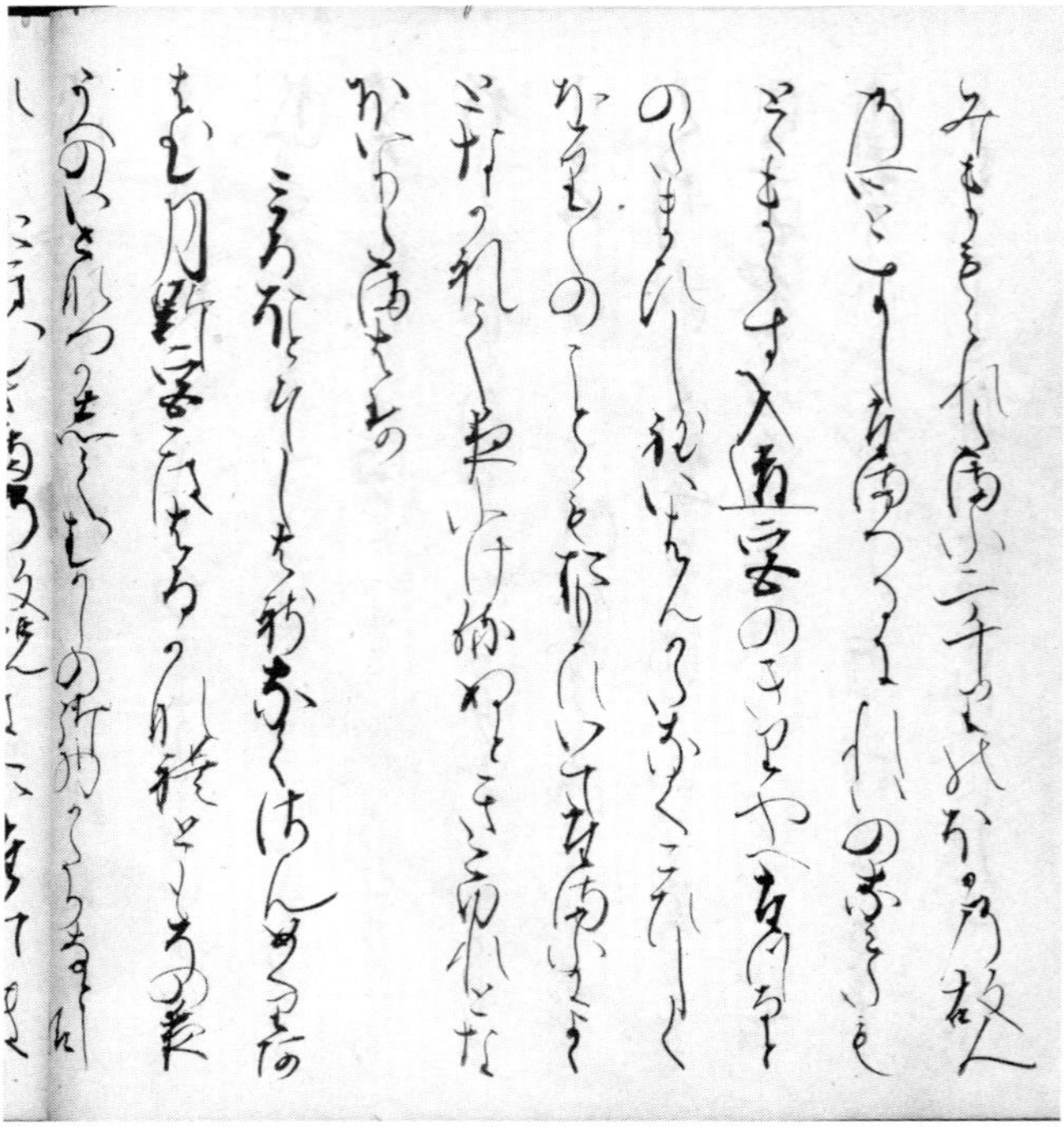

み・まもられ・たまふ・二千里の・ほかの・故人
の・心と・すし・たまへるに・れいの・なみたも・
と丶まらす・入道宮の・きりや・へたつると・
のたまひし・程・いはんかたなく・こひしく・
をりくの・こと丶も・おもひいて・たまふに・よ丶
と・なかれて・夜・ふけ・侍ぬと・きこゆれと・な
ほ・いり・たまはす・
みる・ほとそ・しはし・なくさん・めくりあ
はむ・月の・宮こは・はるかなれとも・その・夜・
うへの・いとなつかしく・むかしの御物かたりなと・し・
給
」44ウ

ひし・おほむさまの・故院に・に・たてま
つり・給へりしも・こひしく・おもひいて・
きこゑ・たまひて・恩賜の・御衣は・
いま・こゝに・ありと・すんしつゝ・いり・たま
ひぬ・まことに・御そは・御身・はなたす・おい・
たまへり・

　うしとのみ・ひとつに・物は・おもほえて・

[25] 大宰大弐が任を終えて上京し源氏は大弐の娘や五節君と贈答する【四二五/732:123764】

ひたり《（ママ）》・みきり《（ママ）》も・ぬるゝ・そてかな・そのこ
ろそ・又大弐は・のほりける・いかめしく・
るい・ひろく・むすめかちにて・所せかりけれ・

」45オ

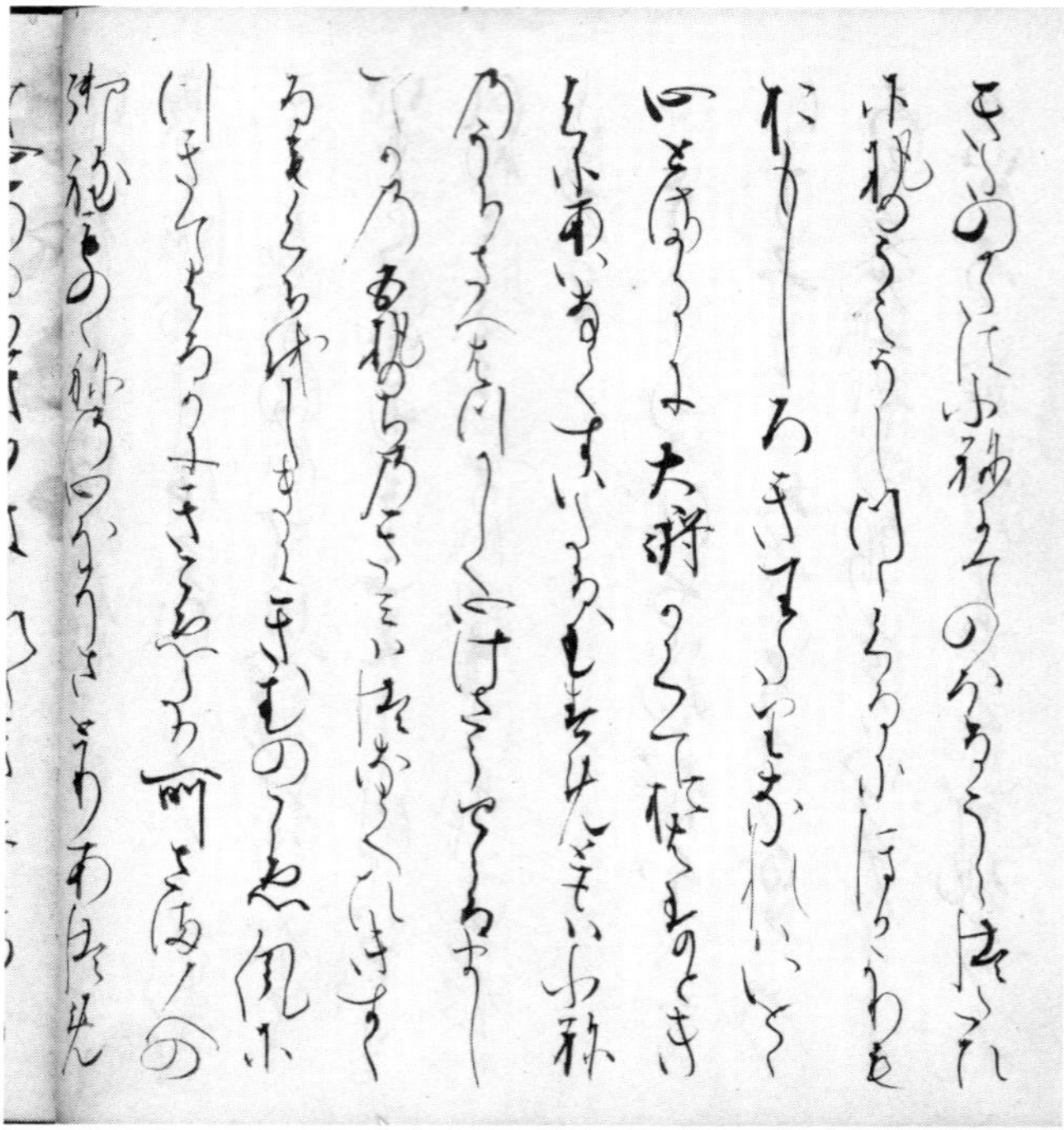

きたのかたは・ふねにて・のほる・うらつたひ
に・せうえう・しつゝ・くるに・ほかよりも・
おもしろき・わたりなれは・いとゝ
心・とまるに・大将・かくて・おはすと・き
くに・あいなく・すいたる・むすめともは・ふね
の・うちさへ・はつかしく・心けさうせらる・まし
て・かの・五せちのきみは・つなて・ひきすく
るも・くちをしきに・きむの・こゑ・風に・
つきてはるかに・きこゑたり・所・さま・人の・
御程・ものゝ・ねの・心ほそさ・とりあつめ

「45ウ

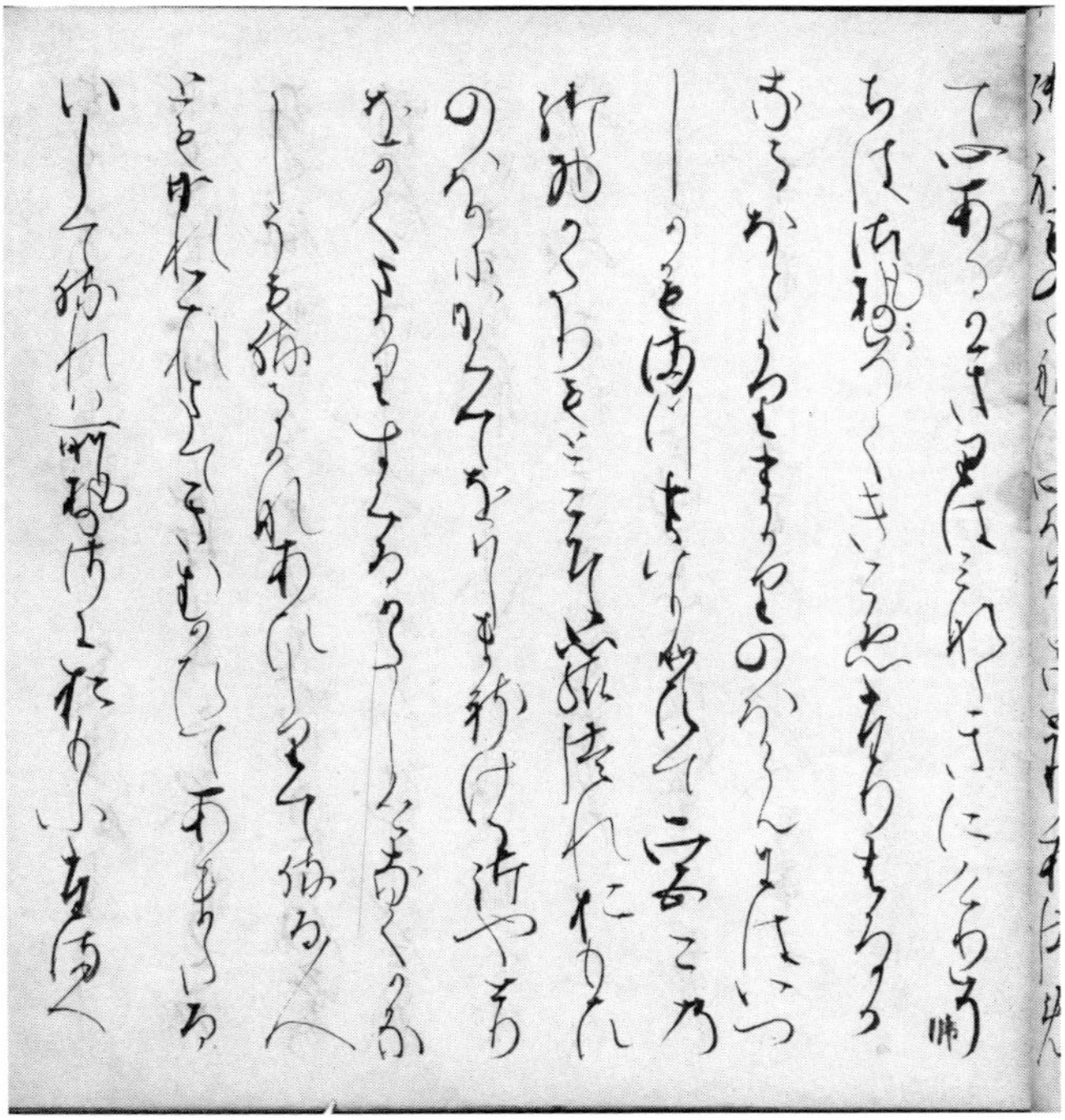

て・心・ある・かきりは・みな・ゝきにけり・そ《帥》
ちは・御せ《う》そく・きこゑたり・はるか
なる・ほとより・まかりのほらんには・いつ
しかも・まつ・まいり候《*て》ひて・宮この・
御物かたりもとこそ・思・給つれ・おもひ
の・ほかに・かくてをはしましける・御やとり
を・かくまかりすくる・かたしけなく・かな
しうも・侍るかな・あひしりて・侍る・人
とも・かれこれ・まて・きむかひて・あまた・る
いして・侍れは所せさに・おもふ・たまへ・

」46オ

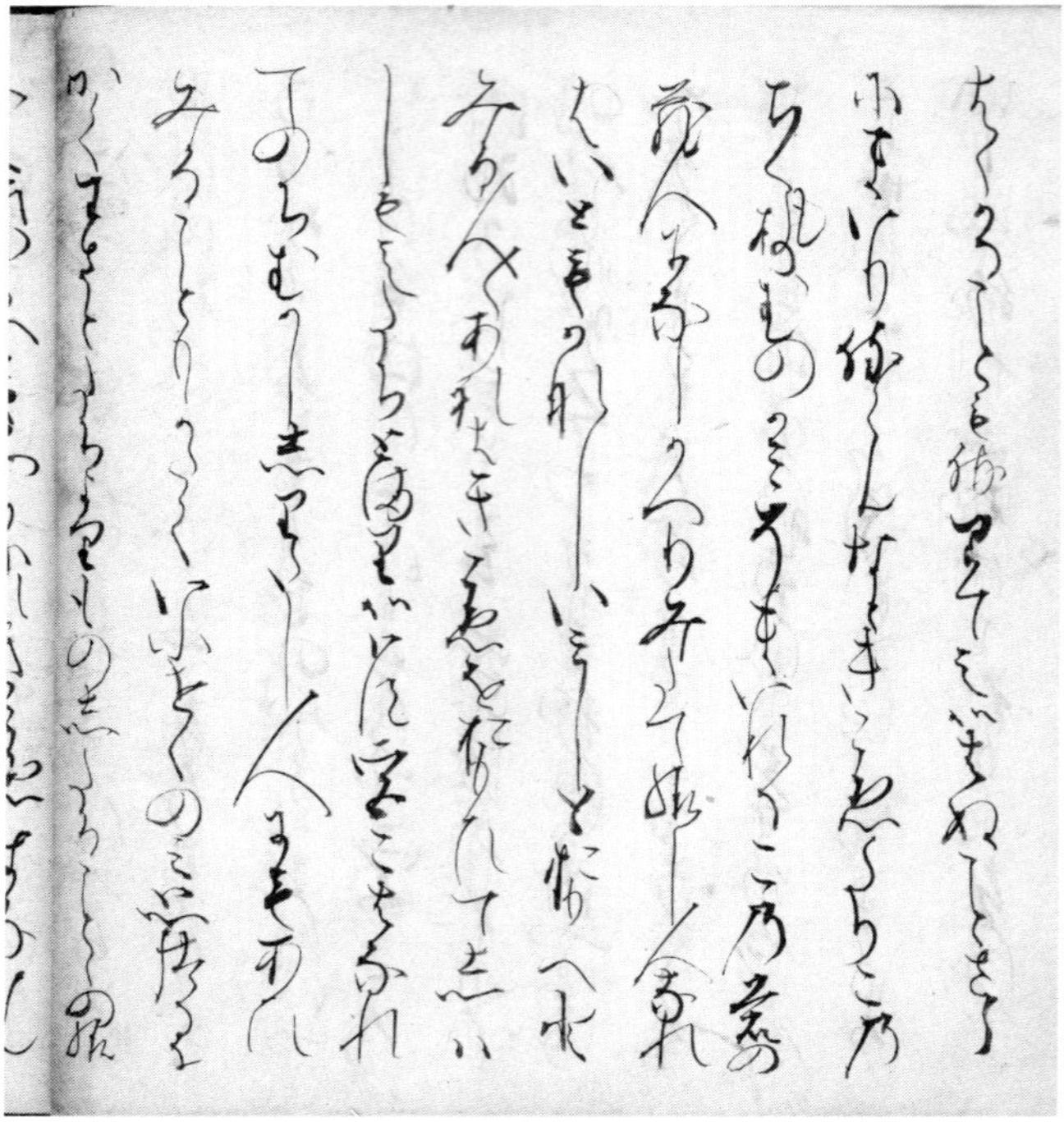

はゝかることも侍りて・え・候はぬ・ことさら
に・まいり・侍らんなと・きこゑたり・この・
ちくせむのかみそ・まいれる・この・君の・
蔵人に・なし・かへりみたて・給し・人なれ
は・いともかなし・いみしと・おもへと・
みる・人く〳〵・あれは・きこゑを・おもひて・しは
しも・え・たちとまり候はす・宮こ・はなれ
て・のち・むかし・しりたし・人にも・あひ
みる・ことも・かたく・いふせくのみ・思つるに・
かく・わさとたちより・ものしたる・ことゝ・の給」46ウ

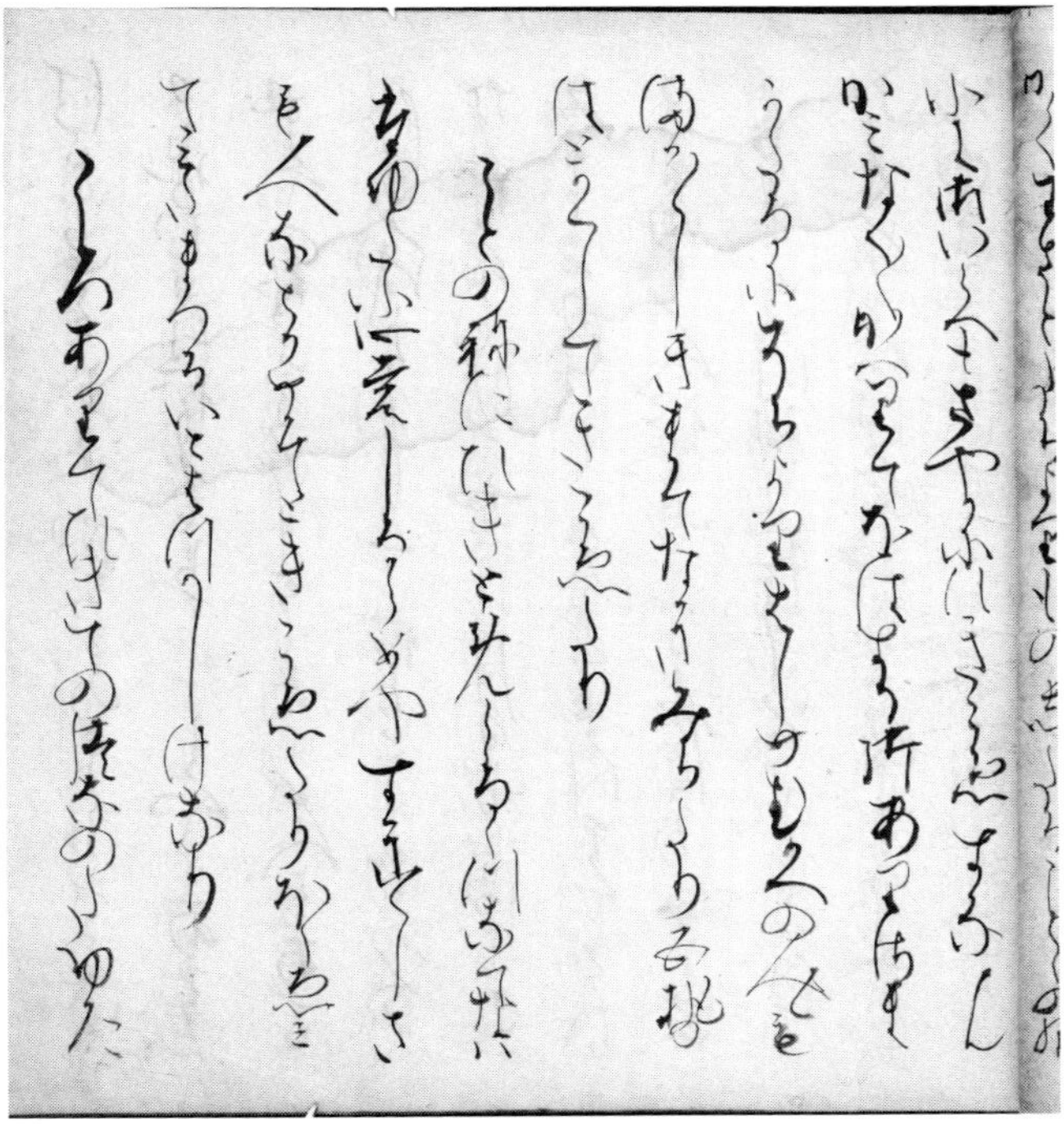

ふに・御いらへも・さやかにひきこゑ（ママ・諸本え）すなん・
かみ・なく〱・かへりて・をはする・御ありさま・
かたるに・そちより・はしめ・むかへの・人〱も・
まか〱しきまて・なきみちたり・五せ（ママ）
は・とかく・して・きこゑたり・
　ことの・ねに・ひきとめらるゝ・つなてなは・
たゆたふ・心・君・しるらめや・すき〱しさ
も・人・な・とかめそと・きこゑたり・ほゝゑみ
て・み・たまへる・いとはつかしけなり・
こゝろ・ありて・ひきての・つなの・たゆた

」47オ

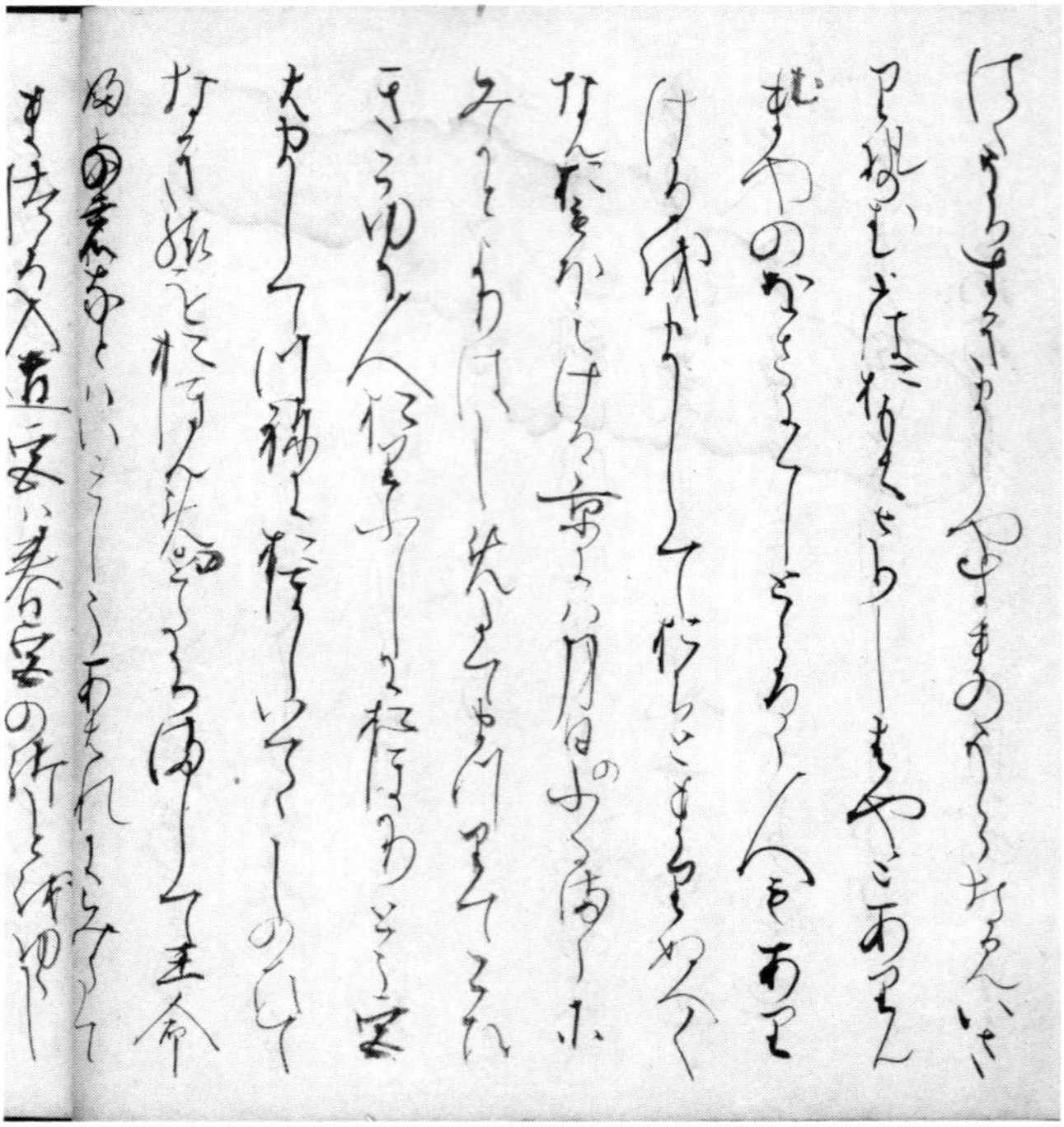

はゝ・うちすきましや・すまの・うらなみ・いさ
り・せむとは・おもはさりしはやと・あり・ん
まや《む》の・をさに・くし・とらるゝ・人も・あり
けるを・まして・おちとまりぬへく

［26］藤壺や春宮は源氏を恋しく思うも弘徽殿大后の権勢におびえる【四二六/742:123952】

なん・おもほえける・京には・月日《の》・ふる・まゝに・
みかとより・はしめ・たてまつりて・こひ・
きこゆる人・おりふしに・おほかり・とう宮
は・まして・つねにおほしいてゝ・しのひて・
なき・給を・おほんめ。《の》とたち・まして・王命
婦の**《なとは》君なとは・いみしう・あはれに・み・たて

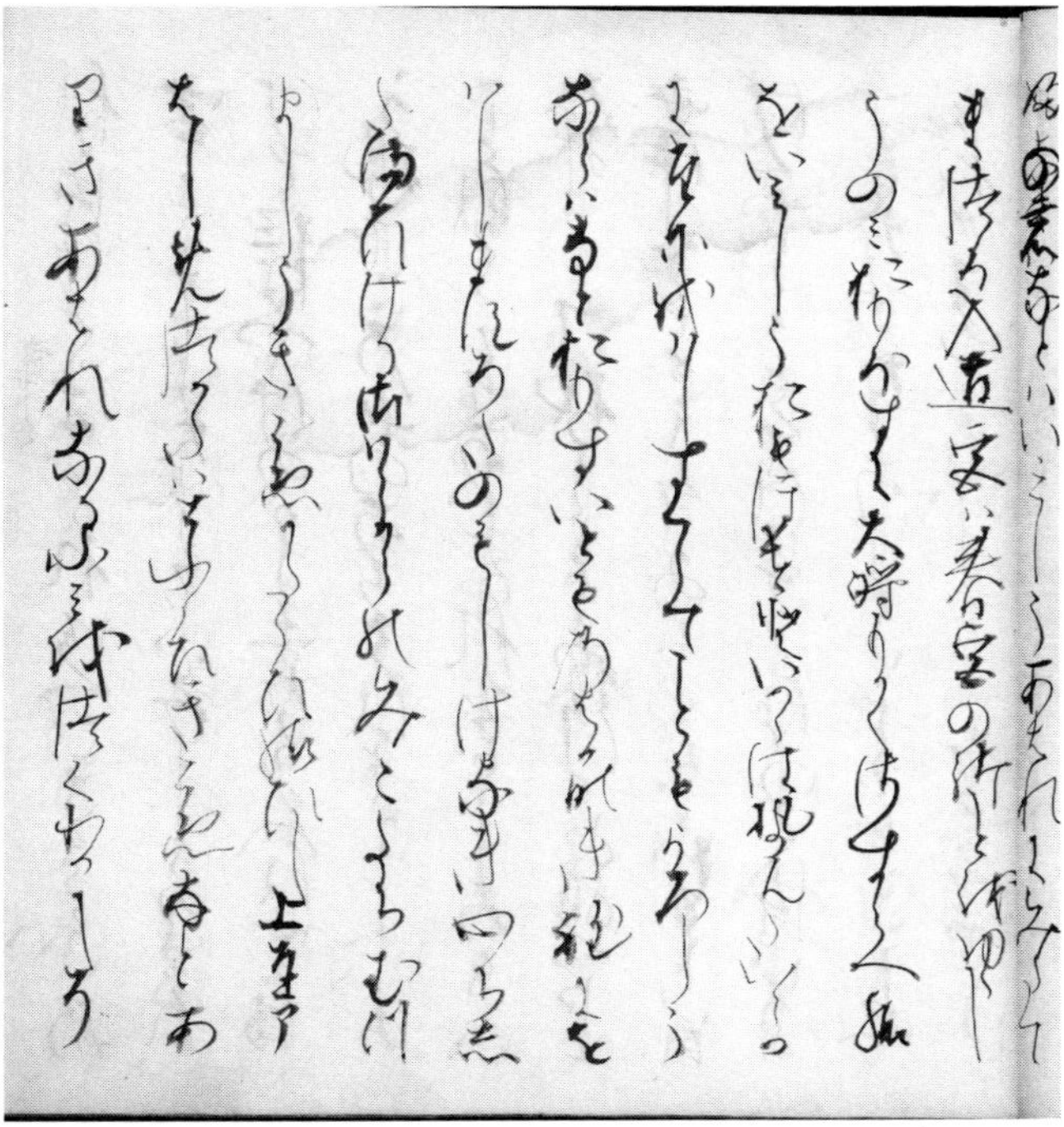

まつる・入道宮は・春宮の・御ことを・ゆゝし
うのみ・おもほすに・大将も・かく・さすらへ・給
を・いみしう・おもほせと・いかゝは・せん・たいらか
にたに・をはしすくして・ことも・よろしう・
ならはなと・おもす・いと・ものはかなき・程に・を
はしますそ・たのもしけなき・心ち・し・
たまひける・御はらからの・みこたち・むつ
ましう・きこゑかたらひ・給ひし・上達部・
はしめつかたは・さふらひ・きこゑなと・あ
りき・あはれなる・ふみを・つくりかし（ママ・諸本かはし）そ

」48オ

れにつけて。《世中に》・めてられ・給へは・きさき《こい》の
宮・きこしめして・いみしう・のたまひ
けり・おほやけの・かうしなる・人は心にま
かせて・この世の・あちはひをたに・しる・
こと・なくこそ・あむなれ・をもしろき・い
ゐゐ・して・せうようしつゝ・ゐ・給へる・こと・
世中を・もときて・かの・しかを・むまと・いひ
けん・やうに・もてひかめる・ひとの・かく・ついそう
するなりなと・あしき・ことゝも・きこゐゐ
けれは・わつらはしうて・たえて・せう

」48ウ

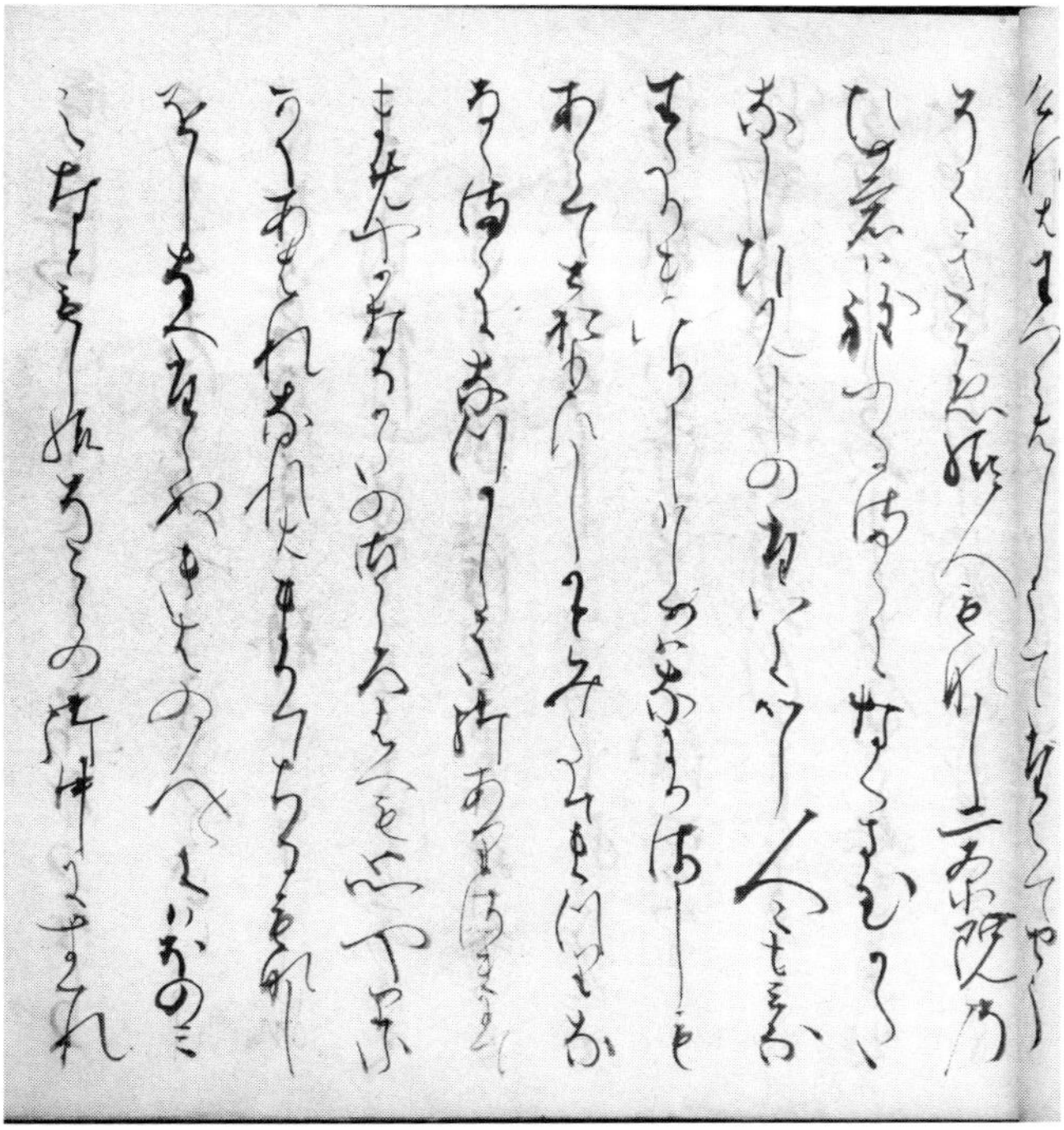

そく・きこゑ・給・人も・なし・二条院の［27］紫上の性質や気遣いに女房たちでやめる者はいない【四二七/746:124068】
ひめ君は・程・ふる・まゝに・なくさむ・かた・
なし・ひかん《(マヽ)》しのたいに・候し・人々も・みな・
わたり・まいりし・はしめは・なにか・さしも・
あらてと・おもひしかと・み・たてまつり・な
るゝ・まゝに・なつかしき・御ありさまにて・
まめやかなる・かたの・御こゝろはへも・思やり・ふ
かく・あはれなれは・まかてちるも・なし・
をしなへたらぬ・きはの・人〳〵には・ほのみ
えなとも・し・給・そこらの・御中に・すくれ

」49オ

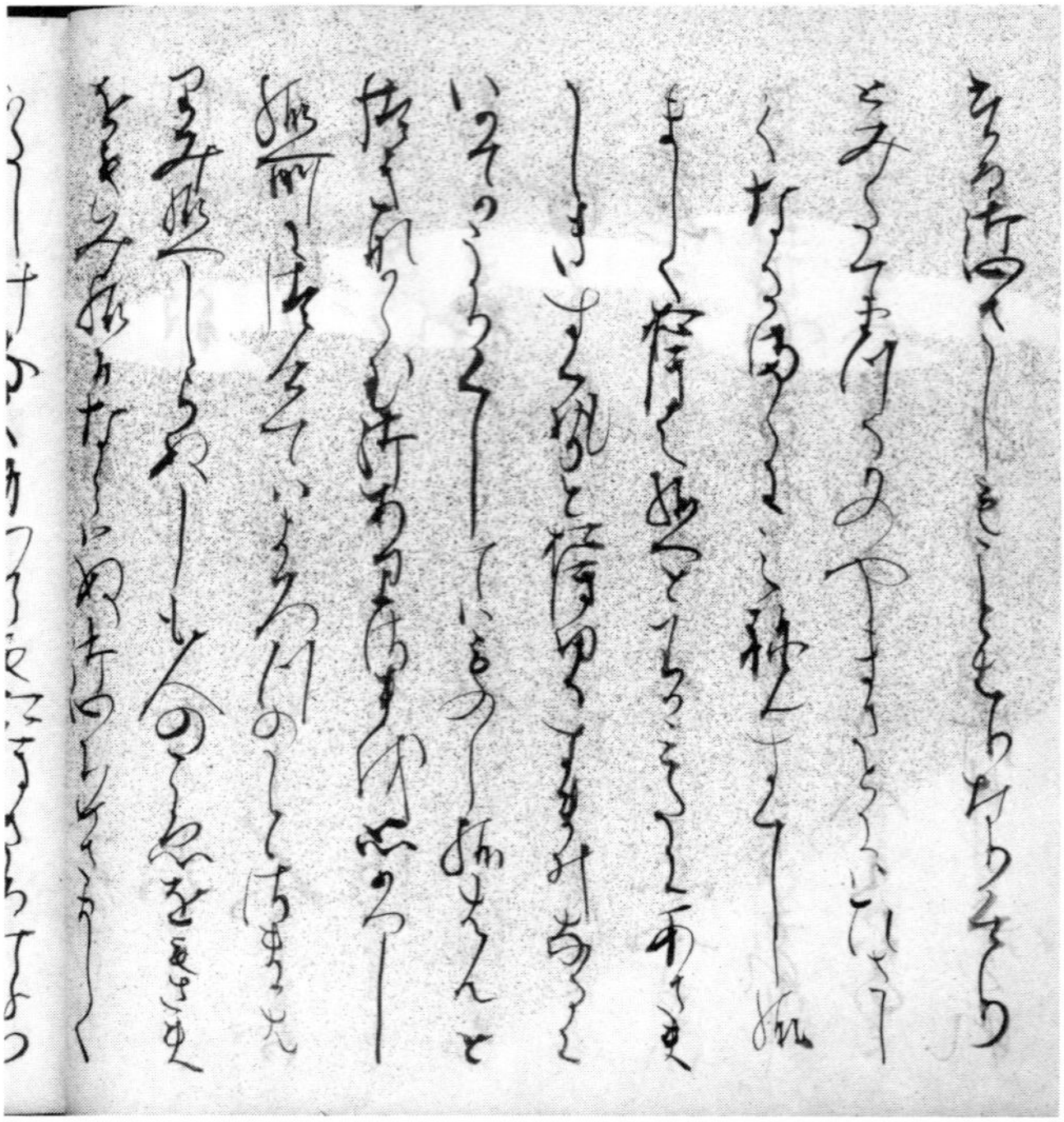

たる・御心さしも・ことはりなりけり

〔28〕須磨の生活を珍しく思うも冬になり寂しさがいや増しに募る【四二七/750:124116】

と・み・たてまつる・かの・やまさとには・ひさし
く・なる・まゝに・え・ねんす《（ママ）》くし給
ましく・おほえ・給へと・わか・みたに・あさま
しき・すくせと・おほゆる・すまゐなるに・
いかてか・うちくしては・ものし・給はんと・
つきなからむ・御ありさまを・思かへし・
給・所に・つけては・よろつの・こと・さま・かは
り・み・給へ・しらぬ・しも人の・こゝろをもさま
をも・み給ひならはぬ・御心ち・めさましく・

」49ウ

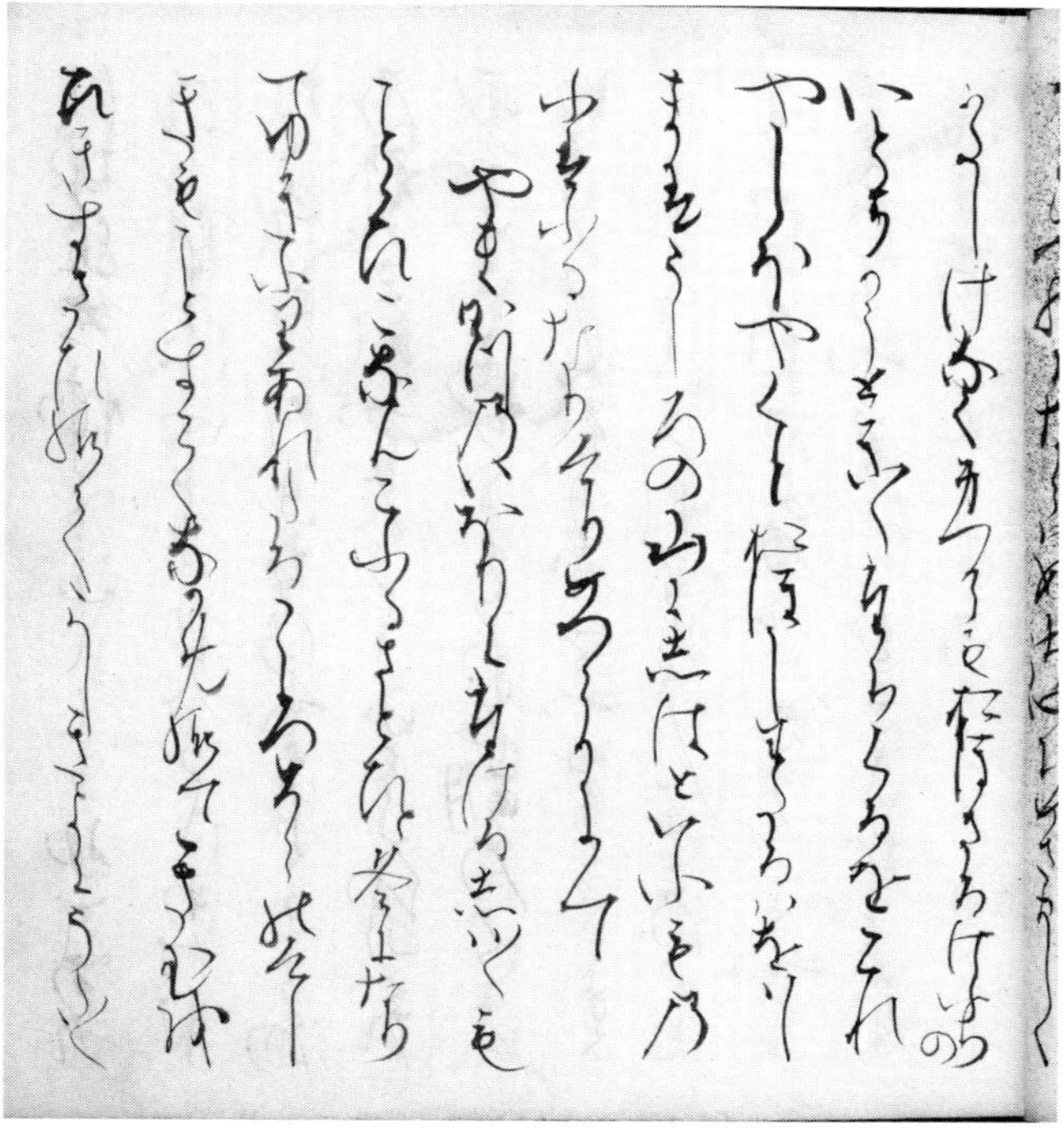

かたしけなく・身つからも・おほさる・けふり・の
いと・ちか*う・ときく・たちくるを・これ
や・しほ・やくと・おほしわたるは・をはし
ます・うしろの・山に・しはと・いふ・もの・
ふすふるなりけり・めつらかにて・
　やまかつの・いほりに・たける・しはくも・
ことゝひこなん・こふる・さとひと・冬に・なり
て・ゆき・ふりあれたる・ころ・そらの・けし
きも・ことすこく・なかめ・給て・きむを・
ひ（ママ）きすさひ・給て・よしきよに・うた・く

」50オ

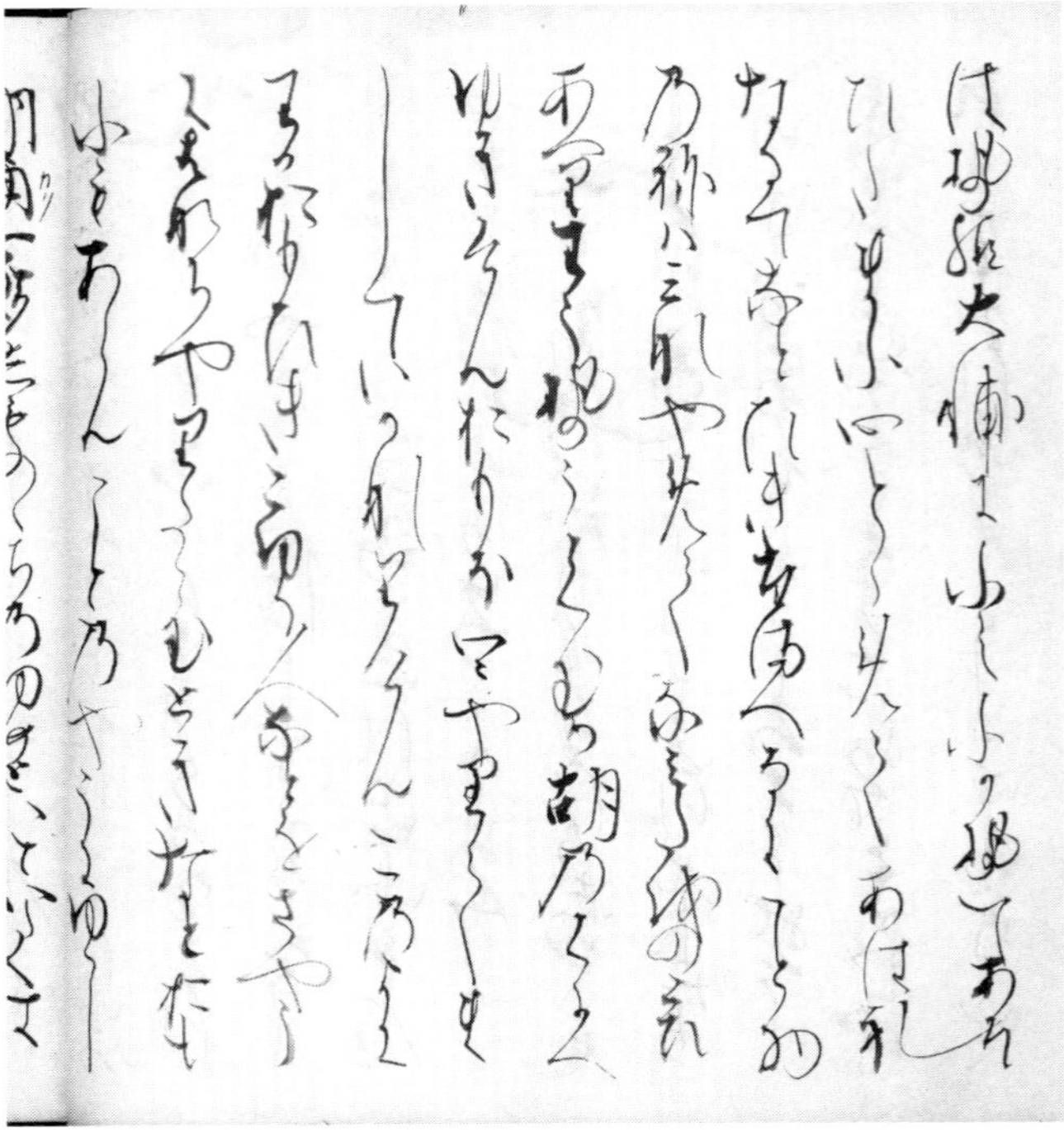

はせ給・大輔に・ふえ・ふかせて・あそ
ひ・たまふ・心・とゝめて・あはれ
なる・てなと・ひき・たまへるに・こと物
の・ねは・みな・やめて・なみたを・のこひ
あへりわうせうくむか・胡のくにへ・
ゆきけん・おもほしやりて・ま
して・いかなりけん・このよに・
わか・おもひ・きこゆる・人なとを・さやう
に・はなちやりたらむ・ときなと・おも
ふも・あらん・ことの・やうに・ゆゝし

」50ウ

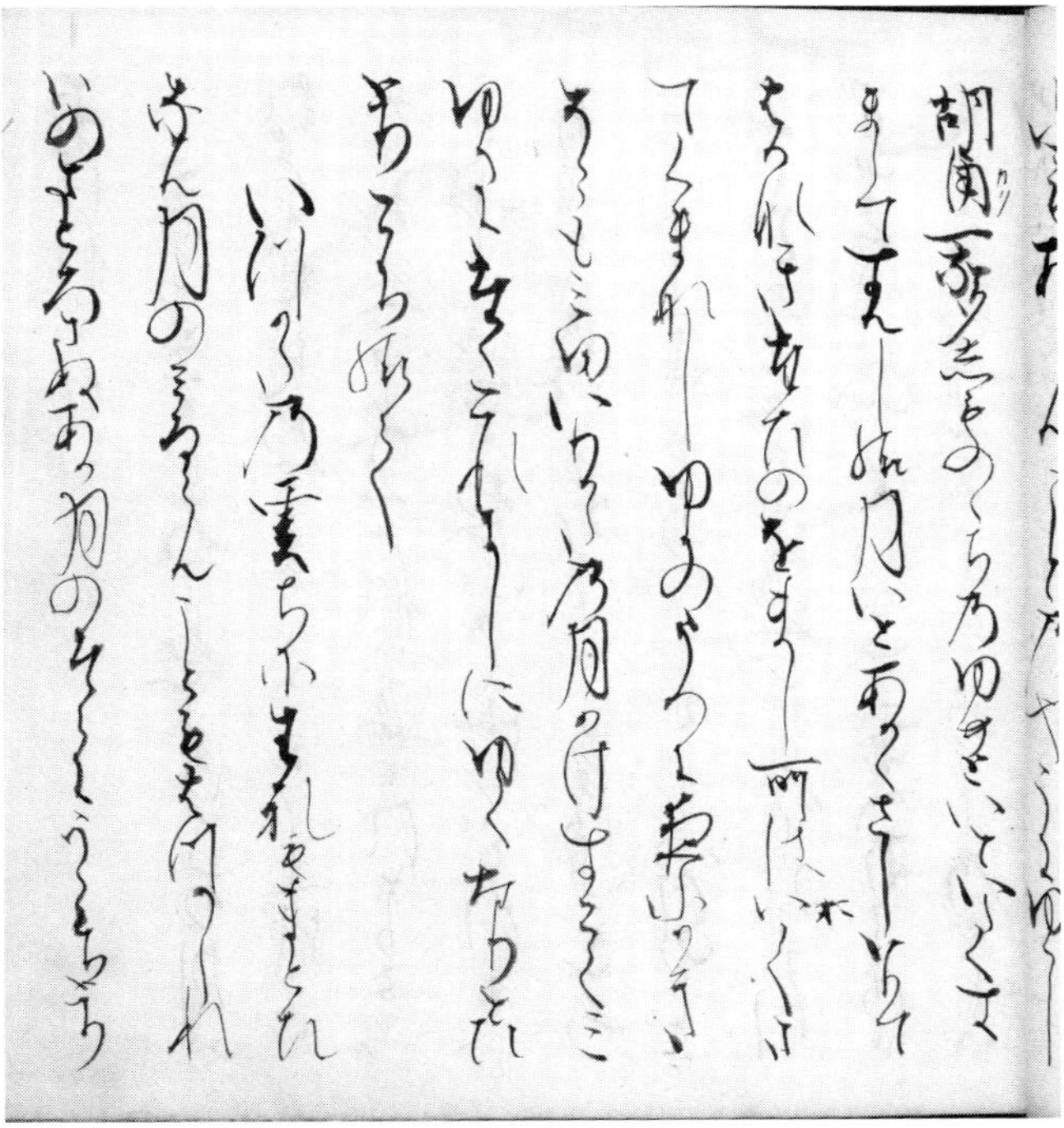

胡角《カク》一声・しもの・ゝちの・ゆめと・いといたくすましてすんし・給・月・いと・あかく・さしいりて・はかなき・たひの・をまし所は・い《お》くまて・くまなし・ゆかの・うへに・夜ふかき・そらも・みゆ・いりかたの・月かけ・すこく・みゆるに・たゝ・これ・にしに・ゆくなりと・ひとりこち・給て・

　いつかたの・雲ちに・われも・まとひなん・月の・みるらん・ことも・はつかし・れいの・まとろまぬ・あか月のそらに・うら《*ら》ちとり・

」51オ

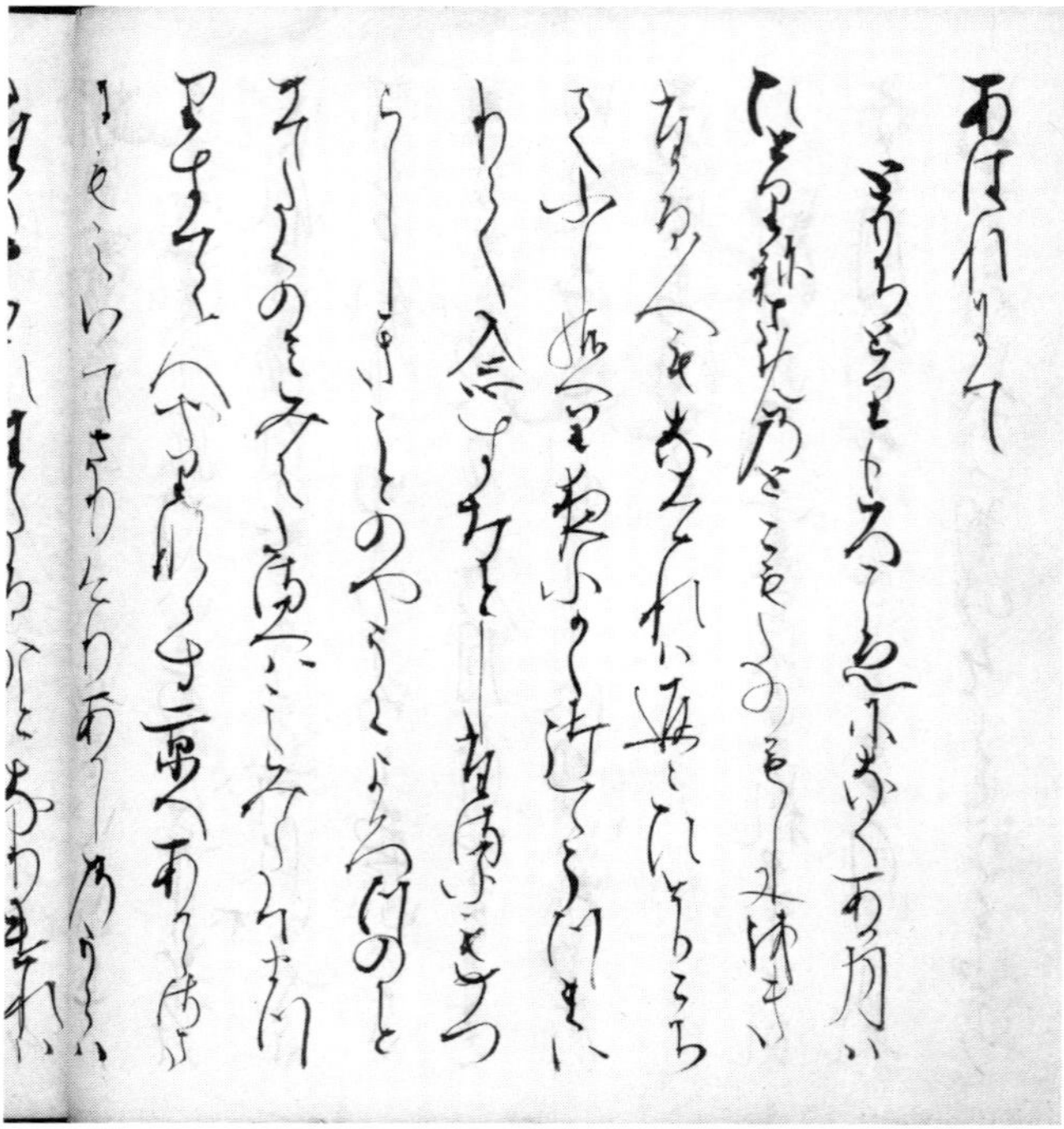

あはれにて・
ともちとり・もろこゑに・なく・あか月は・
ひとり・ねさめの・とこも・たのもし・又・をき
たる・人も・なけれは・返々・ひとりこち
て・ふし・給へり・夜・ふかく・御てうつ・まい
りて・念すなと・し・たまふも・めつ
らしき・ことの・やうによろつのこと・
めてたくのみ・みえ・たまへは・え・み・たてまつ
り・すてゝ・人やりならす・京へ・あからさま

[29] 明石入道は娘を源氏と結婚させたいが
北方は気が進まない【四二九／756：124316】

にも・えいてさりけり・あかしのうらは・

」51ウ

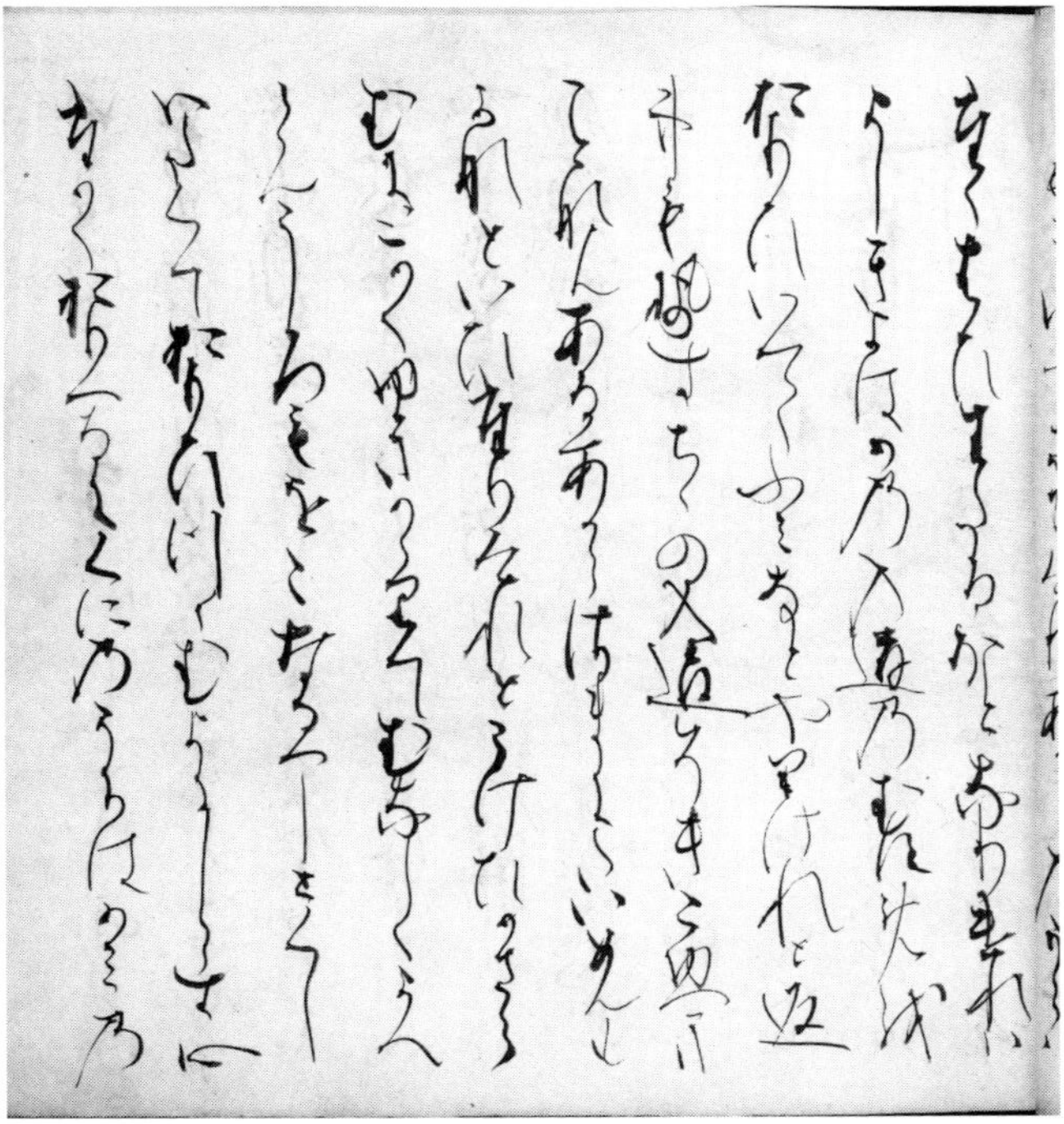

たゝ・はひわたる・ほとなりけれは・
よしきよは・かの・入道の・むすめを・
おもひいてゝ・ふみなと・やりけれと・返
事も・せす・ちゝの入道そ・きこゆへき・
ことなん・ある・あからさまに・たいめんも
かなと・いひたりけれと・うけひかさら
むに・とかくゆき《*は》かゝりて・むなしく・かへ
らん・うしろも・をこなるへしと・くし
いたくて・おもひつゝむ・よに・しらす・心
たかく・おもへるに・くにの・うちは・かみの・

」52オ

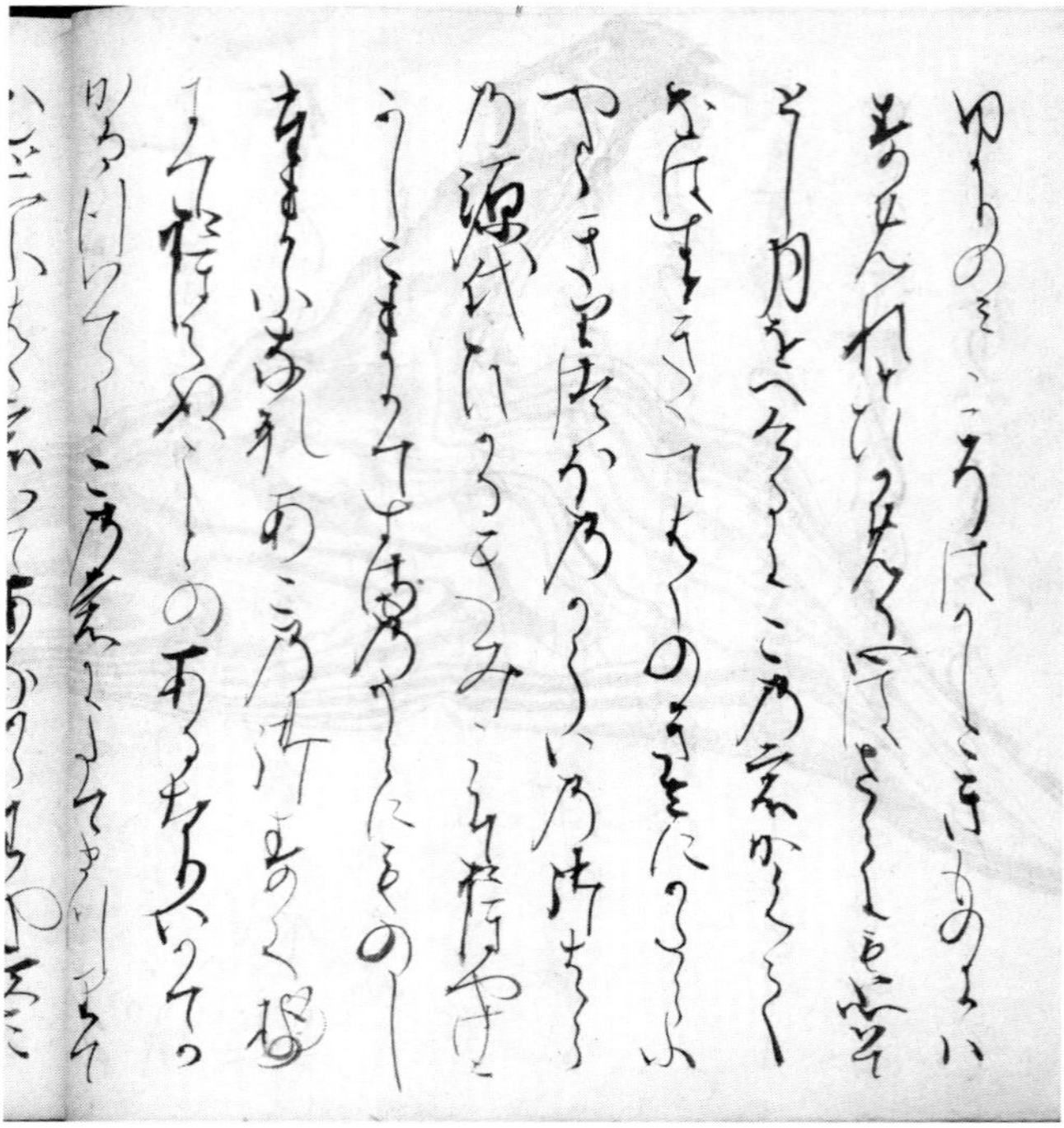

ゆかりのみこそは・かしこき・ものには・
すめれと・ひかめる・心は・さらにも・思はて
とし月を・へけるに・この・君・かくて・
をはすと・きゝて・はゝのきみに・かたらふ・
やう・きりつほのかういの・御はら
の・源氏・ひかるきみこそ・おほやけに・
かしこまりて・すまのうらに・ものし・
たまふなれ・あこの・御すくせ
にて・おほえぬ・ことの・あるなり・いかて・か
かる・ついてに・この・君に・たてまつりて

」52ウ

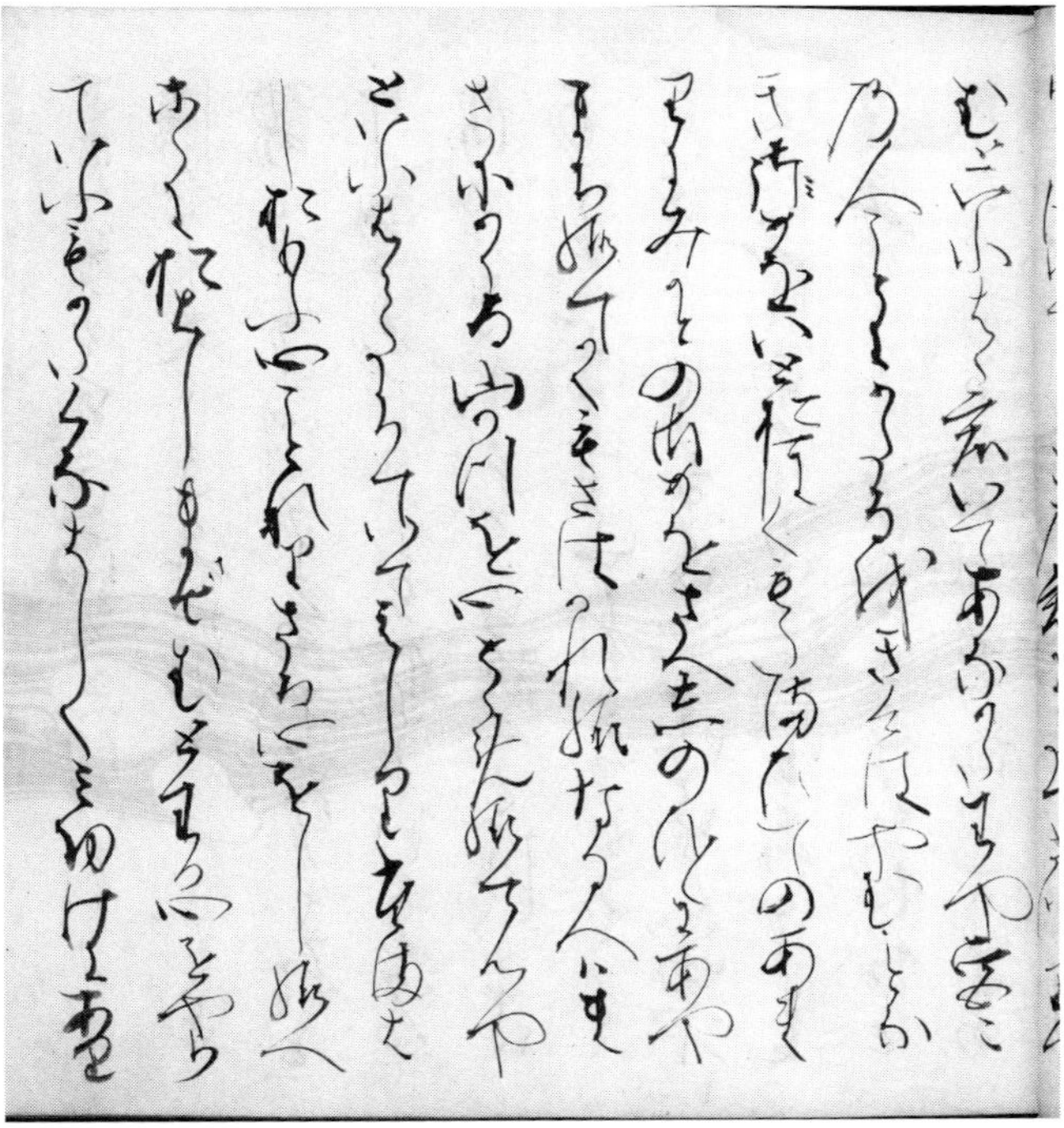

むと・いふ・はゝ君・いて・あな・かたわや・宮こ
の・人ことに・かたるを・きけは・やむことな
き・御《ミ》めを・いと・おほく・も・たまひての・あま
りに・みかとの・御めをさへ・しのひくに・あや
まち・給て・かくも・さはかれ・給なる・人は・ま
さに・かゝる・山かつを・心・とゝめ・給てんや
と・いふ・はらたちて・いて・え・しり・たまは
し・おもふ・心・ことなり・さる・心を・し・給へ・
こゝに・おはしませ《さ》むと・わか・心を・やり
て・いふも・かたくなはしく・みゆ・けに・あり

」53オ

さまは・まはゆきまて・しつらひ・かし
つけり・はゝきみ・なとか・めてたくとも・
物の・はしめに・つみに・あたり・なかされ・を
はしたらん・人をしも・おもひかけん・
さても・こゝろ・とゝめ・給へくはこそは《（ママ）》・
あらめ・たわふれにても・あるま
しき・ことかなと・いふを・いと・いたく《っ》・ふや
く・つみに・あたる・ことは・もろこしにも・
わか・みかとにも・かく・よに・すくれ・人に・こと
なるに・なりぬる・ひとの・かならす・ある・

」53ウ

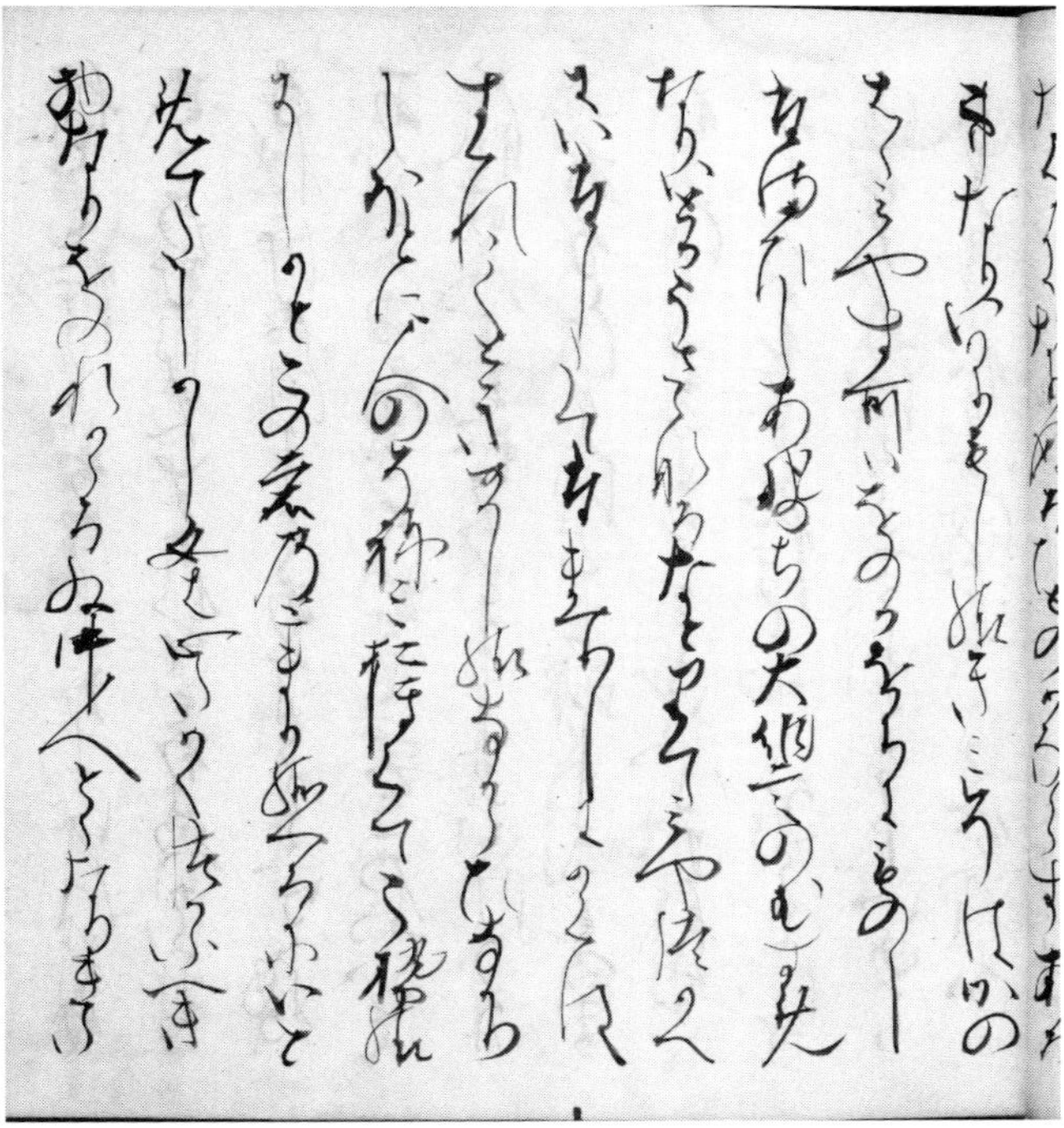

事なり・いかに・もし(ママ・諸本ものし)・給・きみそは・かの・
は丶・みやす所は・をのか・をちに・ものし・
たまひし・あせちの大納言の・むすめ
なり・いと・かうさらなる・な・とりて・みやつかへ
に・いたしたて・たまへりしに・かくは・
すくれて・ときめかし・給なからひなかり
し・ほとに・人の・そねみ・おほくて・うせ・給
にしかと・この・君の・とまり・給へるに・いと・
めてたしかし・女は・心・たかく・つかふへき・
物なり・をのれ・か丶る・ゐ中人と丶(ママ)・なりきた

」54オ

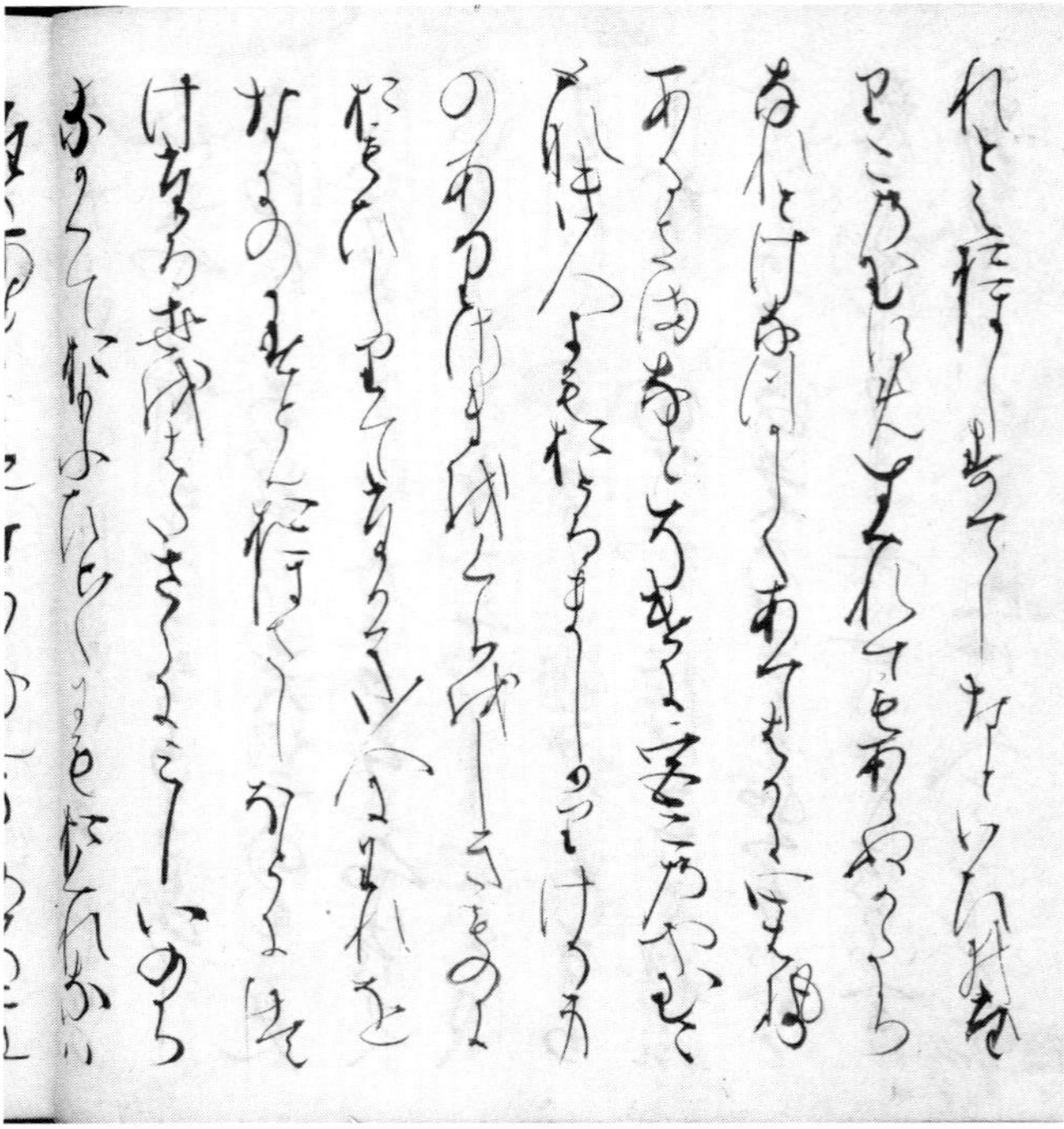

れと・え・おほしすてしなと・いひゐた＊た
［30］明石君と父入道は年に二度の住吉参詣をしていた【四三一/766:124535】
り・この・むすめ・すくれても・あらぬかたち
なれと・けなつかしく・あてはかに・心はせ・
ある・さまなとそ・けに・宮この・やむこ
となき・人にも・おとるましかりける・身
の・ありさまを・くちをしき・ものに・
おもひしりて・たかき・人に・われを・
なにのかすとん・おほさし・ほとに・つ
けたる・世を・はた・さらに・みし・いのち・
なかくて・おもふ・ひとくにも・おくれなは・

」54ウ

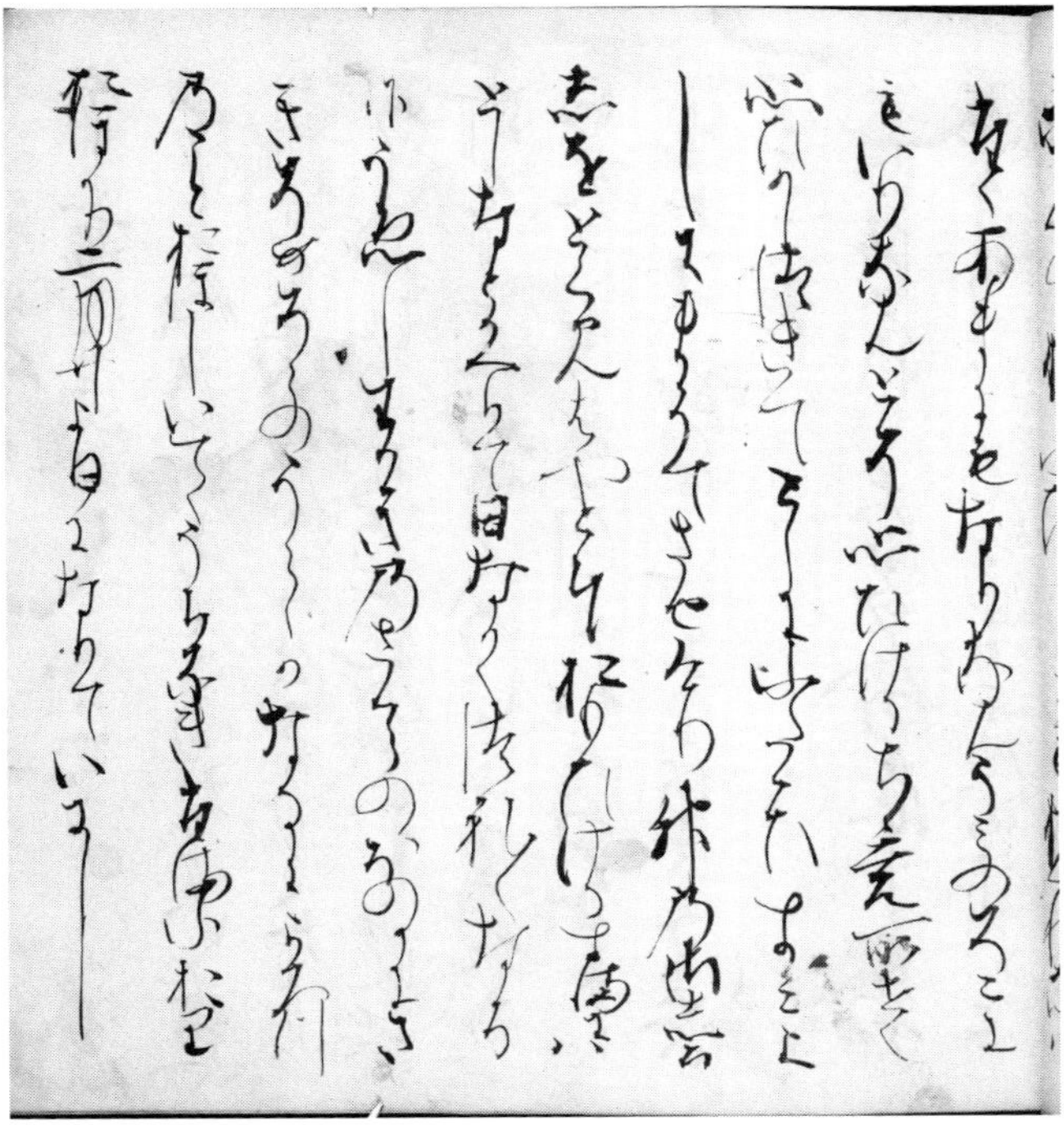

たゝあまにも・なりなん・うみの・そこに
も・いりなんとそ・思ひける・ちゝ君・所せく・
思ひかしつきて・としに・ふたゝひ・すみよ
しに・まうてさせけり・神の・御しる

［31］翌春に源氏は南殿での花の宴の盛儀を懐かしく思い出す【四三一/768:124588】

しを・とく見はやとそ・おもひける・すまには・
としなと・かへりて・日・なかく・つれ〳〵なる
に・うゑし・わかきの・さくらの・ほのかに・さ
きそめ・そらの・うらゝかなるに・よろつ
の・こと・おほしいてゝ・うちなき・たまふ・おり・
おほかり・二月・廿よ日に・なりて・いにし・

」55オ

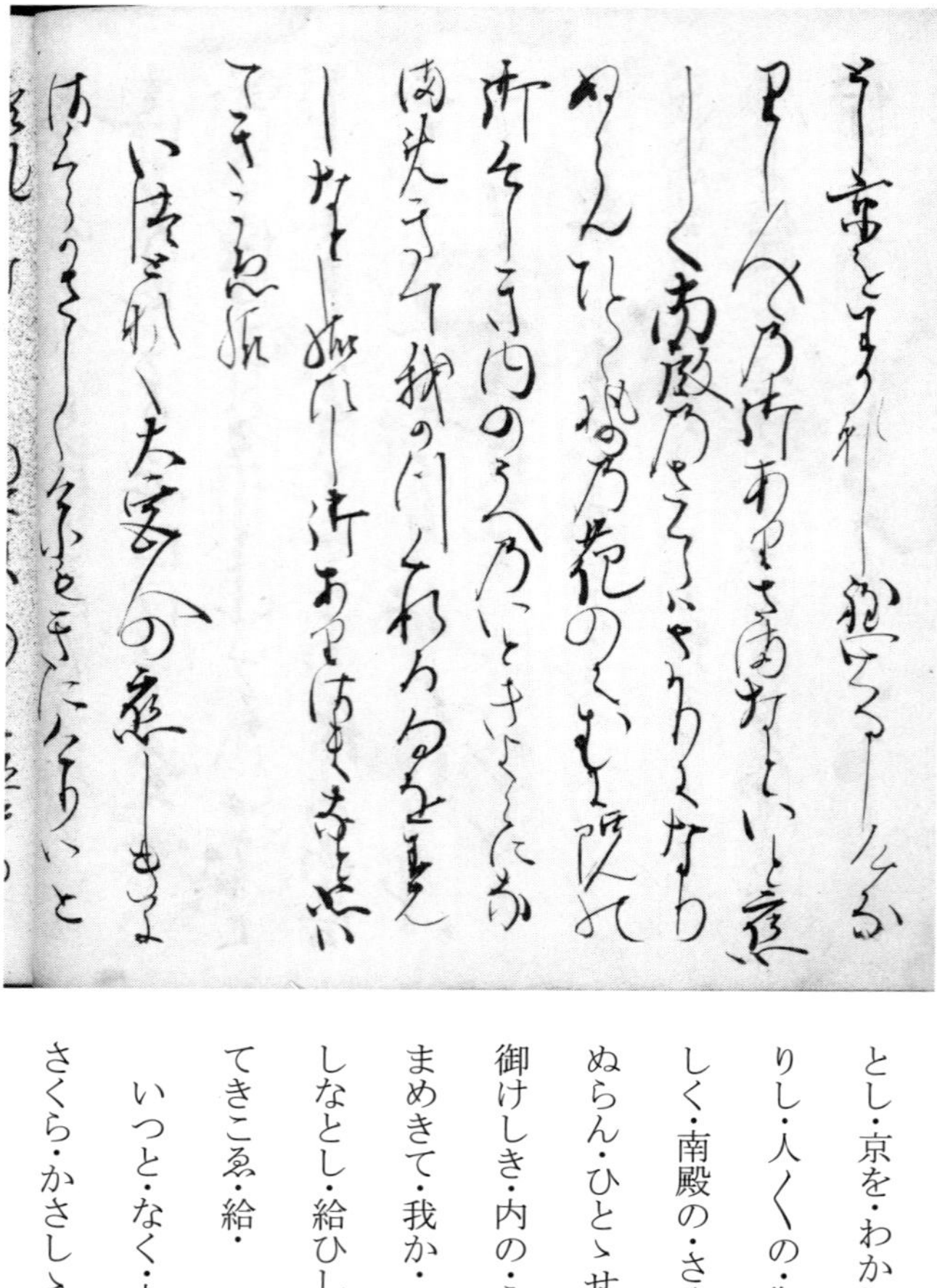

とし・京を・わかれし・程・心くるしけな
りし・人〳〵の・御ありさまなと・いと・恋
しく・南殿の・さくらは・さかりに・なり
ぬらん・ひと〻せの・花の・えむに・院の・
御けしき・内の・うへの・いと・きよらに・な
まめきて・我か・つくれる・句を・すん
しなとし・給ひし御ありさまなと・思い
てきこゑ・給・

いつと・なく・大宮人の・恋しきに・
［32］三位の中将は源氏の見舞いに須磨を訪れ
あわただしく帰京【四三一/770：124650】
さくら・かさし〻・けふも・きにけり・いと・

」55ウ

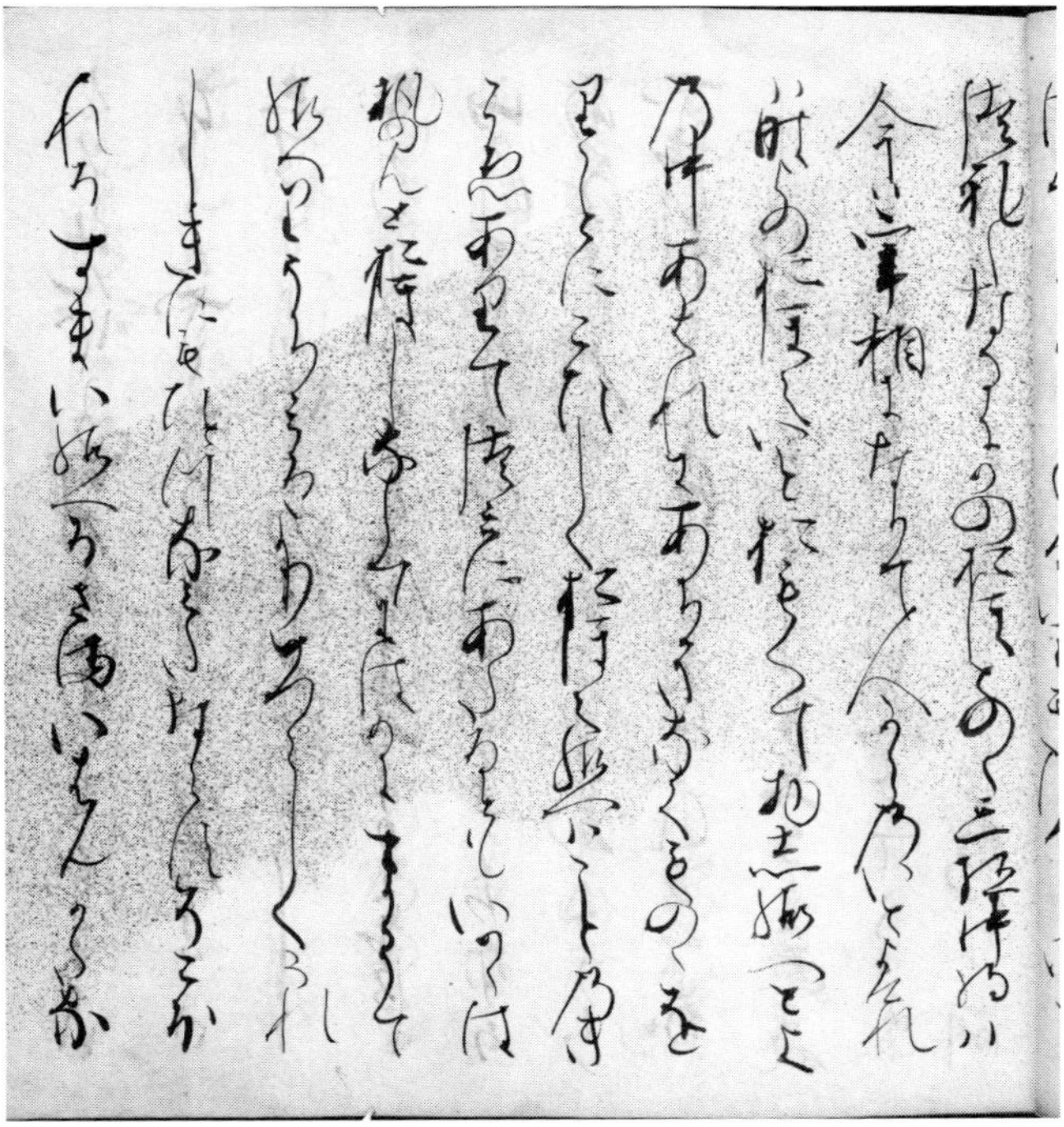

つれ〳〵なるに・かのおほとの〻・三位中将は
今は・宰相に・なりて・人からの・いと・よけれ
は・時よの・おほえ・いと・おもくて・物し・給へと・よ
の中・あはれに・あちきなく・もの〻・を
りことに・こひしく・おほえ・給へは・ことの・き
こゑ・ありて・つみに・あたるとも・いか〻は・
せんと・おほしなして・にはかに・まうて・
給へり・うちみるより・めつらしく・うれ
しきにも・ひとつ・なみたならすそ・こほ
れる・すまい・給へる・さま・いはんかたな

」56オ

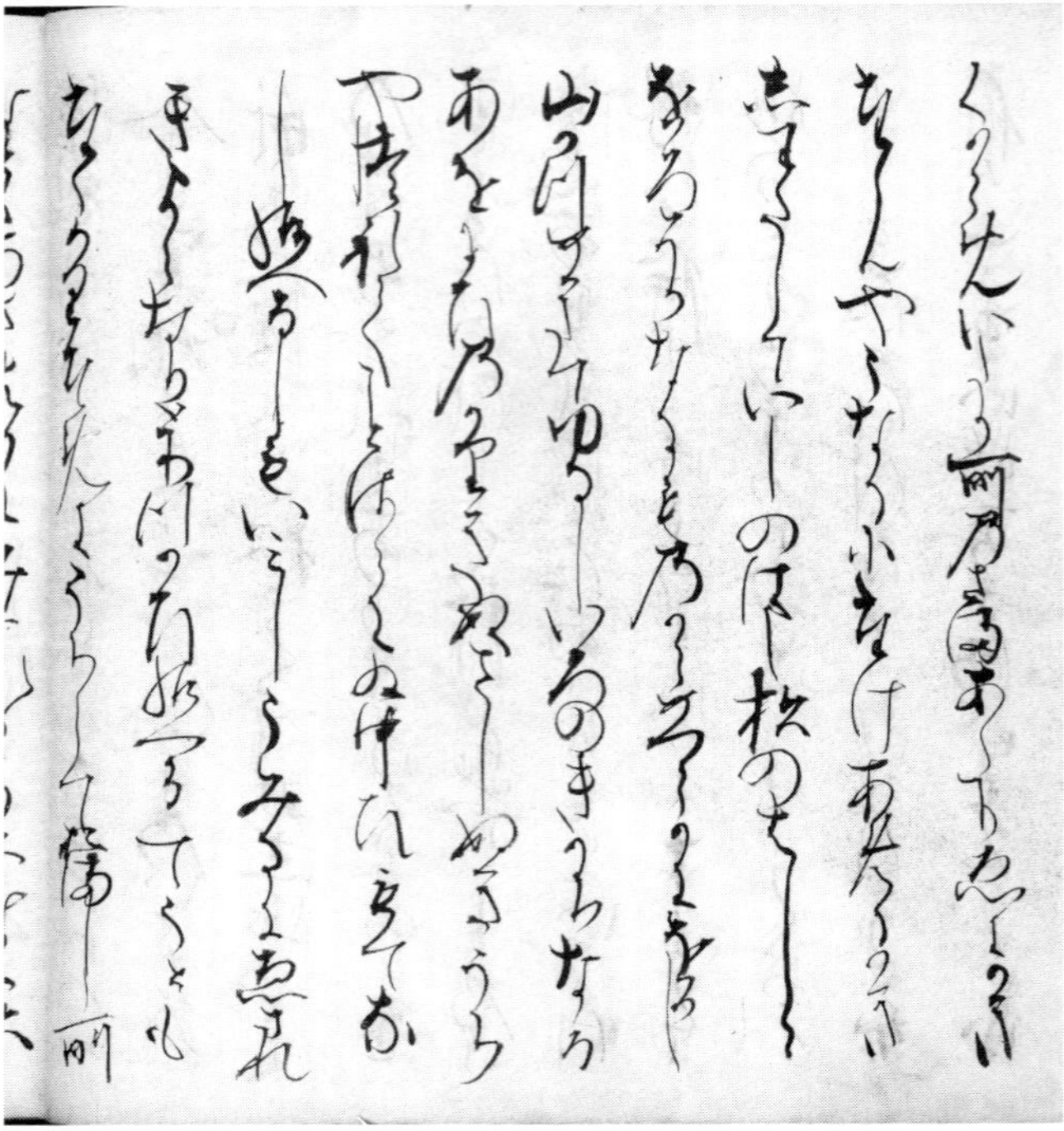

く・からめいたり・所の・さま・あたり・ゐに・かき
たらん・やうなるに・たけ・あめる・かき・
しわたして・いしの・はし・松の・はしら・
をろそかなるものから・めつらかに・をかし・
山かつめきて・ゆるしいろの・きかちなる・
あをにひの・かりきぬ・さしぬき・うち
やつれて・ことさらに・ゐ中ひ・もてな
し・給へるしも・いみしうみるに・ゑまれ・
きよらなり・とりつかひ・給へる・てうとも・
たゝ・かりそめに・うちして・おまし所
」56ウ

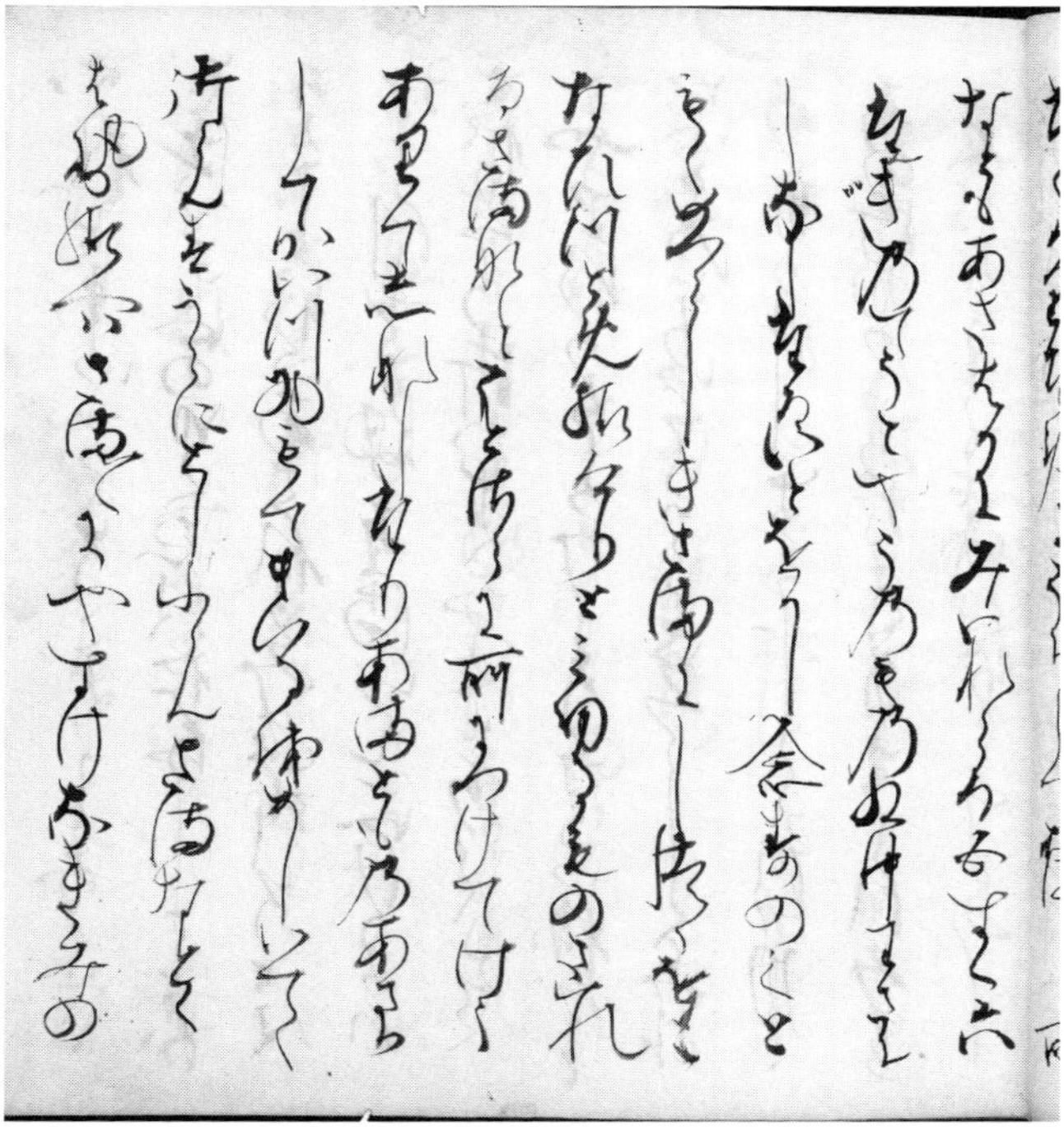

なとも・あさはかに・みいれらる・五・すく六・
たき《ん゛》の・てうとやうの・もの・ゐ中わさに・
しなしたる・いと・をかし・念すの・くと
もゝ・めつらしき・さまに・しつゝ・をこ
なひ・つとめ・給けりと・みゆる・もの・まいれ
る・さまなとことさらに・所に・つけて・けう
ありて・しなしたり・あまともの・あさり
して・かいつ物・もてまいるを・めしいてゝ・
御らんす・うらに・とし・ふらん・さまなと・ゝ
はせ・給へは・さま〳〵に・やすけなきみの・

」57オ

うれへを・申いてゝ・そこはかと・なく・さ
えつるも・心の・ゆくゑは・おなし・ことな
るか・ことなるあはれに・み給・御そとも
なと・かつけさせ・たまふを・いける・かひ
と・おもへり・御むまなとも・ちかく・たてゝ・
みやりなる・くらか・なにそなる・いねなと・
いふ・もの・とりいてゝ・かうも・めつらしく・み・給・
あすか井・すこし・うたひて・月こ
ろの・御物かたり・なきみ・わらひみ・わか
君の・なにとも・世をは・おもはて・ものし・

」57ウ

たまふ・かなしさを・おとゝ・あけくれ
に・つけて・おほしなけく・ことなとも・か・(ママ・諸本かたり)
たまふに・たえかたく・おほしたり・つき
すへくも・あらねは・中〱に・かたはし
も・え・まねはす・よもすから・まとろまて・
ふみなと・あかし・給・さ・いひなからも・物ゝ・
きこゑを・つゝみて・いそき・かへり・給・
いと・中〱なり・御かはらけ・まいりて・
ゑひの・かなしみ・なみた・そゝく・春の・
さか月の・うちと・もろこゑに・すんし・給・御
とも

」58オ

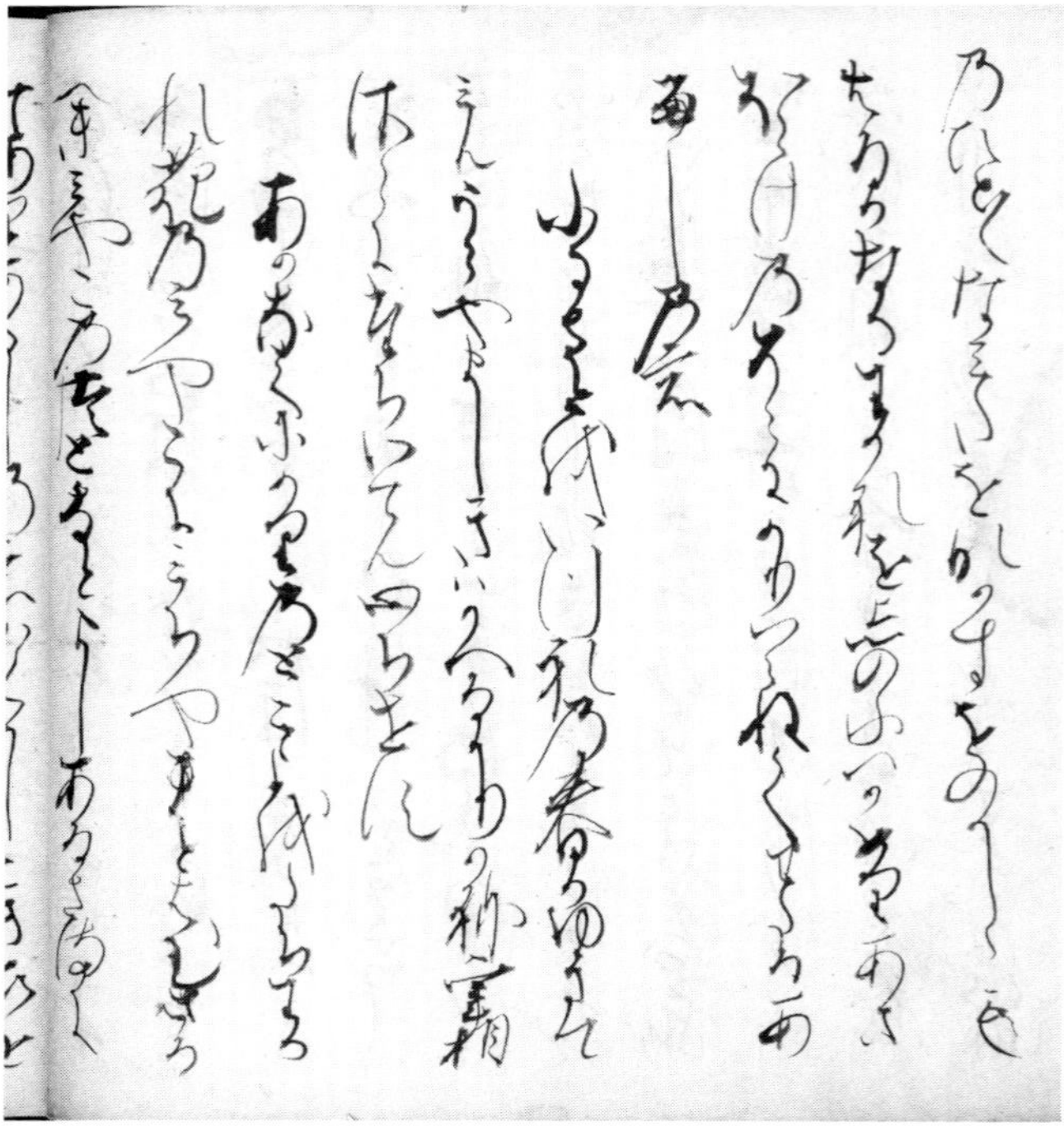

の・ひとく・なみたを・なかす・をのかしゝも・
はるかなる・わかれを・しのふへかめり・あさ
ほらけの・そらに・かり・つらねて・わたるあ
るしの君・
　ふるさとを・いつれの・春か・ゆきて・
みん・うらやましきは・かへる・かりかね・宰相・
さらに・たちいてん・心ち・せす・
　あかなくに・かりの・とこよを・たちわか
れ・花の・みやこに・みちや・まとはむ・さる
へき・みやこの・つとなと・よしある・さまに

」58ウ

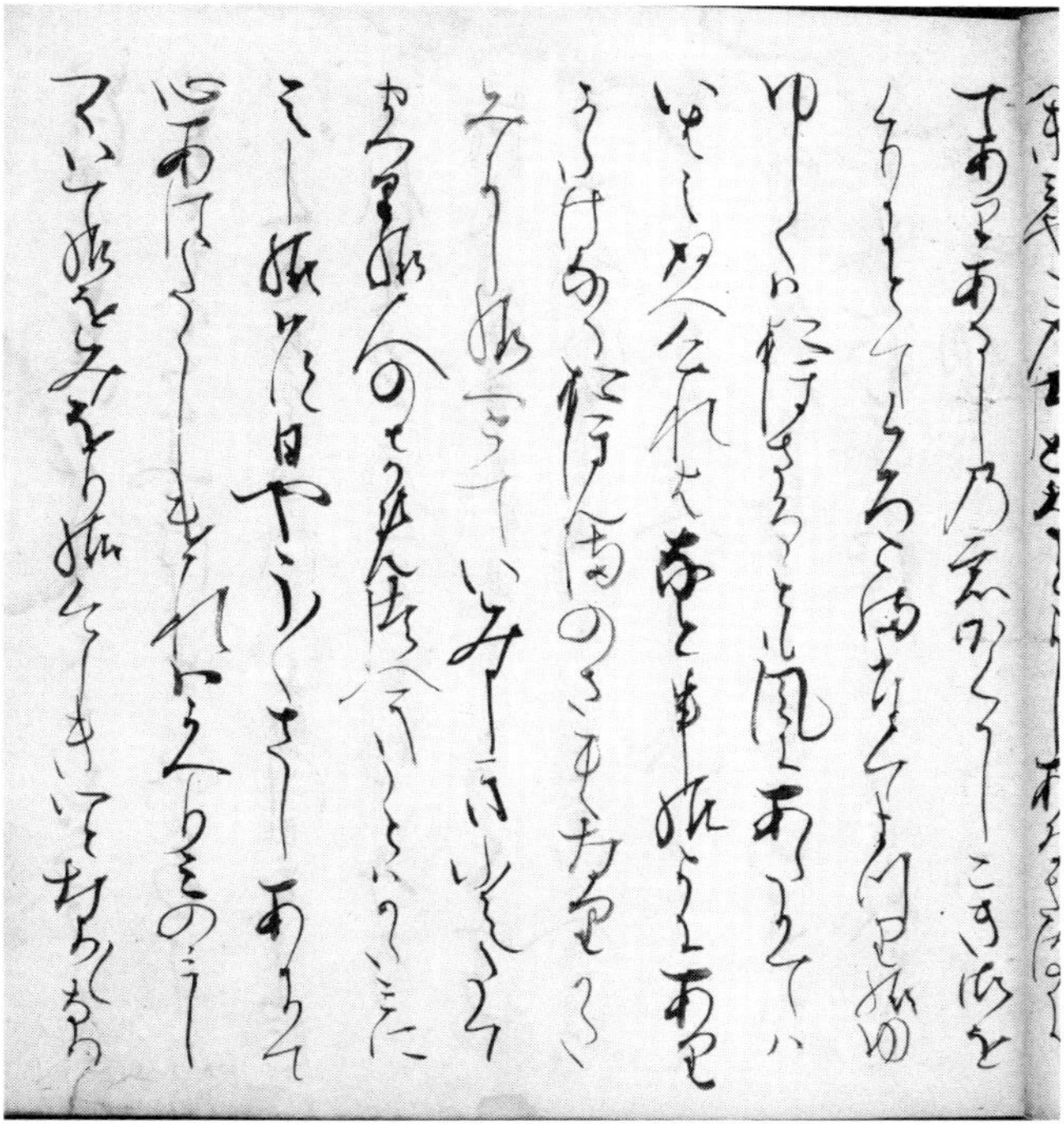

て・あり・あるしの君・かく・かしこき・御を
くりにとて・くろこま・たてまつり・給・ゆ
ゆしくは・おほさるゝとも・風に・あたりては・
いはえぬへけれはなと・申・給・よに・あり
かたけなる・おほんまの・さまなり・かた
みに・し・給へとて・いみしき・ふえ・たて
まつり・給人のとかめつへきことはかたみに
えし給はす・日・やう〳〵・さしあかりて・
心あはたゝしけれは・かへりみのみ・し
つゝ・いて・給をみを《(ママ)》り給けしき・いと・なか〳〵なり・

」59オ

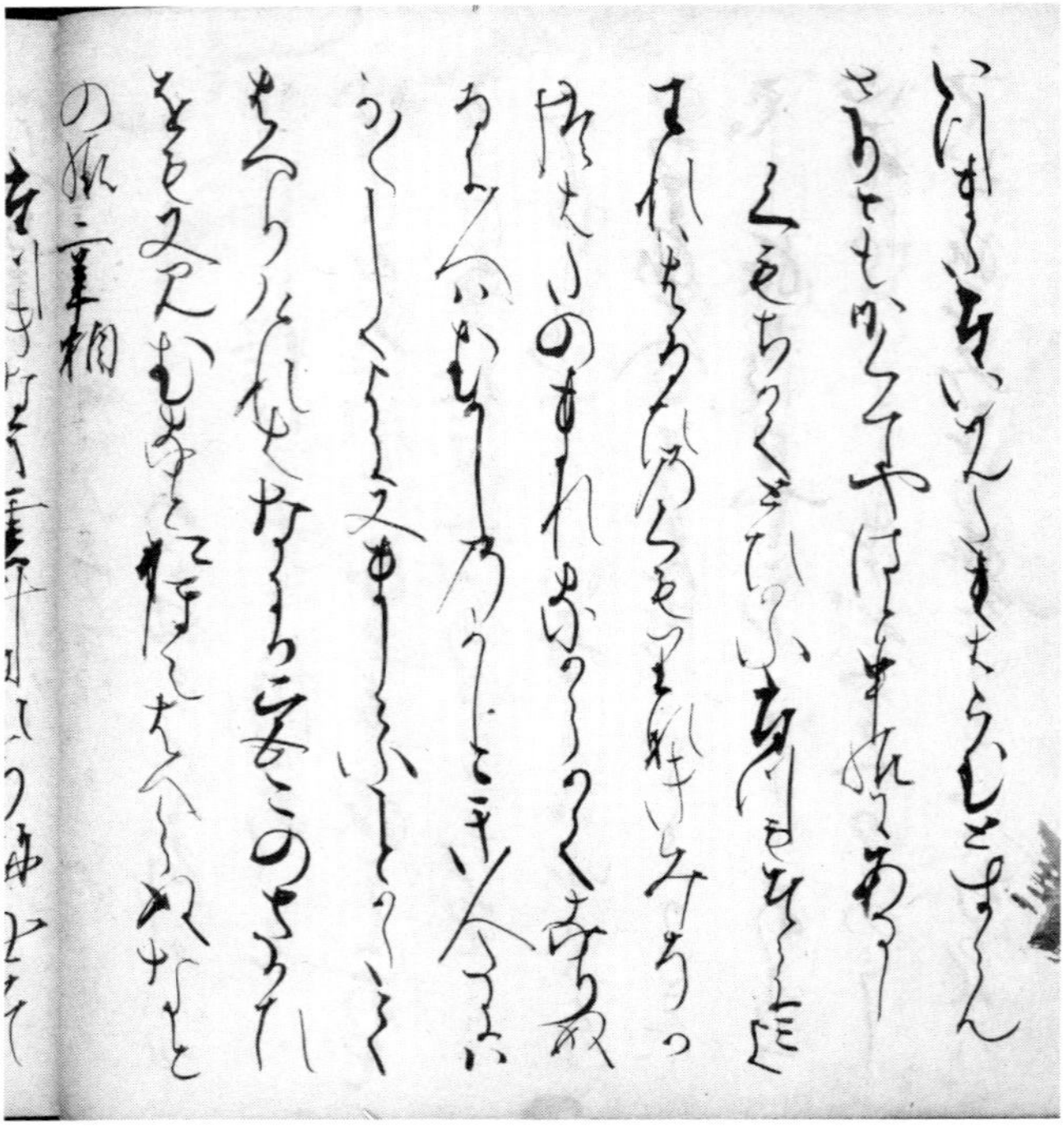

いつ・また・たいめん・たまはらむと・すらん・
さりとも・かくてやはと・申・給に・あるし・
くも・ちかく・とひかふ・たつも・そらに・みよ・
われは・はるひの・くもり・なき・みそ・か
つは・たのまれなから・かく・なりぬ
るに・人は・むかしの・かしこき・人たに・は
かくしく・よに・又ましらふ・こと・かたく・
はへりけれは・なにか・宮この・さかひ
をも・又・見むなと・おほえ・はへらぬなと・
の給・宰相・」59ウ

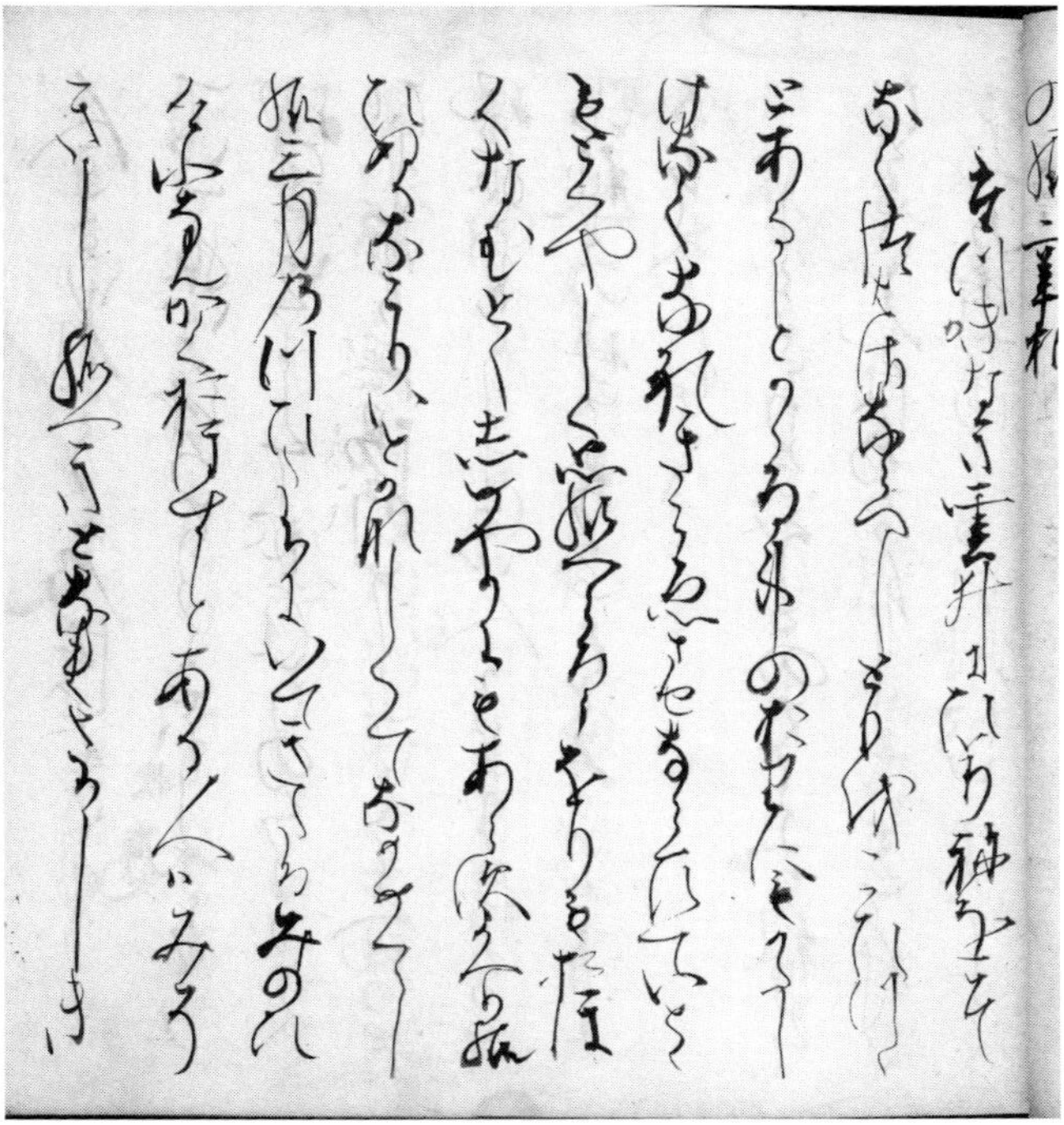

たつき・なき・雲井に・ひとり・ねをそ・
なく・つはさ《か》・ならへし・ともを・こひつゝ
と・ある・こと・かゝる・事の・おりにも・かたし
けなく・なれ・きこゑさせ・ならひて・いとゝ（ママ）
もと・くやしく・思・給へらるゝ・をりも・おほ
くなむとく（ママ）・しめやかにも・あらす・かへり・給
ひぬる・なこり・いと・かなしくて・なかめくらし・

[33] 三月上巳の祓えで急な風雨のため海は荒れ雷が鳴り響く【四三四/786:125025】

給・三月の・つひたちに・いてきたる・みのひ・
けふなん・かく・おほす・こと・ある・人は・みそ
き・し・給へきと・なまさかしき・

」60オ

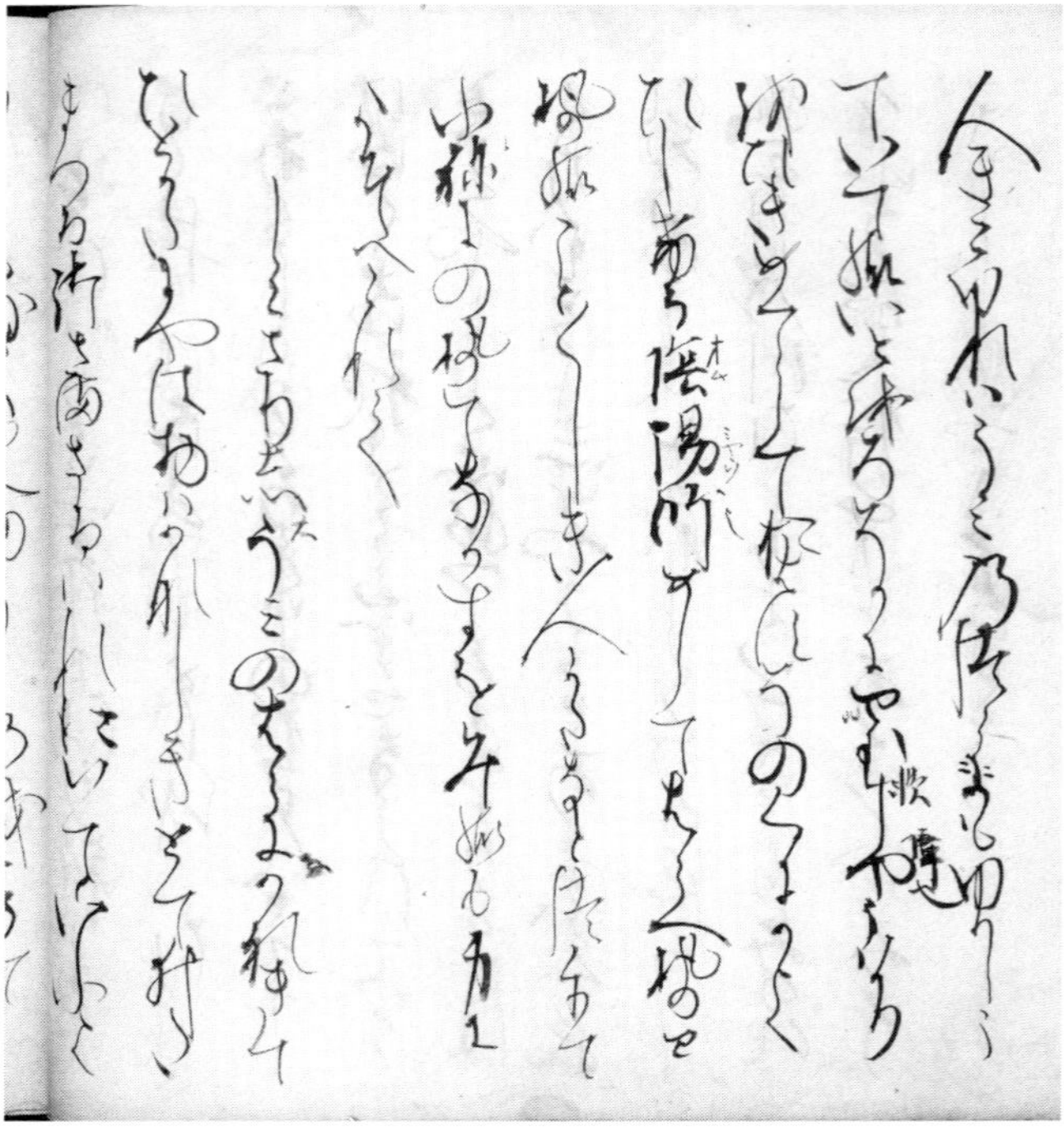

人・きこゆれは・うみのつらに《*に　に(傍記)》も・ゆかしう
て・いて・給・いと・をろそかに・せむ《軟障也》しやうはかり
を・ひきめくらして・おはす・その・くに・かよ
ひしける・陰陽師《オムミヤウシ》・めして・はらへ・せせ《(ママ・諸本せさせ)》
せ・給・ことくしき・人かたなと・つくりて・
ふねに・のせて・なかすを・み・給も・身に・
よそへられて・
　しらさりし・う《大》みのはらに《な》・かれきて・
ひとかたにやは・物は・かなしきとて・ゐ・た
まへる・御さま・さるはれに《*い》・いてゝ・いふ・よ

」60ウ

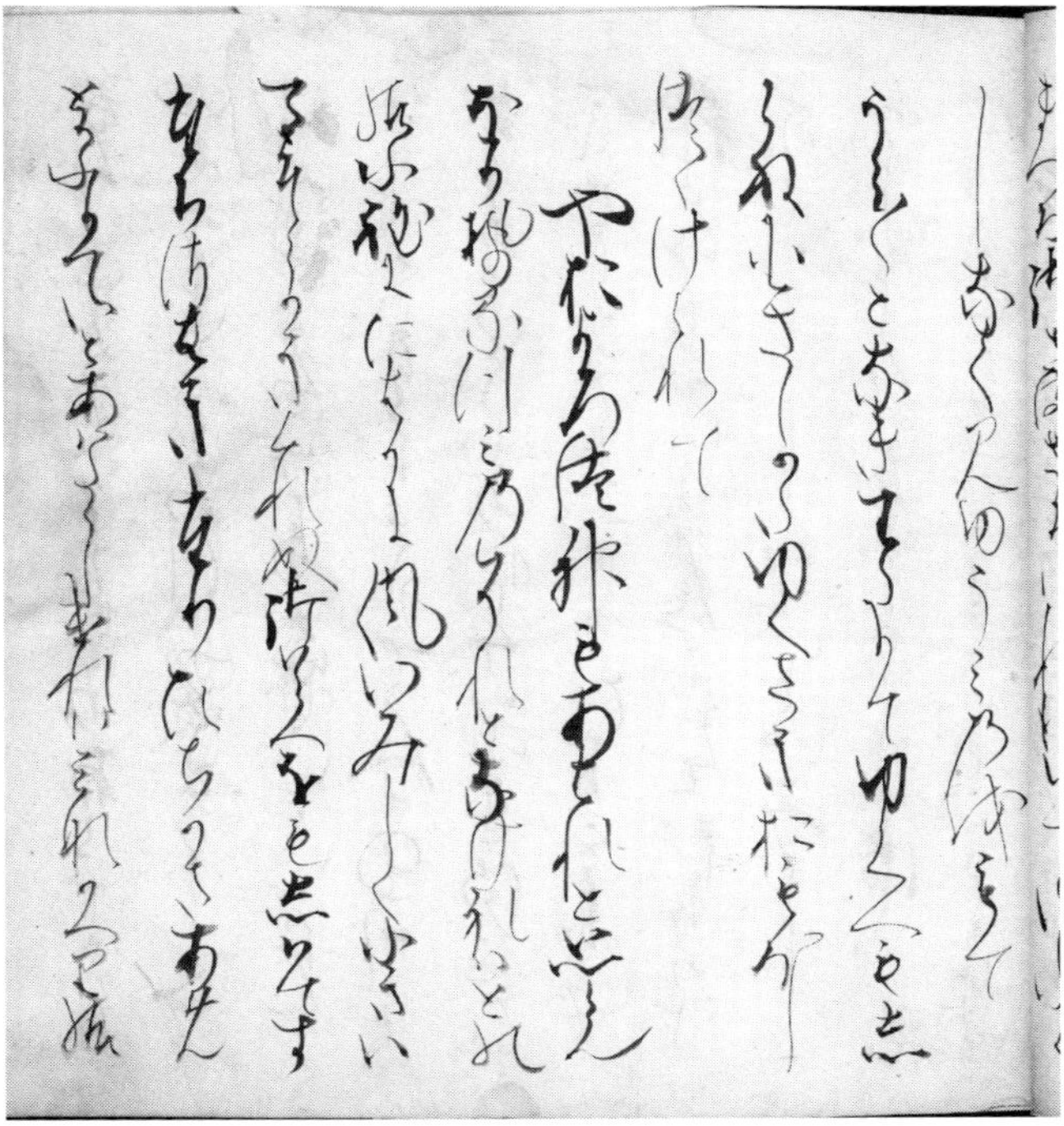

し・なく・見ゆ・うみの・をもて・
うらくと・なき・わたりて・ゆくへも・し
らぬに・きし・かた・ゆく・さき・おもほし
つゝけられて・
やおよろつ・神も・あはれと・思らん・
をかせる・つみの・それと・なけれはと・の
給ふ・程に・にはかに・風・いみしく・ふきい
てゝ・そら・かきくれぬ・御はらへをも・しはてす・
たちさは*△きたり・ひちかさあめ
とか・ふりて・いと・あはたゝしけれは・みな・かへり・給

」61オ

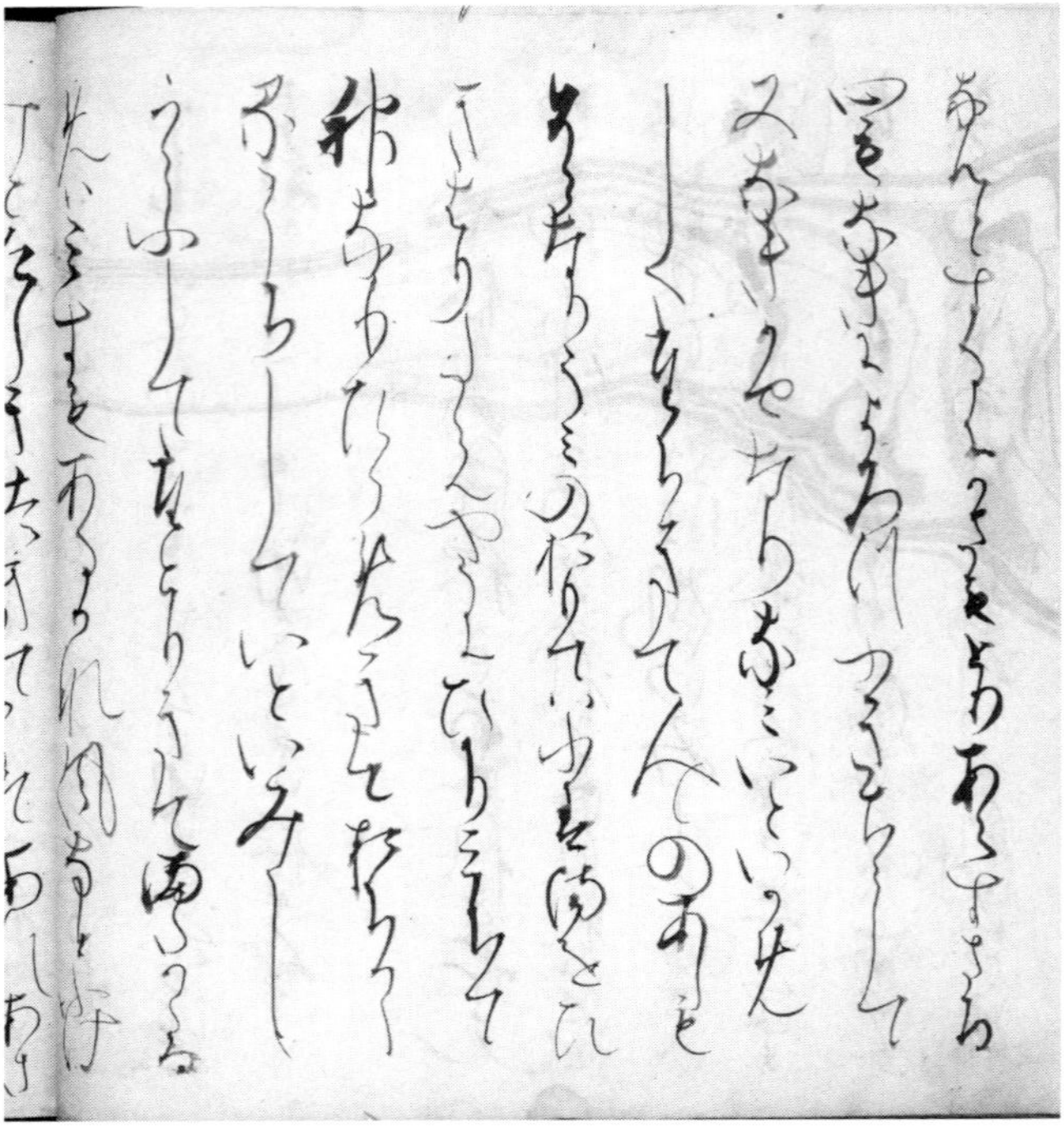

なんと・するに・かさも・とりあえす・さる・
心も・なきに・よろつ・ふきちらして・
又なき・かせなり・なみ・いと・いかめ
しく・たちきて・人〳〵の・あしも・
そらなり・うみの・おもては・ふすまを・ひ
きはりたらん・やうに・ひかり・みちて・
神・なりひらめきて・おちかゝ
る・こゝち・して・いと・いみし・
からふして・たとりきて・また・かゝる・
めは・みすも・あるかな・風なと・ふけ

」61ウ

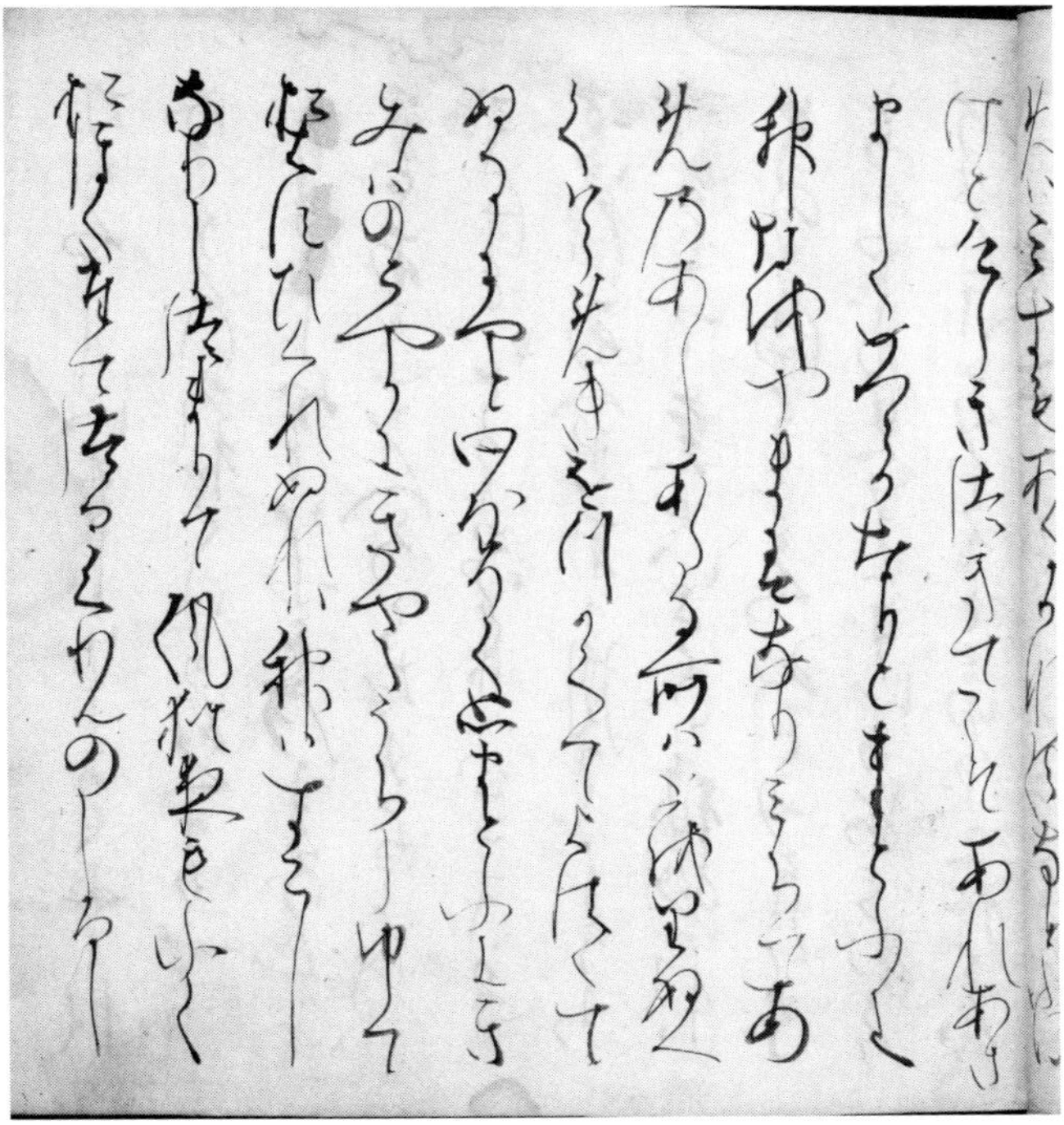

け《(ママ)》と・けしきつきてこそ・あれ・あさ
ましく・めつらかなりと・まとふに
神・なを・やます・なりみちて・あ
めの・あし・あたる・所は・とをりぬへ
く・はらめきをつ・かくて・よは・ゝて
ぬるにやと・心ほそく・思まとふに・き
みは・のとやかに・きやう・うちしゆして・
おはす・ひ・くれぬれは・神は・すこし・
なりしつまりて・風・猶・夜も・ふく・
おほく・たてつる・くわんの・しるし

」62オ

なるへし・いまし・しはし・かくあらは・
なみに・ひかれて・いりぬへかりけり・
たかしほと・いふ・もの《*の》になん・と
りもあえす・人・そこなはるとは・
きけと・いと・かゝる・事は・みきかす

[34] 源氏のうたた寝に正体の知れない者が現れ気味悪く思う【四三六/794：125220】

と・いひあへり・あか月かたに・うち
やすみ《*み》て・君も・いさゝか・ね・給へれは・
その・さまとん・みへぬ・もの・きて・な
とか・宮より・めすに・まいり・給はぬとて・
そめきありくと・みゆるに・おとろ

」62ウ

きて・さらは・うみの・中の・龍王の・いた
く・ものめて・する・ものにて・みいれ
たるなり《*け》けりと・おほすに・いとゝ・
ものむつかしく・この・すまゐ・
たへかたく・おほしなりぬ

」63オ

63ウ

月明荘（朱）

」64オ

64ウ

└65オ

」65ウ

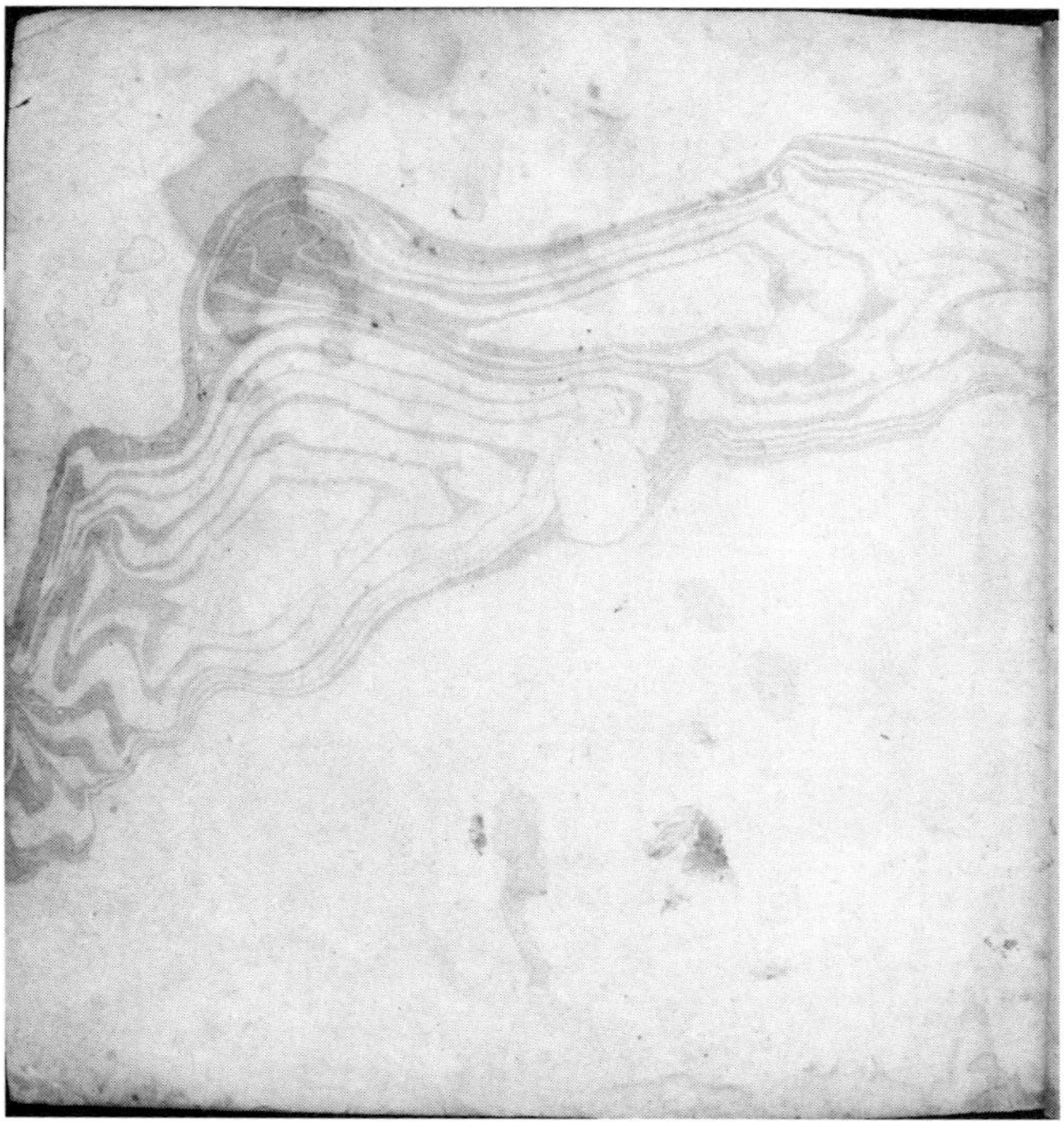

」66オ

66ウ

拝士蔵書（朱）

」67ウ

裏表紙

解説

ハーバード大学美術館蔵『源氏物語』二冊の古写本の来歴について

前ハーバード大学フォッグ美術館　文子・E・クランストン

この重要文化財又は重要美術品とも成り得る『源氏物語』五十四帖のうち、「すま」の巻（第十二章）と「かげろう」の巻（第五十二章）の二冊（書写された当時は、全五十四帖であったかどうかは不明）のみが市場に出て本館所蔵に帰したのは、今から三十九年前の一九七四年の事でした。

この記念すべき年は、フォッグ美術館（現在、大改装中）の東洋美術史部門・日本美術史科が、恐らく日本でも珍しい日本美術と日本古典文学（特に古写本、古活字本、絵巻物等等）とを合わせて大々的な「日本古典文芸展」(1)と題する展覧会を開催し大好評を博した一年後のことでした。

ハイドご夫人(2)はその年を記念して、これらの貴重な古写本二冊を寄贈して下さったのでした。

そもそもこの展覧会は、幸運にも立派でそれぞれ特色のある二人の個人蒐集家《しゅうしゅうか》（ドナルド・ハイドご夫妻とフィリップ・ホーファー氏）の古写本、絵入り古板本、絵巻物などから選出させていただく事が可能で、開催することが出来たからでした。

これらの稀有で非常に貴重な美術品の絵巻物や日本古典文学の古写本、絵入り版本（料紙に絵が描かれて印刷されたもの）などは、ドナルド・ハイドご夫妻の蒐集で、美術作品の方は、主にフィリップ・ホーファー氏の蒐集になるものでした。この両者の蒐集作品の中から厳選させていただいた作品を中心に展覧し、同時に詳細な解説を付して展覧会図録も出版することができたのでした。

本稿では、その中《うち》のドナルド・ハイドご夫人から寄贈になった古い時代に書写された稀覯本《きこうぼん》[3]の古写本二冊について記しましょう。

先ず一冊の寸法は、縦横共にほぼ同じ十六センチメートル前後で、正方形に近い形であるため、一般に「枡形本《ますがたぼん》」[4]と称《よ》ばれています。

伝称《でんしょう》の筆者については、「すま」の巻が鎌倉中期（十三世紀半《なか》ばごろ）の天台宗の高名な学僧で和歌にも秀でていた慈鎮《じちん》（慈円《じえん》・一一五五～一二二五年）とされ、現在に至っています。

「かげろう」の巻は、裏表紙に正徹《しょうてつ》（一三八一～一四五九年。歌僧として有名）の印が認められるのですが、しかしこれは書写した人ではなく、この古写本を所蔵していた人ではないかと考えられていますが、その事実は全く不明です。

「すま」の巻と「かげろう」の巻とも、上品に墨色と淡い茶色などで装飾された料紙に、流麗な仮名文字で書写された美しい古写本の宝物で、大切に保存されて来ました。

これらの美麗な稀覯本は、以前、弘文荘《こうぶんそう》（東京）の反町茂雄氏（一九〇一～一九九一年。古本・古写本などを中心に店舗を持たずに販売・買入れを本業とする古本屋で販売目録なども多く出版した）の蒐蔵でしたが、一九六二年にドナルド・ハイドご夫妻が購入され、その所蔵となりました。

ドナルド・ハイドご夫妻は、英文学に造詣が深く、特に『大英語辞典』の編纂者として著名なサミエル・ジョンソン（十八世紀）や、ジェイムズ・ボズウェル（十八世紀）の研究で広く知られた学者でした。ご自宅の立派で堅固な収蔵庫には、その部門の善本ばかりがぎっしりと収納されて、その点でも世界的に有名です。

そのご夫妻が友人の日本美術、特に絵入りの古写本、絵巻物等の蒐集で世に知られる、ニューヨークの公立図書館内にあるスペンサーコレクション(5)の学芸部長ともいえる主任司書のカール・クープ氏（一九〇三～一九八一年）とフィリップ・ホーファー氏（一八九八～一九八四年）の個人コレクション等で、日本美術の美しい珍稀な作品を数多く目にして影響されたこともあって、一九六〇年に初めて日本への旅に出発されたのでした。その時、スペンサーコレクションのカール・クープ氏からの反町茂雄氏への紹介状をたずさえて。

カール・クープ氏は、スペンサーコレクションに四十年以上勤務し、反町氏との交友が深く、日本美術にも専門的な知識を兼ね備え、ハイドご夫妻とも親交が篤かった人物でした。又、ご夫妻が日本訪問を決意された時は、ちょうど専門分野の善本も手に入れることが困難になって来た時期でもありました。

東京の弘文荘では、反町氏がその学識と豊富な経験から古写本、絵入り版本、絵巻物など、それこそ重要文化財・重要美術品級の作品を二十種類ばかりご覧に入れたのでした。

その時、ご夫妻は多くの量は望まれず、質が高く、意義の深い、しかも価値のある日本古典文学の古写本、古版本などを蒐集されるご主旨で、それら二十種類を殆ど購入されました。その時から、ハイドコレクションは始まりました。が、残念なことに、不幸にもドナルド・ハイド氏は一九六六年に永眠されました。

従って、ご夫妻が所蔵された稀覯本の古写本類は、殆どすべてそれ以前に購入された稀書、珍本などの古写本類や、絵巻物等でした。

このようにして、少数ながら短期間のうちに人も驚く程の素晴らしい、しかもご夫妻の主旨に基づいた古写本や絵巻物の珍稀なコレクションが形成されたのでした。

注

（1）これは副題であって、「The Courtly Tradition in Japanese Art and Literature」が本題名（235～236頁）。

（2）ハイドご夫人（一九一二～二〇〇三年）は、ご自身が十八世紀のジェイムズ・ボズウェルの研究で世に知られた学者でもあった。後述するように、この時点でドナルド・ハイド氏（一九〇九～一九六六年）は、すでに故人であった。

（3）稀覯本とは、初版本や限定本、又は古書などで、比較的世間に流布されている事が少ない書物で、稀本とか珍書、珍本などともよばれる。

（4）枡形本は、正方形に近い本で、鎌倉・室町時代の物語や歌集などの写本に多い。

（5）スペンサーコレクション「日本絵入本及絵本目録」（一九六八年の初版と一九七八年の再版。編纂者、反町茂雄、弘文荘出版）を参照。

参考文献

1、「日本古典文芸展」図録（一九七三年、ハーバード大学フォッグ美術館出版）

2、スペンサーコレクション「日本絵入本及絵本目録」（一九六八年と一九七八年、弘文荘出版）

3、『日本の古典籍　その面白さその尊さ』（反町茂雄著。一九八四年、八木書店。298～302頁他、289、293、320頁）

4、「フォッグ美術館年報」一九七四～一九七六年版（38～47頁）

海を渡った古写本『源氏物語』
――「須磨」の場合――

伊藤鉄也

はじめに

鎌倉時代の中期頃に書写されたと思われる二冊の古写本『源氏物語』が、アメリカのハーバード大学にある。ハーバード・アーツ・ミュージアム蔵「須磨」と「蜻蛉」（以下「ハーバード本」と略称）は、現存する『源氏物語』の中でも書写年代の古い、非常に貴重な古写本である。

書写は伝慈円筆。装幀は列帖装。書型は縦横約一六センチメートルの枡形本。表紙には「すま九」と巻名が打付書きされている。本文の料紙には、墨流しの下絵装飾と吹き絵による装飾料紙を含む、美術品的な価値も有する写本である。

この写本については、上野英二氏（「ハーバード大学美術館所蔵　源氏物語須磨巻・蜻蛉巻について（乾／坤）」成城國文學論集　第二十五輯／第二十六輯、平成九年／平成一一年）と大内英範氏（「ハーバード大学美術館本蜻蛉巻とその本文」国士舘大学国文学会「國文學論輯」第二八号・平成一九年、のちに『源氏物語　鎌倉期本文の研究』平成二二年・おうふう・所収）に、報告と考察がある。

本書の仲間（ツレ・僚巻）が日本に現存している。中山本（第三八巻「鈴虫」、国立歴史民俗博物館蔵、重要文化財）と、いくつかの断簡（第三三巻「藤裏葉」、第四五巻「橋姫」、第四九巻「宿木」、第五三巻「手習」）である。これら七巻分の古写本は、もとは一揃いの写本であったと思われる。その内の二冊が海を渡ったことについては、本書所収の文子・E・クランストン先生の解説に詳しい。

私は、平成一八年二月、同二〇年一一月、同二三年一月の三度にわたって、ハーバード本『源氏物語』の調査をした。丹念に原本を精査した結果、〈鎌倉時代初期の本文〉を伝えている写本であることが確認できた。そして、平成二〇年に国文学研究資料館長だった伊井春樹先生（現在は逸翁美術館長）とご一緒に本書を実見した時のご教示により、〈鎌倉時代中期の書写本〉としてここに報告する。それを客観的な評価に結びつけるためにも、本文の詳細な検討が不可欠である。

本稿は、このハーバード本の内の、第一二巻「須磨」が持つ本文の位相と、そこに認められる独自異文のありようから、その本文の性格を考察するものである。ハーバード本「須磨」は、私が『源氏物語』の本文を分別している基準に則して言えば、〈甲類〉（旧〈河内本群〉）に属する本文を持つ写本となる。この点については、もう一冊の「蜻蛉」巻も同じである。本稿は、この点を確認することを主眼として考察を進めていく。

諸本を検討するにあたって用いる古写本は、以下の一九本である。

底本【ハーバード本（２）】（ハーバード大学美術館蔵）
陽明本（１・２）［陽］（陽明文庫蔵、『源氏物語別本集成』底本）
御物本（１）［御］（東山御文庫蔵）
穂久邇本（２）［穂］（穂久邇文庫蔵）
尾州家本（１）［尾］（名古屋市蓬左文庫蔵）
高松宮本（２）［高］（国立歴史民俗博物館蔵）
天理河内本（２）［天］（天理図書館蔵）
平瀬本［平］（文化庁蔵）
麦生本（１）［麦］（天理図書館蔵）
阿里莫本（１）［阿］（天理図書館蔵）
三条西本（１）［三］（宮内庁書陵部蔵）
大島本（１）［大］（古代学協会蔵、『源氏物語大成』底本）
池田本（２）［池］（天理図書館蔵）
国冬本（２）［国］（天理図書館蔵）
肖柏本（２）［肖］（天理図書館蔵）
日大三条西本（２）［日］（日本大学総合図書館蔵）
伏見本（２）［伏］（古典文庫）

保坂本（2）［保］（東京国立博物館蔵）
前田本（2）［前］（尊経閣文庫蔵）

これらは、『源氏物語別本集成　第三巻』（略号（1）、伊井春樹・伊藤鉄也・小林茂美編、平成二年、おうふう）と『源氏物語別本集成　続　第三巻』（略号（2）、同編、平成一八年）に収載された本文に、平瀬本を加えた一九本である。それぞれ、写本を正確に翻字した資料をもとにしている。ただし、本文の引用にあたっては可能な限り表記を統一した。例示する「須磨」の校訂本文は、『源氏物語別本集成　続』のために作成した陽明文庫本の校訂本文をもとにして、新たに作成したものである。

一　二つに分別できる「須磨」の本文群

『源氏物語』の第一二巻「須磨」は、その本文を内容から見ると二つに分別できる。これまでに確認した『源氏物語』における古写本の本文は、おおよそ二つに分かれる。それらを私は、〈甲類〉（旧〈河内本群〉）、〈乙類〉（旧〈別本群〉）と称して分別している（拙稿「源氏物語本文の伝流と受容に関する試論―「須磨」における〈甲類〉と〈乙類〉の本文異同―」『源氏物語の新研究』横井孝・久下裕利編、平成二〇年、新典社）。以下で検討を加える例文は、「須磨」におけるおびただしい本文異同の中でも、その傾向が顕著で引用に適したものを掲出している。例外も多い。しかし、本文の内容から見た異同傾向を知る上では、代表的なものといえる用例であることを、まず最初にお断りしておく。

諸本の本文異同が明らかで、その関係がわかりやすいものをあげる。「京」か「都」か、という例である。

以下に掲出する用例の漢字とかなの表記の違いについては、可能な限り漢字にまとめることで、視認性を高める校異となるように整理している。最初に掲示した語句が、ハーバード本の本文である。そして、それと同じ本文を持つ写本名の略号を大括弧で囲んで示した。六桁の数字は、『源氏物語別本集成 続』で用いた文節毎に切った通し番号である。「120001」は、第一二巻「須磨」の第一文節目であることを示すことになる。

（1）「京」か「都」か

・京［陽御穂高天平］……………123952
　都［麦阿三大池肖日伏国保前］
　ナシ／落丁［尾］
・京［陽御穂尾高天平］…………124313
　家［麦阿三大池国肖日伏保前］
・都［御尾高天平］………………124394
　京［陽穂麦阿三大池国肖日伏保前］
・都［陽御尾高天平］……………124546
　ナシ［穂麦阿三大池国肖日伏保前］

この四例を見ると明らかなように、ハーバード本と同じ本文を持つ［陽御穂尾高天平］の八本を中心とするグループと、［麦阿三大池国肖日伏保前］の一一本のグループに二分されていることが容易に見て取れるはずである。多少の出入りが［陽］と［穂］に見られる。しかし、「須磨」全体の本文異同としては、このような傾向で諸本の位相が確認できるのである。

なお、次の三例には、一九種類の諸本間に異同は認められなかった。

・京　…………124613
・都　…………124900
・都　…………124904

こうした傾向が「須磨」全体にわたって確認できるので、ハーバード本を含む［陽御穂尾高天平］を〈甲類〉とし、現在一般に『源氏物語』の基準本文となっている大島本を含む［麦阿三大池国肖日伏保前］を〈乙類〉と認定したい。〈甲類〉は〈河内本〉と言われる本文群が半数を占め、〈乙類〉は〈いわゆる青表紙本〉と呼ばれて来た本文群が主体となるものである。ここでは、ハーバード本が〈甲類〉に属する本文を伝えるものであることを、まず最初に共通認識として共有しておきたい。

二　語句の有無

比較的長い語句の有無に関する異同を見よう。助詞・助動詞や活用の相違などは掲出が煩雑になるので、ハーバード本が伝える本文を優先して掲出する。各本文の位相を検討するための例文は、諸本の異同を見やすくするために、私に作成した校訂本文をあげている。

（2）長文欠脱（約二〇字）

・参り仕うまつり馴れきこゆるは高き短きともいはず［陽御穂尾高天平］…………122078

　参り馴れたりしは［麦阿三大池国肖日伏保前］

陽明本が「きこゆる人は」という独自異文を持っているが、ここでも本文は二分されていることの確認はできる。ハーバード本が属する［陽御穂尾高天平］の〈甲類〉は「参り仕うまつり馴れきこゆるは高き短きともいはず」という、二〇文字以上の文章を伝えているのに対して、〈乙類〉としての［麦阿三大池国肖日伏保前］は、ここを「参り馴れたりしは」と簡潔である。

この二〇文字ほどの字句が、当初からあったのか、それとも後に追補されたのかは、今は措く。本文解釈を含めた諸本の分別は、多角的な視点から用例を見ていく必要がある。改めて、別稿として提示することとしたい。この例の場合は、少なくとも、「馴れ」という語句は共通して持っているので、単なる目移りなどで脱落したことによる異文ではない。書写にあたっての親本が、各々のグループにおいて異なることを示している。

次は、四〇字以上もの長文が欠脱するものである。

（3）長文欠脱（約四〇字）

・あはれに、おぼし知られ、人知れぬ御心ばえのまめやかにも、はかなき事にもありがたきさまなどを、あはれに、恋しくも［陽御穂尾高天平］…………122769

　あはれに、恋しくも［麦阿三大池国肖日伏保前］

これは、〈乙類〉である［麦阿三大池国肖日伏保前］の諸本において、「あはれに」という語句に目移りが生じ、その二語の間にあった「おぼし知られ、人知れぬ御心ばえのまめやかにも、はかなき事にもありがたきさまなどを、あはれに」という四〇字ほどの文字列が書写されなかった例である。古写本の三行分に相当する分量である。この異同も、単なる誤写とはいえ、親本をそのまま引き継ぐ二種類の本文群に別れるものである。

さらに長文の欠脱もある。次の例では、六〇字以上もの文字の有無が確認できる。

（4）長文欠脱（約六〇字）

・いみじく思ほせど、いかがはせん、平らかにだにおはしまし過ぐして、こともよろしうならばとおぼす。いと、ものはかなきほどにおはしますぞ、頼もしげなき心地したまふ。［陽尾高天平］……123989

・いみじくおぼしめすによろしく静まりて御気色すこし直るときき給へば、いかがはせん、平らかにだに過ぐしたまはばと頼みたまふも、いと、ものはかなきほどにおはしますぞ、弱き心地しける。［御穂］

・いみじく思ほし嘆かる。［麦阿三大池国肖日伏保前］

御物本と穂久邇本が、〈甲類〉の中でも少し異質な性格を見せている。しかし、それよりも大きな異同が、〈甲類〉と〈乙類〉の間にあり、ここでも、諸本が二分されていることが確認できよう。

（5）〈甲類〉の中でも［尾高天平］の独自性

・我が御ため人の御ため、慎ましけれど［陽御穂］……120185

我が御ため人の御ため、いとおしう、慎ましけれど［尾高天平］

我が御ため、慎ましけれど［麦阿三大池国肖日伏保前］

ここでは、「人の御ため」というところで、［尾高天平］に「いとおしう」という語句が付加した形を伝えている点で、〈甲類〉の中での独自性が確認できる。こうした例はままあるので、この傾向は「須磨」における〈甲類〉の性格の一つでもある。

これらは、〈乙類〉の本文が刈り込まれた形を見せるものである。見方を変えると、〈甲類〉は字句を費やして語りかけている本文である、とも言えよう。そして、この現象は、単純に目移りなどで欠脱したのではないことは明確である。

ただし、この逆の例もあるので、この問題は単純ではない。つまり、〈甲類〉に欠脱が生じているように見える例が、次のものである。

(6)〈甲類〉に欠脱（約一〇字）

・ナシ［尾高天平］…………120169

　ほのかに見たてまつり［陽御穂麦阿三大池国肖日伏保前］

この例での［陽御穂］は〈乙類〉に属する本文を持っている。

(7)〈甲類〉に欠脱（約一〇字）

・ナシ［御穂尾高天平］…………120332

　まいりきてきこえさせんと［陽麦阿三大池国肖日伏保前］

ここでは、［陽］が〈乙類〉に属している。

（8）〈甲類〉に欠脱（約一〇字）

・御庄、御牧、券だつ文どもなど［穂尾高天平］…………121435

　御庄、御牧よりはじめて、さるべき所々の券など［陽御麦阿三大池国肖日伏保前］

［陽］と［御］が〈乙類〉に属している。

（9）〈甲類〉に欠脱（約一〇字）

・人やは、ありし［尾高天平］…………122126

　人なく、御徳を喜ばぬやは、ありし［陽御穂麦阿三大池国肖日伏保前］

［穂］には「喜ばぬ」がなく、［陽］は「喜ばぬ人やは」となっている。ここでも共に、〈乙類〉に属するものである。

以上の例の中で、〈甲類〉に欠脱が生じている現象の時には、必ずといっていいほど陽明本が〈乙類〉に属している。また、〈乙類〉が簡潔だった時には、二〇字以上もの出入りがあった。しかし、〈甲類〉に語句の欠脱がある場合には、約一〇字程度の有無となっている。その理由は、今後の課題として提示しておく。

三　独自異文の諸相

ハーバード本の本文の性格を考える上で、その独自異文はわかりやすい位相を示してくれる。以下、いくつか例をあげて、確認しておきたい。

（10）「夜更けぬれば、とどまりたまひて、人々御宿直にさぶらはせたまひて、御物語などせさせたまふ。」（120586）

これは、京を離れて須磨へ旅立つにあたり、左大臣邸を訪れて三位中将などと昔語りをする場面である。ここでハーバード本は、光源氏が「人々（故葵上付きの女房たち）」に「御宿直（話相手として奉仕）」をさせて物語などをさせている。この「御宿直」とあるところを、ハーバード本以外の諸本は「おまへ」（［尾高天陽穂平三大国］）とか「ごぜん」（［御麦阿池肖日伏保前］）としている。つまり、光源氏のそばに女房たちを召して物語をさせた、とするのである。

これは、誤写というレベルの異同ではない。明らかに異なる語彙で、夜伽の雰囲気が強く感じられる表現となっている。ハーバード本には、光源氏と女房たちとの距離が近い描写となっているともいえよう。

（11）「京のことども、おぼしたりしさま、」（122476）

ハーバード本は、書写態度がしっかりした写本である。誤写や誤脱などが非常に少なく、また本行本文の訂正や傍記も少ない。

例えば、ハーバード本が「かくは」（124507）とするところで、諸本は「帝の」（［陽］）「国王」（その他一七本）とある。これなどは数少ないハーバード本の誤写といえるものである。

しかし、ここはハーバード本に傍記がある例である。

「おぼし」の右下に補入記号を付して、「やるに、恋しき人多く、女君のおぼし」という文を傍記している。これは、諸本が「京のことども、おぼしやるに、恋しき人多く、女君のおぼしたりしさま」とあることから、二箇所の「おぼし」に目移りをしたための脱文を補ったものである。

補入箇所の本文の中で「をほく」（122481）とある「ほ」は、わざわざ「ほ」の上からまた「ほ」となぞったものである。補訂にも、細心の注意が払われている例である。

諸本に脱落はないので、ハーバード本が書写する上で親本にあった通りに傍記をも写した、とは考えない方がよい。次の例も、ハーバード本の書写態度が誠実であることを示すものである。

(12)「うしろめたくは、惑はれ」（122911）

ここを諸本は「うしろめたうはあらずと、おぼしなさるるは、なかなかこの道は、惑はれ」としている。そして、ハーバード本は「うしろめたくは」と「惑はれ」の間に、脱落した文である「あらずと、おぼしなさるるは、なかなかこの道は」という一九字の脱落を補入している。この補入された文に「道は」とあるのは、〈甲類〉によるものである。〈乙類〉では、「道の」とする。この補入訂正においても、〈甲類〉によってなされたことが確認できるものである。

いずれにしても、ハーバード本は書写時点はもとより、書写後にも正確に写そうとして校正したものであることが、こうした傍記・補入などの結果によってもわかるのである。

(13)「涙の浮かべるを、かき払ひたまへる御手つき」（123596）

ハーバード本が「浮かべる」とするところで、「落つる」（陽御尾高天平）、「こぼるる」（穂麦阿三大池国肖日伏保前）

という本文の異同がある。「涙の浮かべる」という表現について、この「須磨」ではこれ以外に例がないので、他の巻における本文の異同も視野に入れて考えるべきであろう。

こうした例以外にも、次のようなものがある。ささやかなものではあるが、掲示しておく。

(14)「今ぞ、急ぎ、起き騒ぎて」(120904) の「急ぎ」が、ハーバード本だけにあって諸本にはない。
ハーバード本は、慌てて急ぎ騒ぐ様が、生き生きとしてくる表現となる。

(15) ハーバード本の「山のつら」に対して、諸本は「山の際」(陽)、「山のもと」(御)、そしてその他一六本が「山の中」とある。「山のつら」という表現が妥当であるかどうかは、「つら」が「中」の誤写という可能性も含めて、さらに本文を広く見渡して検討すべきものである。

四　傍注の混入

ハーバード本には、傍記が本行に混入したとすべき例 (51丁オモテ) がある。

(16)「ゆゆし〈改丁〉胡角一声しものゝちのゆめいといたくすましてすんし給」(124233)
この「角」の右横には、「カク」が傍記されている。

この文には「いといたく」があることから、〈甲類〉の本文である。ただし、「すまして」という語句は、ハーバード本が独自に伝えるものである。

さて、ここで「胡角一声」という本文は、ハーバード本以外にはないものである。池田本には、続く「霜の後の夢」とあるところに「胡角一声霜後夢漢宮万里月前腸」という傍注がある。このことから、ハーバード本には傍注が本行に混入した、ということを証する例とできよう。その場合は、傍注が直前の本行に混入したと見るべきであろうか。

ここで留意すべきは、「胡角一声」が改丁された最初に書かれていることである。とすると、この傍注は、どこに記されていたのであろうか。次の五つの可能性が考えられる。

（1）右ウラ丁最終行末「ゆゝし」の右横

（2）右ウラ丁最終行末「ゆゝし」の左横

（3）左オモテ丁冒頭「しもの」の右横

（4）左オモテ丁冒頭「しもの」の左横

（5）最初から本行にあった

まず、（5）は池田本の傍注にあることから、ここもやはり傍注であったとすべきであろう。「胡角一声」を最初から本行の本文として持っていたという、ハーバード本の独自異文とする可能性は残されているが、蓋然性は低いと判断する。

次に、（4）も、傍注が左側に記されるのは例外的なものである。これも可能性から外したい。ただし、（2）の場合は、最終行でもあり、書ききれなかった字句が左下隅に記されることはよくあることである。

拙稿「若紫における異文の発生事情—傍記が前後に混入する経緯について—」（『源氏物語の展望　第1輯』、三弥井書店、平成一九年）において、〈甲類〉は傍記が傍注箇所の直後の本行に混入し、〈乙類〉はその直前に混入する傾向があることを明らかにした。それは、「若紫」における傍記の混入傾向であった。今、この「須磨」においては、それが逆転するのかどうかは、さらに多くの例を検討する必要がある。この場合も、「胡角一声」が「ゆゆし」と「霜の後の夢」の間に補入の形で書き添えられていたとしたら、この「胡角一声」の本行への混入は、該当箇所の直後へ入り込んだものとなる。

ここで、私案を一つ提示しておく。それは、（2）が実情に近いのではないか、ということである。この「胡角一声」は、右ウラ丁最終行末「ゆゝし」の左横に、それも少し小さく書かれていたと考えるのである。この行末にはみ出した字句を、次の丁に移った時に、その行頭に記したと思われる。

この推定には、各行の字数も参考になる。

右ウラ丁の最終三行の文字数は、一六―一五―一四である。

左オモテ丁の最初の三行の字数は、一九―一八―一五となっている。

前丁末尾にあった「胡角一声」という四文字を取り込んだがために、改丁後の一行の字数が少し増えたのである。しかし書写者は、それをうまく調整して、違和感のない紙面にしている。

このハーバード本の時点で混入したのか、それとも親本の段階ですでにこのように混入していたのかは、今は特定できない。

「胡角一声霜後夢」は、『和漢朗詠集』にある大江朝綱の「王昭君」の一節である。この詩句は平安朝にはよく知られていた。ハーバード本の書写者に限らず、その親本の書写者も、そのまた親本においても、この詩句は諳んじていたものと思われる。そのためもあって、「霜の後の夢」の直前か右傍らに注記として記されていた「胡角一声」が、その直前の本行に混入した、ということは考えてよい想定であろう。

もっとも、依然として、この書写者レベルでの詩句の記憶が呼び覚まされて、このような独自異文が生まれた、という可能性も残されている。

いずれにしても、傍記に関する問題は他の用例を詳細に検討する必要があるため、考察の機会を改めたい。

まとめ

ハーバード本「須磨」は、書写年代が鎌倉時代中期頃の写本である。その本文は、内容によって二分別できる本文群の中にあり、〈甲類〉に属する性格の本文を伝えていることが、以上の確認と考察で明らかになった。また、このハーバード本の独自異文から、今後とも本文の探究が進めば、さらに詳細な書写本文の実態に迫れる資料となることもわかった。

ハーバード本の独自異文の例としては、本稿で示したものが顕著な異同をみせるものである。それぞれに、書写者の勝手な改変によって本文が生じたとは考えられない。これは、諸本との細かな異同の集積の中で確認できたものである。こうした異同が発生した事情について、さらに検討を重ねる中で、より可能性の高い事情を想定していくことになる。まだまだ、本文を読み解く中で、その検討事例を収集している段階である。

なお、物語本文から見た本文異同の考察を行なう過程で見えてきた諸本間の相対的な関係は、おおよそ次のようなものである。

〈甲類〉［ハ陽御穂］＋［尾高天平］

〈乙類〉［三大池国肖日伏保前］＋［麦阿］

これは、あくまでも、現時点での本文内容の親疎からの分別によるものである。今後の精査によって、さらに諸本間の関係性が明らかになることであろう。その意味でも、海を渡ったハーバード本が重要な価値を持っていることは明らかである。

付記

本稿は、『日本文学研究ジャーナル　第二号』（伊井春樹編、平成二〇年三月、国文学研究資料館）に掲載した拙稿を、本書の解題としてまとめ直したものである。

資料

ハーバード本と大島本との主要本文異同一覧（含・尾州家本、麦生本）

凡　例

本一覧表は、ハーバード本と大島本の本文に特異な異同がある箇所を通覧するものである。

「須磨」巻における本文の内容を仔細に検討すると、解説に記した通り、次の二種類に分別できる。

〈甲類〉［ハ陽御穂］＋［尾高天平］

〈乙類〉［三大池国肖日伏保前］＋［麦阿］

これを踏まえて、ハーバード本・尾州家本・大島本・麦生本の四本を取り出し、各本文を校合して整理した結果が本一覧表である。ここでは、次の方針によって摘出例を整理している。

（1）基本的に一文節を単位として抽出した。

（2）複数文節にわたって本文異同があるものは、数文節をつないで対比している。

（3）次のような本文異同は、原則として取り上げなかった。

語句の欠脱・倒置・転倒・接頭語・付属語・敬語・踊り字・ナゾリ・ミセケチ・補入・傍記・明らかな誤写

（4）引用本文に付した付加情報（／の部分）としての記号は、次の書写状況を示す略号である。

&（ナゾリ）　＝（傍記）　△（不読文字）

本一覧表に掲出した用例以外の本文異同やその他の諸本との異同等は、『源氏物語別本集成　第三巻』（伊井春樹・伊藤鉄也・小林茂美編、平成二年、桜楓社）と『源氏物語別本集成 続　第三巻』（同編、平成一八年、おうふう）を参照願いたい。

丁面行	ハーバード本［異同のない写本名］	本文異同（尾州家本、大島本、麦生本）	文節番号
1オ3	はしたなき	まさる［大麦］・ます［尾］	120010
1オ8	をしなへたらむ	ひたゝけたらむ［尾大］・ひたゝけたらん［麦］	120032
1ウ2	さきと	さきつれ〳〵と［尾］・するゑ［大］・さき［麦］	120049
1ウ4	うとましきものにおもほしはてつるなへての／と〈判読〉&に	うとましき物におもほしはてつるなへての［尾］・うきものと思ひすてつる［大］・うき物に思すて給へる［麦］	120055–120057
2オ2	へたゝる	あかしくらす［尾大］・明しくらす［麦］	120088
2ウ4	はなれしまにても	はなれしまにも［尾］・みちにも［大］・道にも［麦］	120143
2ウ10	すくし［尾］	ものし［大］・物し［麦］	120161
3オ4	ひかさまに	いかさまに［尾］・いかゝ［大麦］	120183
3ウ3	いまとも［尾］	いつとしも［大］・今はとしも［麦］	120218
3ウ8	かきつくし［尾麦］	つくい［大］	120241
4オ3	をんなの	女の［尾］・女くるまの［大］・女車の［麦］	120263
4オ6	けしきにて	けしきして［尾］・心ちして［大麦］	120276
5オ6	とかく思	見［尾大麦］	120364–120365
5オ7	長人はいとはしく	なかきはいとはしう［尾］・なかきは心うく［大］・なかきはいとゝ／い＝いとはしうイ［麦］	120369–120370
5ウ8	すくすは［尾］	ありふるは［大麦］	120418
6オ5	程に	ほとに［尾］・さきに［大麦］	120452
6ウ5	いみしう	いみしく［尾］・世に［大］・よに［麦］	120494
6ウ5	おり［尾］	よ［大］・世［麦］	120498

7ウ3	御とのゐに	おまへに［尾］・御まへに［大］・御前に［麦］	120591
8オ4	ゝらかりて（くらかりて）	きりわたりたる［大］・霧わたりたるに［麦］	120634
8ウ2	月日をさしもをもはて	月日をさしもいそかて［尾］・月ころさしもいそかて［大］・とし月をさしもいそかて［麦］	120665- 120665
9オ9	なこそ	もしこそ［尾大麦］	120735
12ウ5	をくれ	わかれ［尾大麦］	121005
13ウ1	はちも［尾］	ことも［大］・事もこれより［麦］	121072
14ウ3	そひふしてうしろむきてなき［尾］	ゐかくれて涙をまきらはし［大麦］	121153- 121154
14ウ9	いとをしく	いとことはりにて［尾］・ことはりにて［大麦］	121182
15オ5	こと	事とも［尾］・さま［大麦］	121211
16オ4	すゑの［尾］	さきの［大麦］	121291
16オ5	ものゝ心ほそくたましゐしつまる	こゝろほそくたましひしつまる［尾］・心のとまる［大麦］	121297- 121298
16オ7	きしかたの［尾］	すきにしかたの［大］・過にしかたの［麦］	121302
17オ7	れうには［尾］	くは［大］・くとも［麦］	121392
19オ3	くま［尾］	こと［大］・事［麦］	121518
20オ9	事に	ことに［尾］・ものに［大］・物に［麦］	121638
21オ7	いみしく	いみしう［尾］・はりなく［大］・わりなく［麦］	121724
21ウ5	まかりて	まかて［尾］・いて［大］・出［麦］	121756
22ウ7	御てらに	御山に［尾麦］・御やまに［大］	121858
23オ10	心ほそし	心すこし［尾大麦］	121909

23ウ1	しられぬ［尾］	なき［大麦］	121913
24ウ1	いとくるしきものを	こひしきに［尾］・恋しきものを［大］・恋しき物を［麦］	121993
24ウ8	すて	すくし［尾］・すくい［大麦］	122018
24ウ9	おほしなやみけるも［尾］	おほしなけきけるを［大］・おもほしなけきたるを［麦］	122021
25オ9	ことをいひつゝ	御物かたりなときこえさせつゝ［尾］・ものかたりをしつゝ［大］・物語をしつゝ［麦］	122057–122058
26オ8	はたいふ可にもあらす	はたいふへきにもあらす［尾］・かすしらぬを［大麦］	122137–122139
26ウ1	かなしひあはれかり	かなしひあはれかり［尾］・おしみ［大］・をしみ［麦］	122154–122155
26ウ10	御すかた	御そなとたひすかたに［尾］・御そなとたひの御△よそひ／△〈削〉［大］・御そなと旅の御よそひに［麦］	122187
27オ6	程たに	ほとたに［尾］・おりたに［大］・折たに［麦］	122209
27ウ2	やかて［尾］	かくて［大麦］	122236
27ウ3	うらに	そらに［尾］・さまに［大麦］	122241
29オ6	事	もの［尾大］・物［麦］	122367
29オ10	つらなりとも	なかなり［尾麦］・中なり［大］	122384
29ウ3	つくろひなしたり	つくろひたてたり［尾］・しつらひなしたり［大麦］	122399
29ウ9	むつましき［尾］	したしき［大麦］	122420
30オ1	つくろひなさせ	つくろひなさせ［尾］・しなさせ［大麦］	122428
30オ7	まいらねは［尾］	なけれは［大麦］	122457
31オ9	こと	ナシ／落丁［尾］・ことのは［大麦］	122550

31ウ1	いひつかはす	ナシ／落丁［尾］・かきつかはす［大麦］	122557
32オ5	なくさめ又もとの事々たひらかにおほすさまにかへり給へきさまになと	ナシ／落丁［尾］・しつめ給ひて思ひなきよにあらせたてまつり給へと［大］・しつめ給て思なきよにあらせ奉り給へと［麦］	122618-122626
34ウ5	ことも［尾］	ふし〳〵も［大］・事も［麦］	122824
35ウ7	斎宮にも御ふみたてまつり給けり	斎宮にも御ふみたてまつり給けり［尾］・伊勢の宮へも御つかひありけり［大］・いせの宮す所へも御つかひ有けり［麦］	122925-122928
36オ2	いうなるひとに	いうなる人と［尾］・いたりふかう［大］・いたりふかく［麦］	122943-122944
36オ3	御たひゐを［尾］	御すまゐを［大麦］	122950
36ウ8	又	かの［尾大麦］	123018
36ウ10	すちにも［尾］	ものに［大］・物に［麦］	123027
37オ2	いつかしくて	むつましうて［尾大］・むつましくて［麦］	123035
38ウ10	とかめも［尾］	ことも［大］・事も［麦］	123199
41ウ4	なけきあへる事を	なけきあへることを［尾］・まとひあへると［大麦］	123448-123449
42オ2	おほかり［尾］	あり［大麦］	123483
42オ6	かきあらはし	かきあつめ［尾大麦］	123500
43オ7	くるに	ゆく［尾］・なく［大麦］	123589
43オ8	うかへるを	おつるを［尾］・こほるゝを［大麦］	123597
43ウ1	わか人ともの心ち［尾］	人々心［大］・人々の心［麦］	123608
43ウ9	さきの左近のせう	さきの左近のそう［尾］・さきの右近のそう［大麦］	123639
43ウ10	かりなれと［尾］	かりかねも［大］・雁かねも［麦］	123645

47ウ5	ふる	ナシ／落丁［尾］・すくる［大麦］	123954
49ウ2	やまさとには	山さとには［尾］・御すまゐには［大］・山里には［麦］	124117
49ウ9	こゑをもさまをも	うへをもさまをも［尾］・うへをも［大麦］	124150
50ウ6	ゆきけん	ゆきけむ［尾］・つかはしけむ女を［大］・つかはしけん女を［麦］	124215–124216
51ウ9	京へ	京に［尾］・家に［大麦］	124313
53オ6	かゝる［尾］	かくあやしき［大麦］	124415
55オ5	とく見はやとそ	とく見せはやとそ［尾］・ひとしれすたのみ［大］・人しれすたのみ［麦］	124586
58ウ2	しのふへかめり	おしむへかめり［尾大］・をしむへかめり［麦］	124876
59オ1	かしこき［尾］	かたしけなき［大麦］	124911
62オ9	なりしつまりて［尾］	なりやみて［大麦］	125192
62オ10	しるしなるへし	ちからなるへし［尾大麦］	125200
62ウ5	みきかすと	また見きかすと［尾］・またしらすと［大］・いまたしらすと［麦］	125217–125218
62ウ10	そめきありくと	たとりありくと［尾大麦］	125237

編集後記

米国ハーバード大学美術館所蔵の古写本『源氏物語』（「須磨」と「蜻蛉」）に関しては、鎌倉時代に書写されたものとしてかねてより注目していた。

平成一八年二月に、元国文学研究資料館教授の鈴木淳先生とイェンチン図書館の McVEY 山田久仁子司書のご理解とご協力を得て、原本の調査とデジタル画像の入手を果たすことができた。同行者は総合研究大学院大学大学院生だった大内英範氏（現在は筑紫女学園大学准教授）。元サックラー美術館の Anne Rose Kitagawa 学芸員には、調査や写真撮影などでお世話になった。

平成二〇年一一月に、ハーバード大学で開催された国際集会「日本文学の創造物　書籍、写本、絵巻」で、私はこの二冊の『源氏物語』について報告する機会を得た。その折に、前国文学研究資料館長の伊井春樹先生も本書をご覧になり、私が鎌倉時代〈初期〉の本文だと考えていることに関連して、書写は〈中期〉でよいのではないか、とのご教示をいただいた。

その後、平成二三年一月に、國學院大學大学院生だった神田久義氏（現在は國學院大學講師）と、この二冊の『源氏物語』のさらなる精査をした。

海を渡った『源氏物語』の古写本を、こうして三度も見ることができたのである。

ハーバード大学の文子・E・クランストン先生（「須磨」に収録）とメリッサ・マコーミック先生（「蜻蛉」に収録）には、所蔵機関の立場から解説を執筆していただけたことも有り難いことであった。

なお本書の刊行にあたり、ハーバード大学美術館の関係各位には迅速な対応をしていただいたことを、この場を借りて厚くお礼申しあげたい。

平成二五年一〇月二四日

伊藤鉄也

伊藤 鉄也（いとう　てつや）
1951年生まれ。王朝物語文学研究者。国文学研究資料館・総合研究大学院大学教授。ＮＰＯ法人〈源氏物語電子資料館〉代表理事。國學院大學大学院博士前期課程修了、大阪大学大学院博士後期課程中退。1990年に『源氏物語受容論序説』（桜楓社）で高崎正秀博士記念賞受賞、2002年に『源氏物語本文の研究』（おうふう）で博士（文学、大阪大学）。
著書『源氏物語の異本を読む―「鈴虫」の場合―』（臨川書店、2001年）
編著『源氏物語別本集成 全15巻』（桜楓社・おうふう、1989～2002年）
『源氏物語の鑑賞と基礎知識　28 蜻蛉』（至文堂、2003年）
『源氏物語別本集成 続 全15巻』（おうふう、2005年～刊行中）
『海外における日本文学研究論文１＋２』（国文学研究資料館、2006年）
『講座源氏物語研究　第七巻　源氏物語の本文』（おうふう、2008年）
『もっと知りたい　池田亀鑑と「源氏物語」 第１集』（新典社、2011年）
『もっと知りたい　池田亀鑑と「源氏物語」 第２集』（新典社、2013年）

ハーバード大学美術館蔵『源氏物語』「須磨」

2013年10月31日　初刷発行

編　者　伊藤鉄也
発行者　岡元学実

発行所　株式会社　新典社

〒101－0051　東京都千代田区神田神保町1－44－11
営業部　03－3233－8051　編集部　03－3233－8052
ＦＡＸ　03－3233－8053　振　替　00170－0－26932

印刷所 恵友印刷㈱　製本所 ㈲松村製本所

ISBN978-4-7879-0631-1 C3093
http://www.shintensha.co.jp/
E-Mail:info@shintensha.co.jp